MONIKA HELFER

BEVOR ICH SCHLAFEN KANN

Roman

Deuticke

Für Michael,
Oliver,
Undine,
Lorenz und
Paula

2 3 4 5 14 13 12 11 10

ISBN 978-3-552-06142-2

Das Gedicht von Robert Frost (Originaltitel: Stopping by woods on a snowy evening) wird zitiert nach dem Film »Telefon« von Don Siegel, USA 1977.
Satz: Eva Kaltenbrunner-Dorfinger, Wien
Druck und Bindung: CPI – Ebner & Spiegel, Ulm
Printed in Germany

Des Waldes Dunkel
zieht mich an,
doch muss zu meinem Wort
ich stehn
und Meilen gehn, bevor
ich schlafen kann
und Meilen gehn,
bevor ich schlafen kann.

Robert Frost

ERSTER TEIL

Erstes Kapitel

I

Das Glück, meine Liebe, wird die Frau zur Deckenlampe hinauf sagen, wenn es überhaupt kommt, kommt nur einmal, höchstens zweimal, und wenn es tatsächlich zweimal kommt, dann vergeht vom einen zum anderen Mal eine ziemlich lange Zeit. Beim Unglück sieht es anders aus. Es kommt *immer* zweimal oder dreimal oder viermal sogar, und *immer* kommt es kurz hintereinander.

Und nun stell dir eine Frau vor, wird sie weiter zur Deckenlampe sagen, und diese Frau geht zur Routineuntersuchung, Mammographie, was bei ihren winzigen Brüsten gar nicht so einfach ist, und man stellt Brustkrebs fest. Befallen sind beide Seiten. Ich könnte zwei Schmucknarben versuchen, sagt der Arzt. Bitte, was sind Schmucknarben, fragt die Frau. Oh, zum Beispiel, sagt der Arzt, könnte ich die Haut auf jeder Seite zu je einem Stern zusammenziehen. Zu einem Stern? Ja, zu einem Stern, sagt der Arzt, es gibt fünfzackige Sterne, davon rate ich aus verschiedenen Gründen ab, es gibt sechszackige, auch davon rate ich ab, es könnte missverstanden werden, überall spielt die Politik hinein, ich habe einen sehr schönen siebenzackigen Stern entwickelt, sieben ist eine interessante Zahl. Nein, keine Sterne, ruft die Frau aus, nur ja keine Sterne, Sterne wären ja Glück, und hier wird vom Unglück gesprochen. Muss ja nicht sein, sagt der Arzt, dann eben nicht Sterne. Sondern? Ach, sagt die Frau, wenn Sie Sterne können, können Sie sicher auch Kreuze, das ist bestimmt sogar um einiges weniger Arbeit. Irrtum, sagt der Arzt, das ist mehr Arbeit, da kann ich nicht so viel vertuschen, das wird immer wie Kreuze mit Strahlen aussehen. Wollen Sie wirklich Kreuze? Ja, Kreuze, sagt die Frau, richtig schöne Kreuze.

Sie hieß Josefine Bartok und wurde Josi genannt. Was sie immer geliebt hatte. Was sie gefördert hatte: »Alle sagen Josi zu mir, sag doch du auch Josi! Nur bitte nicht Tschosi.« Sie hatte Überblick über die Menschen, die sie so nannten. Viele waren es nicht, es waren schon mehr gewesen.

Sie lebte in Wien und war Psychiaterin im Otto-Wagner-Spital auf der Baumgartnerhöhe, wo die Raben von Wien ihre Schlafplätze haben und in der Dämmerung zu Hunderten einfliegen. Bis zu ihrer Krankheit hatte sie dort gearbeitet. Danach hatte sie um Frühpension angesucht. Das Verfahren lief noch.

Ihr Mann hieß Tomas, seine Eltern war 1956 aus Ungarn geflohen, er unterhielt ein Fitnesscenter und war im Begriff, eine Kletterwand zu errichten, wie es vergleichbare nur in Amerika gab. Ihre Kinder waren Anfang und Mitte zwanzig, der Sohn hieß Bruno, die Tochter Karla. Karla arbeitete am Theater, Bruno wollte Maler werden.

Was noch?

»Weil der erste Hieb«, wird Josi zur Deckenlampe in ihrer neuen Wohnung in der Piaristengasse im 8. Wiener Gemeindebezirk sagen, »ja, weil der erste Hieb so überaus gut gelungen war, schlug das Unglück gleich noch einmal zu, ließ mir gerade eine kleine Verschnaufpause ...«

2

Im vorangegangenen Jahr war Tomas oft spät in der Nacht nach Hause gekommen, manchmal erst in den Morgenstunden. Das Fitnesscenter, das er betrieb, ging gut, er wollte ausbauen. Die Sensation sollte eben diese Kletterwand werden, »vergleichbare sind nur in Amerika zu finden«. Es war geplant, die Fassade einer alten Fabrik in Ottakring zu mieten und daran einen Klettergarten aus Zement hochzuziehen, mit Klüften, Kaminen und überhängenden Felsen, das Ganze gespickt mit Griffen in allen Farben, die von innen beleuchtet werden sollten. Er treffe sich mit möglichen Partnern, für ihn allein sei die Sache zu groß. Diese Leute seien anspruchsvoll, niemand fahre von wer weiß woher nach Wien und wolle dann Wien nicht sehen, vor allem Wien bei Nacht.

Was Josi nicht im Geringsten interessierte.

Bei Redensarten wie »Wien bei Nacht« oder, was er auch schon gesagt hatte, »die halbe Stadt ist auf den Beinen«, fuhr ihr ein Giftstoß ins Hirn, und sie dachte, er lügt. Er will mich beschwichtigen. Der Wortschatz der Harmlosigkeit besteht aus leeren Hülsen. Dahinter ließ sich viel verbergen. Sie musste achtgeben, dass sie nicht die Augen verrollte, wenn er zu erzählen begann. Kaum ein Satz, der nicht aus Phrasen, Stereotypen, Floskeln, Klischees bestand. Sonst redete er nicht so. Das irritierte sie. Natürlich lief das nicht bewusst bei ihm ab, Tomas war nicht raffiniert. Aber vielleicht war ja sein Unterbewusstsein raffiniert. Wenn die Kollegen im OWS geahnt hätten, was für Vorstellungen von der Seele Frau Dr. Josefine Bartok hatte, nämlich dass es dort unten zugehe wie in Zeichentrickfilmen mit kleinen bunten quiekenden Fantasietieren oder, wie im Fall von

Tomas' Unterbewusstsein, kleinen durchtrainierten grinsenden Neunjährigen, die Kollegen hätten – was hätten sie? Wahrscheinlich wären sie begeistert gewesen und hätten ihre eigenen Vorstellungen ausgebreitet, die nicht weniger kindisch, nicht weniger riskant, nicht weniger verrückt gewesen wären. Psychiater glauben ebenso wenig an die Seele wie Theologen an Gott.

Und dann war Tomas zwei Tage und zwei Nächte gar nicht mehr nach Hause gekommen. Hatte nicht angerufen. Hatte sein Handy abgedreht. Es tat ihr weh, sie konnte ihn verstehen, und das tat noch mehr weh. Sie war darauf vorbereitet gewesen.

Eine der Krankenschwestern, Irene, die in ihrer Abteilung beschäftigt war und mit der sie manchmal nach ihrem Dienst ein Bier getrunken hatte (was ihr nicht schmeckte, was sie aber auf den Boden brachte und gleichgültig werden ließ gegenüber der durch und durch *bewussten* Verrücktheit in der Psychiatrie), hatte irgendwann ausführlich die Geschichte ihrer gescheiterten Ehe erzählt und dabei so viel Vertrauen über Josi ausgeschüttet, dass sie ihrerseits zu erzählen begann, hauptsächlich, um die Frau nicht zu beschämen, denn ganz sicher hätte sie sich geschämt, wenn nur ihr Innerstes nach außen gekehrt worden wäre. Damals hatte Josi noch nichts Dramatisches zu bieten gehabt, ihre Ehe mit Tomas war normal, sie hätte jedenfalls normal dazu gesagt – abgesehen davon, dass er nur zwei Abende pro Woche zu Hause verbrachte und am Morgen nach seinen zwanzig Minuten Pilates und zehn Minuten Frühstück mit angewinkelten Armen hinunter zum Parkplatz lief und in seine merkwürdige Welt davonbrauste. Irene aber runzelte die Stirn. Da bahne sich etwas an, sagte sie. Nichts Gutes. Gar nichts Gutes. »Was denn?«, hatte Josi gefragt.

»Was habe ich dir denn erzählt, das so einen Schluss zulässt?« »Ich höre heraus, dass er ein furchtbar armer Mann ist«, hatte Irene geantwortet. »Wenn du nicht aufpasst, ist das der Anfang vom Untergang.« Josi war erschüttert gewesen, sie hatte keinen Tau, worauf Irene anspielte. Augenblicklich konnte sie diese Frau nicht mehr leiden. »Du bist ihm in allem überlegen, das ist sein Problem«, fuhr Irene fort. »Er hat Sport und Geographie studiert, du Medizin und Psychologie. Du hast den Doktor mit Auszeichnung gemacht, er hat sein Studium abgebrochen. Du verdienst ein Vielfaches von ihm und hilfst den Menschen in ihrer größten Not. Er probiert hier etwas und dort etwas, treibt sich mit blöden Bodybuildern herum, riecht den ganzen Tag ihren Achselschweiß und muss sich ihre Körper anschauen, die von Anabolika aufgebläht sind, und wird am Ende von niemandem anerkannt. Dich schätzen alle.« Und dann hatte sie noch gesagt: »Mach dich gefasst, dass er eine Freundin hat. Aber mach dir keine Sorgen, sie wird ein dummes Ding sein, die ihn für einen Traummann hält.« »Ich halte ihn auch für einen Traummann«, hatte Josi gesagt und war sich bewusst gewesen, dass dies in Irenes Ohren wie Spott klingen musste. »Außerdem habe ich den Doktor nicht mit Auszeichnung gemacht, sondern mit im Gegenteil, und Tomas verdient nicht weniger als ich.«

Jetzt ist es also so weit, hatte Josi gedacht, als Tomas in der ersten Nacht nicht nach Hause gekommen war. Wenn ich jetzt nicht aufpasse, beginnt hier womöglich der Untergang. Und wenn die Neue gar nicht blöd ist? Sondern schöner als ich und jünger, umgänglicher als ich, an Sport interessierter als ich, lustig, aber nicht ironisch, und besser im Bett als ich? Ich bin nicht gut im Bett, dachte sie. Aber ich will gar nicht gut im Bett sein. Was soll das überhaupt heißen? Dass man sich bewegt wie in der Turnstunde? Dass in möglichst kurzer Zeit möglichst viele Stellungen und möglichst viele andere Methoden der körperlichen Befriedigung jenseits des landläufigen GV absolviert werden? Oder dass man Sachen sagt, die man in angezogenem Zustand nicht sagen würde? Tomas war auch nicht besonders gut im Bett. Unauffällig. Gemütlich und gütig. Ihre Tage in der Klinik waren anstrengend. Nicht ein Tag, an dem sie sich nicht überfordert vorgekommen wäre, als eine Verbrecherin, die Hilfe verspricht und Gift gibt. Eine Dealerin. Sie zweifelte an der Existenz der Seele, aber nicht an den Schmerzen, die sie einem Menschen zufügen konnte. Manchmal sagte Tomas: »Was du machst, ist anstrengender als die Tour de France. Komm leg dich auf den Bauch, ich massier dich ein bisschen und wir schlafen gleichzeitig ein bisschen miteinander.« Mehr hatte sie nie erwartet. Und er? Er mochte es, wenn sie ihn mit der Hand befriedigte. Hätte sie deswegen misstrauisch sein sollen?

Dass Tomas etwas passiert sein könnte, daran hatte sie nicht gedacht. Sie war im Bett gelegen und hatte gewartet, war eingeschlafen, nach einer Stunde aufgewacht, hatte auf die Uhr gesehen und hatte gewartet. Hatte ein Xanor geschluckt, um nicht in Panik zu geraten, um ihre Atemfrequenz herunterzufahren, weil ihr beim schnellen Luftholen die Narben weh taten. Sie kühlte innerlich aus. Irene hatte einen Eindruck von Tomas gewonnen, und dieser Eindruck war grundfalsch. Aber sie, Josi, hatte ihr diesen Eindruck vermittelt. Wie war es dazu gekommen? Dass sie Tomas *unbewusst* niedermachen wollte? Das einzige Indiz für die Existenz der Seele, dachte sie, bestand darin, dass alle daran glaubten. Sie beobachtete ihren Mann, das hatte sie immer getan, und sie hatte es gern getan. Tomas war ein Musterbeispiel von schillernder Oberfläche. Was sollte daran nicht gut sein? Musste denn unbedingt etwas darunter liegen? Er war stark, durchtrainiert, erstaunlich biegsam, sie hatte sich an seinem Körper nie satt sehen können. Unter Minderwertigkeitskomplexen, wie Schwester Irene vermutete, litt dieser Mann mit Sicherheit nicht. Dass er kein Grübler war, hieß nicht, dass er nichts im Kopf hatte. Josi bewunderte ihn. Er war zu schnellen Entschlüssen fähig. Das war sie nicht. Er konnte verschlungene Zusammenhänge mit einem Blick erfassen. Das konnte sie nicht. Sie waren im Theatercafé an der Linken Wienzeile gesessen, an den Nebentisch setzte sich ein Paar, und nach einer Minute bereits sagte Tomas, er schätze, die beiden hätten sich übers Internet verabredet, dies sei ihr erstes Treffen und es werde nichts daraus werden. Der Mann war bald gegangen, die Frau hatte geweint, Josi hatte ihr ein Taschentuch gereicht (mit der gleichen Geste, mit der sie ihren Patienten die Kleenex Schachtel reichte), die Frau hatte erzählt, und alles war genau so gewesen, wie es Tomas mit einem Blick erfasst hatte. Ein kluger, gedankenschneller, empathischer Mann. Unsentimental. Träume nur solche, die sich innerhalb eines Jahres verwirklichen ließen.

Tomas war der Feige gewesen.

Nachdem sie zwei Tage und zwei Nächte nichts von ihm gehört hatte, sperrte er abends die Tür auf, Josi stand gerade im Flur, im Begriff, das Haus zu verlassen, weil sie es nicht mehr unter dem Dach aushielt.

Tomas zog Edgar am Oberarm ins Haus und sagte: »Er ist mein Freund, er wird mit dir reden.«

Und war weg.

Edgar war weiß im Gesicht und sehr verlegen und holte

zweimal, dreimal, viermal tief Luft. Hör auf, dachte sie, sonst hyperventilierst du und fällst um, bevor du mit mir reden kannst. Er setzte sich auf die Stiege, Josi stand beim Heizkörper, die Arme verschränkt.

»Ich bin sein Freund«, sagte er. »Damit ist eigentlich alles gesagt.«

Und Josi fügte aus diesen beiden Sätzen eine Geschichte. Jeder hätte das getan. Nie entstehen schneller Storys als in solchen Situationen. Man sollte ausgebrannte Drehbuchautoren gezielt solchen Situationen aussetzen. Er betrügt mich mit der Frau seines Freundes. Betrügt also doppelt. Betrügt genau genommen dreifach, denn er hat mir auch den Freund verheimlicht. Nicht, dass Tomas in der Vergangenheit Bekannte nach Hause eingeladen hätte, aber erzählt hatte er doch von ihnen. Von einem Freund hatte er nie erzählt. Er hatte nie den Eindruck erweckt, dass ihm Freundschaft etwas bedeute. Der da aber war sein Freund. Warum hatte er nie von ihm erzählt? Und dann hat er einmal einen Freund, dachte Josi, was ja etwas Wertvolles im Leben ist, und gleich zerstört er diese Beziehung wieder, indem er ihm die Frau ausspannt. Und warum bringt er ihn her? Will er ihn mit mir verkuppeln? Partnertausch übers Kreuz? Alle haben es am Ende gut? Und keiner hat ein schlechtes Gewissen?

Andere Gedanken waren ihr nicht gekommen.

»Wissen Sie denn, was ich damit meine?«, fragte Edgar, und er sah ihr direkt in die Augen.

»Ich habe so eine Idee«, sagte Josi.

»Eine Idee?«

»Ja«, sagte Josi und wusste, dass sie natürlich keine Idee hatte, dass die Geschichten, die sich in der Sekunde in ihrem Kopf zusammengefügt hatten, allesamt Unsinn waren.

»Was für eine Idee haben Sie?«, fragte Edgar.

»Sie fragen mich, und ich soll's rauskriegen?«

»Nein, natürlich nicht. Entschuldigen Sie. Ich heiße Edgar.«

Er streckte ihr seine Hand entgegen. Sie streifte mit den Fingern an.

»Ich heiße Josefine. Aber alle sagen Josi zu mir.«

»Das klingt schön. Mit y, ie oder nur mit i?«

»Nur mit i.«

»Und immer schon Josi, nie Tschosi?«

»Immer Josi.«

»Auch als Mädchen nicht? Mädchen geben sich gern englische Namen.«

»Immer Josi.«

Weiß er das nicht? Warum weiß er das nicht? Hat ihm denn Tomas gar nichts von mir erzählt? Wäre wenig weitsichtig, wenn er beabsichtigte, das Puzzle neu zu ordnen. Und wenn sich tatsächlich am Ende ein harmonisches Bild ergäbe – ich mit dem da, Tomas mit dessen Frau, der schönen, jungen, umgänglichen, an Sport interessierten, lustigen, die im Bett besser ist als ich? Viermal sonnenbraune Haut, viermal blumenbuntes Gewand, die Vision eines gemeinsamen Urlaubs fuhr in ihr hoch wie eine bunt besprühte Mauer, der fröhlichste Teil im Berlin des Kalten Krieges. Wie werde ich in einer Stunde, in einem Tag, in zehn Tagen, in einem Jahr an diesen Augenblick denken?

Edgar sagte: »Ich würde gern Du sagen.«

»Meinetwegen«, antwortete sie.

»Josi«, sagte er, aber sie sagte nicht: Edgar.

Und endlich sprach er es aus. Langsam, weil es behutsam klingen sollte. Überdeutlich, damit weder nachgefragt noch definiert werden musste: »Tomas und ich. Tomas und ich.

Wir haben eine homosexuelle Beziehung. Sie dauert seit einem Jahr.«

»Das glaube ich nicht«, sagte Josi. Und glaubte es wirklich nicht, und sah sich bestätigt durch die Festigkeit ihrer Stimme. Meine Stimme glaubt es nicht, also glaube ich es auch nicht.

»Es ist so«, sagte Edgar. Sein Blick hielt stand.

Er glaubt, was er glaubt, ich glaube, was ich glaube. Sie weinte, und weil sonst niemand da war außer Edgar und er aufstand und sie in die Arme nahm, weinte sie an seiner Schulter.

Irgendwann schlich Tomas zur Tür herein. Sagte, man solle es nicht übertreiben. Da trat sie zurück, drei Schritte, vier, bis die beiden vor den Tränenschleiern ihrer Augen zu einer Masse wurden. Rechteckig, mit unruhigen Linien.

Irgendwann schrie Tomas: »Wir sind Menschen und keine Gegenstände, du brauchst mit uns nicht so zu reden!«

Und er schrie weiter: »Das Leben ist komplizierter, als man es haben will! Leider, meine Liebe! Leider! Leider! Leider, meine Liebe!«

Da lief sie bereits über die Markward Stiege hinunter. Lief zur U4, fuhr bis zur Pilgramgasse. Sie hatte den beiden eine Predigt gehalten, das wusste sie, aber sie erinnerte sich an kein einziges Wort.

3

Sie war aus ihrem gemeinsamen Haus in Hütteldorf geflüchtet. Ohne zu wissen wohin. Zwanzig Jahre war dort am Hang zum Lainzer Tiergarten ihr Zuhause gewesen. Erst gemietet, dann besessen. »Mit der Nase am Unerschwinglichen.« So hatten sie dazu gesagt, durchaus glücklich in ihrer gemeinsamen finanziellen Verantwortungslosigkeit. Wie eine Schlafwandlerin war sie über die Markward Stiege hinunter zur U4 gelaufen, war ohne Ticket in die U-Bahn gestiegen und bis zur Station Pilgramgasse gefahren. Sie hatte nur ihre Handtasche bei sich gehabt und die rotschwarze Filzjacke, in der sie wie ein Krampus aussah. Sie hob beim Bankomat vierhundert Euro ab. Drehte sich ratlos im Kreis. Die Fünfzigeuronoten wie ein Spielkartenblatt in der Hand. Als zahle sie öffentlich Gewinne aus. Steckte das Geld in die Tasche, atmete tief in die hohlen Hände, weil Gefahr bestand, dass sie gleich zu hyperventilieren beginnen würde. Die Narben an ihrer Brust spannten. Ihr wurde übel und für einen Moment schwarz vor den Augen.

Das Hotel *Ananas* lag gegenüber der U-Bahn-Station. Es gehöre der Gewerkschaft, hatte ein Kollege in der Psychiatrie einmal behauptet. Es heiße so, weil die Arbeiterführer die Streikkasse in der Karibik verjubelt hatten.

Sie nahm ein Zimmer auf unbestimmte Zeit.

Auf dem Kopfpolster lag eine Praline. Sie zupfte das Goldpapier weg, die Schokolade mit der Mandel in der Mitte hatte einen Graustich. Sie warf sie in die Toilette. Sah zu, wie sie unterging.

Sie legte sich aufs Bett, blieb eine Stunde oder zwei auf dem Rücken liegen.

Ich werde Tomas anrufen und ihm sagen, wo ich bin, dachte sie, sonst verständigt er die Polizei, weil er sich keine Schuld aufladen will, falls ich mich aufhänge, zum Beispiel mit der lindgrünen Vorhangschnur.

Sie brachte es nicht über sich, den Hörer abzunehmen. Sie wischte sich mit einem nassen Handtuch das Gesicht und die Arme ab und ging nach unten. Inzwischen stand eine Frau bei der Rezeption.

»Würden Sie eine Nummer für mich wählen?«

»Funktioniert der Apparat in Ihrem Zimmer nicht?«

Es war Josi nicht möglich, ein weiteres Wort zu sagen. Die Frau sah sie mitleidig an und schenkte ihr ein Wertkartenhandy. Ein Tourist aus China habe es liegen lassen.

Sie war in der *Ananas* verschollen, lehnte tagelang am Kissen, die Federdecke auf Brust, Bauch, Beinen, neben sich über die andere Hälfte des Doppelbettes die Anzeigenseiten des *Kurier*, des *Standard*, der *Presse* gebreitet. Telefonierte. Oder sie saß unten in der Halle am Computer. Studierte die Internetseiten des *Bazar* und diverser Makler. Schrieb Tomas ein Mail. Darin erklärte sie ihm, dass jedes Unglück eine Chance in sich berge, dass die Vorstellung, ein neues Leben zu beginnen, nicht weil man will, sondern weil man muss, aufregender sei, als wenn man nur will, und dass sie sich jung fühle. Diesem Unsinn ließ sie nur noch unpersönliche Abwicklungsmails folgen. Sie konnte an nichts anderes denken als an Liebe, Liebe, es war ekelhaft.

Sie verließ das Hotel selten. Wenn, dann spazierte sie zum Naschmarkt, frühstückte in einem türkischen Café Fladenbrot, Gurken, Tomaten und Milchkaffee. Kaufte Obst ein. Walnüsse fürs Hirn. Dörrpflaumen für die Verdauung. Oliven. Grüne Wasabinüsse. Schwarze Schokolade. Red Bull. Und Ananas, um wenigstens *einen* Witz in ihr Leben zu bringen.

An die Tapete des Hotelzimmers heftete sie mit Stecknadeln Bilder, die sie aus Zeitschriften ausschnitt, kunterbunt, was ihr gefiel: Vulkanausbrüche in der Südsee, junge Affen in den Armen ihrer Mütter, ein Mongolenkind, eine Zeichnung von Picasso, Schneesturm über North Dakota. Manchmal lud sie sich selbst zu einem Festessen ein: feinsten Käse vom *Pöhl* am Naschmarkt, Fiocco Salami, Serranoschinken, in Öl eingelegte Zucchini, Melanzani und Artischocken, getrocknete Tomaten und Kirschkapern, dazu Olivenbrot und eine Flasche Barolo. Sie streifte den Überzug vom zweiten Kopfkissen, breitete ihn über das Tischchen. Aß von einem Teller, den sie vom Frühstücksbuffet mitgenommen hatte, trank aus dem Zahnputzbecher und prostete der Deckenlampe zu.

Noch ein zweites persönliches Mail schrieb sie an Tomas, in der Nacht vor dem Scheidungstermin: »Ich habe mir ein Messer gekauft. Ich komm euch besuchen. Ich kastriere dich. Sollst auch etwas weggeschnitten bekommen. Ich bin dazu fähig, du kennst mich.«

Tomas holte sie vom Hotel ab. Er klopfte an die Zimmertür. Sie saß auf dem Bett, angezogen, überschminkt, noch in Strümpfen.

»Tomas«, sagte sie, »zieh mir die Stiefel an und schnür sie mir zu.«

Er ging vor ihr auf die Knie und nahm ihren linken Fuß in den Griff, wortlos.

Vielleicht hat er mein Mail gar nicht gelesen, dachte sie. Vielleicht hatte es Edgar gelesen und augenblicklich gelöscht. Wahrscheinlich hatte es Tomas doch gelesen und sich gedacht, *eine* solche Meldung steht ihr zu.

»Du solltest dich noch einmal im Spiegel kontrollieren«, sagte er, spuckte seinen Zahnreinigungskaugummi in den Plastiksack des hoteleigenen Papierkorbs. »Du siehst etwas grell aus. Bei diesem schlechten Licht kannst du dich auf nichts verlassen.«

»Wen sollte das stören?«, sagte sie.

Zweites Kapitel

I

Als wäre sie nach einer Naturkatastrophe umgesiedelt worden, saß sie in ihrer neuen Wohnung in der Piaristengasse im achten Bezirk. Zwischen Schachteln saß sie.

Am frühen Morgen hatte ihr der Vormieter den Wohnungsschlüssel übergeben, ein müder trauriger Mann. Die Wohnung sei bis auf einen Kamelhaarmantel leer geräumt, hatte er gesagt. Viel mehr nicht.

Die Kartons waren beschriftet. Was in der Liste oben geschrieben stand, lag auch in der Schachtel oben. Edgars Schrift, schätzte sie. Man sorgte sich um die Verlorene. Sie selbst hätte blind alles hineingestopft, wie es ihr in die Hände gekommen wäre, Pullover und Strumpfhosen zu Büchern und dem Zahnputzbecher, einen rechten Schuh zu ihrer Stresemannjacke, den linken in eine andere Schachtel zwischen CDs und Parfüm.

Sie sprach es aus, hoffte auf Trost durch antiseptisches Selbstmitleid: »Ich bin verloren und verlassen.«

Damit war alles gesagt. Der Refrain eines Schlagertextes, treffender als jeder Satz aus der Züricher Schopenhauerausgabe, deren oberer Rand aus einer der Schachteln schaute.

Sie stellte je drei Kartons aufeinander, schob sie zu einem U zusammen und spannte ein Leintuch darüber. Sie legte sich in dieses Zelt, hüllte sich in den Kamelhaarmantel. Es war April, aber kalt wie im November. Sie hatte vergessen, rechtzeitig während der Geschäftszeiten das Gaswerk anzurufen. Das Telefon war nicht angemeldet und ihr Wertkartenhandy leer. Ein Paar Wollsocken streifte sie über die Hände, weil sie ihre Handschuhe nicht fand. Ein mildes Wüstenlicht schimmerte durch das Leintuch und erinnerte sie an eine Filmszene, in der ein Archäologe seine Assistentin an sich reißt, um sie zu küssen, um sie herum *objets trouvés* einer untergegangenen Welt, und eine Liebessehnsucht befiel sie, so sensationell, dass sie weinte, wie sie als Kind geweint hatte, wenn es dunkel wurde und alle schon weggegangen waren.

Laut sagte sie: »Dabei hätte ich so viel zu geben!«

Sie war erschüttert. Ihre Stimme klang so klein. Und keine Spur von Ironie. Die war doch ihr Markenzeichen gewesen.

»Aber«, rief sie, als säße draußen vor dem Zelt eine Jury, »imitieren und parodieren kann ich noch, das verlernt man nicht!« Und sie sang mit der Stimme ihres Vaters: »Mamatschi, schenk mir doch ein Pferdchen, ein Pferdchen wär mein Paradies!«

Die Luft wurde knapp. Josi hob das Leintuch ein wenig in die Höhe und blickte auf die verstaubten Fenster, die ohne Vorhänge waren. Schön wäre jetzt ein Flieger am Himmel, in der Sonne oben glitzernd, einen weißen Strich hinter sich her ziehend wie Kreide über eine Tafel.

Aus einer der Schachteln nahm sie die Kissen, deren Überzüge sie vor Jahren in Istanbul in einem Supermarkt gekauft hatte. Zwanzig Stück. Jedes aus schimmernder Seide, rot, safrangelb, gold, lila und nachtblau, mit Goldfäden bestickt und an den Rändern mit glitzernden Metallscheibchen versehen, jedes Kissen nicht größer als ein Band vom Großen Brockhaus. Auf den beiden Sofas im Wohnzimmer in ihrem Haus in Hütteldorf waren sie zum bewunderten exotischen Schmuck geworden. Nun sollten sie die

Innenwelt ihres Zeltes umrahmen. Eines schob sie sich unter die Hüfte, eines unter die Schulter, ein drittes zwischen ihre Schläfe und die Züricher Schopenhauer Ausgabe. Sie hatte in einem Geo-Heft, das im Warteraum des Pavillon 24 auslag, einen Artikel über einen afrikanischen Stamm gelesen, darin wurde berichtet, dass die Männer in der Nacht auf dem gebürsteten Boden schlafen, statt eines Kopfkissens eine Kopfstütze aus Holz. Ihre Möbel würden erst in ein paar Tagen geliefert werden. Edgar hatte sie im *Ananas* angerufen und angefleht, sie solle noch so lange im Hotel bleiben, bis die Umzugsfirma die Sachen in die Wohnung gebracht hätte. Seine weinerliche Stimme hatte sie gerührt – gegen ihren empörten Willen.

Sie roch am Ärmel des Mantels, bemerkte einen Fleck. Sie spuckte darauf. Rieb daran. Roch daran. Jod? Fernet? Um den Fleck herauszuschneiden, hätte sie nach der Nagelschere in ihrer Handtasche suchen müssen, dabei wären ihr allerdings die Socken an den Händen im Weg gewesen. Auf dem Etikett des Mantels stand: 100 % Kamelhaar. Sie griff in seine Tasche und fischte einen Zwanzig-Schilling-Schein heraus. Und einen Zettel fand sie.

Sie schlüpfte unter dem Leintuch durch nach draußen. Sie schaltete das Licht an. Weit oben hing eine Hunderter Birne.

Auf dem Zettel stand: »Mein süßes Lieb, besorge mir in der Apotheke: Ulcogant.«

Wie lange schon gab es den Schilling nicht mehr? Hatte das die Frau des Vormieters geschrieben? Die Schrift sprach von so weit her, dass es ihr schwer fiel, sich die Hand warm und durchblutet vorzustellen. Dieses überaus glückliche Leben, als es noch den Schilling gab! Die Sonne schien, man ging zur Alten Donau, schwamm nicht, kaufte sich ein

Eis, zahlte mit Schilling, dachte an den Tod als den Tod der anderen. Oder als sie mit Tomas in Istanbul war. Das süße schlechte Gewissen, weil sie die Kinder bei Bekannten abgestellt hatten. Ein gemeinsamer Freund aus Studientagen sei verstorben, sie müssten zur Beerdigung und anschließend ein paar Tage bei seiner Frau bleiben. So einen Freund gab es nicht. Als sie im Mittelgang des Flugzeugs dicht hintereinander standen, um zu ihren Plätzen zu gelangen, Josi vor Tomas, hatte sie nach hinten gegriffen und ihre Hände auf seine Schenkel gelegt. Er hatte sich zu ihr niedergebeugt. Einmal hatte sie Tomas im Bett den Rücken zerkratzt. Um zu testen, ob es ihr dann schneller kommt. Und ob es ihm schneller kommt und vielleicht heftiger. Sie erinnerte sich nicht mehr an das Ergebnis.

Josi knipste alle Schalter an, die sie fand. Das Licht tat ihr gut. Es war nicht so erbarmungslos, wie sie befürchtet hatte. Sie betrat die Küche, öffnete die Kästen, zog die Schubladen heraus. Der Vormieter hatte seine Teesammlung vergessen. Zwei Regale waren voll mit Dosen und Tüten, Earl Grey, Darjeeling, grüner, roter, schwarzer, gelber Tee, mit Mango aromatisiert und mit Vanille, mit Mandarine, Veilchen, Ingwer, Jasmin. Josi öffnete das Backrohr und zog ein Backblech heraus, schüttete Tee darauf und zündete ihn mit dem Gasanzünder an. Die trockenen Blätter glühten und rauchten und dufteten. Sie stellte das Blech auf den Herd und sah zu.

Sie richtete ihre Augen nach oben und sagte zur Deckenlampe: »Das Glück, meine Liebe, wenn es überhaupt kommt, kommt nur einmal oder zweimal …«

Irgendwann hatte sie Tomas erzählt, dass sie als Kind von einem Zornteufel besessen war. Dass sie sich vor Zorn das Gesicht zerkratzt hatte. Das war an einem Muttertag gewesen. Tomas hatte gefragt, was er tun müsse, um sie einmal so zu erleben. Sie habe, hatte sie ihm erzählt und war stolz gewesen, das Tischtuch unter dem gedeckten Tisch weggezogen. Wir holen einen Teufelsaustreiber, habe ihr Vater ausgerufen. »Warum nicht bei mir! Warum nicht einmal bei mir!«, hatte Tomas gefleht, und als er bei anderer Gelegenheit mit Josis Vater am Telefon sprach, den alten Mann tatsächlich gefragt. »He, stimmt das? Dass sie so durchdrehen kann, deine Kleine? Darum studiert sie Psychologie? Siehst du, wär ich nie draufgekommen. Und was muss man tun, damit sie so durchdreht? Ich will's aber wissen. Ich bin ihr Mann, ich habe ein Anrecht darauf.« Dieses Telefonat hatte Josi ihrem Mann lange nicht verziehen. Es wäre ein Anlass für einen Wutausbruch gewesen. Aber so einen kann man ja nicht wollen. Er kommt oder er kommt nicht.

Er war auch nicht gekommen, nachdem das Unglück zweimal zugeschlagen hatte.

Sie trug das rauchende Backblech durch die Wohnung, von dem Zimmer, das ihr Schlafzimmer werden sollte, in das Zimmer, in dem ihr Zelt stand (das sie das »Zimmer ohne Namen« nennen wollte), durch den Flur mit dem charmanten Knick, der in Wahrheit der Grund gewesen war, warum sie sich für diese Wohnung entschieden hatte. (Ein weiterer Grund war der Boden in der Küche, der aus großen, glänzenden schwarzen und weißen Kacheln bestand, die wie ein Schachbrett angeordnet waren.) Zuletzt legte sie das Blech in die Badewanne und spülte die Asche mit kaltem Wasser in den Gulli. Es gab keine Möglichkeit, Wasser heiß zu machen. Für eine Wärmeflasche zum Beispiel.

Dann lag sie wieder in ihrem Zelt, den Zettel mit dem süßen Lieb zusammengeknüllt in ihrer Hand und kämpfte gegen die volle Blase, bis sie durch das geschlossene Fenster vom Hof herauf das Kübelschlagen der Müllabfuhr hörte und den Kotzgeruch der leeren Red-Bull-Dose roch, die umgekippt war und mit ihrer Öffnung knapp auf ihre Nase zielte.

2

Über die Josefstädterstraße spazierte sie in Richtung Innenstadt. Sie dachte nicht darüber nach, dass diese Gegend von nun an ihr Revier war. Unerwartet stand das Café *Eiles* vor ihr, leicht angeschlagen wie das Schild, auf dem der berühmte Milchrahmstrudel mit Bild und Euro 4,60 angepriesen wurde. Hier war sie während ihrer Zeit als Turnusärztin öfter gewesen; wenn sie einen halben Tag frei gehabt hatte und durch die Stadt flaniert war oder sich einen alten Film im *Bellaria* Kino hinter dem Volkstheater angesehen hatte. Sie war glücklich gewesen. (*Ein Mann geht durch die Wand* mit Heinz Rühmann, *Fahrraddiebe* von Vittorio de Sica oder *Das doppelte Lottchen* mit Erich Kästner als Erzählstimme – wenn sich die beiden im Schankgarten als Geschwister erkannten, musste sie weinen.)

Sie sah ihr Spiegelbild in der Fensterscheibe. In dem zart gestreiften Anzug eher ein Mann als eine Frau. Entweder eine Frau nach fünfzig oder ein Mann vor fünfzig. Mund rot, Augen und Brauen schwarz. Gesicht weiß. Ein wenig mehr Schminke, und man hätte es ein Clownsgesicht nennen dürfen. Giulietta Masina in Fellinis *La Strada*. Sie zupfte sich die Haare in die Höhe und zur Seite. Schnitt Grimassen.

Oder Laurie Anderson in den achtziger und neunziger Jahren des vergangenen Jahrhunderts. Wie sah Laurie Anderson heute aus? *O Superman* war die eleganteste Nummer, die es je in die Charts geschafft hatte. Solche Reduziertheit im Stil hatte Josi immer angestrebt, ohne sich allerdings im Klaren zu sein, zu welchem Ziel. Eine Künstlerin hatte sie nie werden wollen. Aber vielleicht eine Frau, die in den Kaffeehäusern auftaucht, sich umblickt und alle verstummen lässt. Nach der eines Tages ein Anzug benannt wird wie der Stresemann nach Gustav Stresemann. »Sie betrat das Café, knöpfte die Jacke ihres Bartok auf …« Oder so ähnlich.

Könnte ein Leben als Spaßmacher ein Ausweg sein? Bot der Clown eine Lebensform, in der ihre Unglücke nicht nur Platz hätten, sondern sogar attraktiv wären? Wer sich sein Leben als Film oder Song vorstellen kann, der ist noch nicht verloren. Den Anzug hatte sie sich vor einem Jahr machen lassen. Bei einem Schneider namens Brunelli in den Tuchlauben im Ersten Bezirk. Er hatte sie lange angesehen, leberbraune Haut um die Augen, war schließlich nach nebenan gegangen und mit einem Ballen zurückgekehrt. »Nehmen Sie diesen Stoff«, hatte er gesagt, »das gibt einen klassischen Stresemann, er macht sie ein bisschen glücklich, das können Sie brauchen.« Sie hatte damals nicht gewusst, dass er Recht hatte. Jetzt wusste sie es.

Aber warum hatte sie sich überhaupt einen Anzug machen lassen, einen Herrenanzug? Niemals zuvor war sie bei einem Schneider gewesen. Eines Morgens hatte sie an sich hinuntergeblickt und gedacht: Das bist du nicht, das bist du nicht mehr, in deinen Röcken und Jeans siehst du verkleidet aus. Eine Idee hatte sich in ihrem Kopf festgesetzt: Ich will mich kleiden wie ein eleganter Herr. Aber warum? Warum dieser Gedanke und bereits vor einem Jahr? Sie hatte den Stresemann nur einmal bisher getragen: gleich, nachdem sie ihn abgeholt hatte, für eine knappe Stunde, zum Einkaufen im Supermarkt. Tomas hatte ihn nie gesehen. Damals war die Hose sehr knapp gewesen. Jetzt warf der Bund Falten, sie hatte zwei neue Löcher in den Gürtel bohren müssen.

Sie ging nun doch Richtung Karlsplatz, am Volkstheater und am Museumsquartier vorbei, hinunter zur Secession. Sie wurde wahrgenommen, ohne Zweifel. Sie lächelte breit und starr und riss die Augen auf. Ein Kran zeigte mit seinem verrosteten Arm zu den Engeln hinauf, ein Baum streckte ihr seine glatten Blätter entgegen. Am Naschmarkt ertrug sie die Gerüche nicht. Und die Erinnerung ertrug sie auch nicht: als sie beim Türken Gurken, Tomaten, Feta und Milchkaffee gefrühstückt hatte. Sie kaufte eine Limettenstange und stellte sich vor, wie der gebackene Teig alles Bittere in ihr aufsaugte. Ein Betrunkener in Trainingshose und Turnschuhen wankte ihr entgegen und bewegte die Lippen zu ihr hin, und am liebsten hätte sie ihm geantwortet: Ich verstehe dich, Bewusstsein ist etwas Schreckliches. Das hatte ein Patient zu ihr gesagt, als seine Dosis Cymbalta von sechzig auf hundertzwanzig Milligramm verdoppelt worden war. Er hatte sie durchschaut in ihrer Ratlosigkeit.

Und bei der Kettenbrückengasse stieg sie dann doch wieder in die U-Bahn Richtung Hütteldorf. Es war ein Scheinentschluss, passend zu ihrem Leben. Und das hieß nichts anderes als: Ich mache einen Schritt, weiß aber nicht, ob ich auch den nächsten tun will. Sie hatte Heimweh nach diesem elenden Haus mit den gemütlichen Vorhängen. In dem sie achtzehn Jahre gelebt hatte – wenigstens ein Jahr davon ohne zu wissen, dass ihr Mann einen anderen Mann fickte und sich von ihm ficken ließ.

3

Die Markward Stiege kostete sie viel Mühe. Die Narben spannten, wenn sie tief atmete. Hinaufgerannt war sie früher. Mit Einkaufstaschen in beiden Händen. Tomas und sie hatten Wettrennen veranstaltet. Die hatte natürlich immer er gewonnen. Eine Kondition wie ein Zehnkämpfer. Zögernd betrat sie den schmalen Gartenstreifen. Vor Jahren hatte sie Narzissenknollen gepflanzt, die im Frühling hellgelb und weiß blühten. Sie erinnerte sich daran, wie sie als Kind überzeugt gewesen war, dass sich hinter den Wolken das Anwesen Gottes verberge. Sie ging in die Hocke und legte ihre Hände auf den Boden.

Eine weiße Katze schlüpfte unter dem Gestrüpp der Berberitzen hervor. Setzte sich auf ihre Hinterpfoten, schaute Josi an, als hätte sie nur auf sie gewartet.

»Gehörst du denen, die hier wohnen?«

Die Katze kam heran, stellte den Schwanz auf. Josi hielt ihr ihre Faust hin. Sie boxte mit dem Kopf dagegen. Josi kraulte sie unter dem Kinn. Die Katze streckte den Hals und schloss die Augen. Josi hob sie hoch, streichelte sie. Die Katze legte sich weich in ihren Arm.

»Hast du Flöhe?«

Schwarze Flöhe im weißen Fell. Die müsste man unter der Küchenlampe sehen. Josi nahm allen Mut zusammen. Ich bin es der Katze schuldig, der Katze bin ich es schuldig, schoss es ihr durch den Kopf. Die Überzeugungskraft eines Songs. Dann drückte sie auf die Klingel.

Es war niemand da.

Sie sperrte auf. Dabei war ihr, als betrete sie den Ort ihrer Qual. Was aber nicht stimmte.

»Das stimmt doch nicht«, sagte sie, während sie aus

den Schuhen schlüpfte. »Ich habe mich hier wohl gefühlt. Die Kinder haben mich geliebt, mein Mann hat mich geliebt.«

Es roch anders. Nämlich nach nichts. Die Bilder im Hausflur waren von den Wänden genommen worden. Alle. Und die Wände waren neu gestrichen worden. Schmerzend weiß. Die meisten Bilder waren Fotografien gewesen. Wer zur Tür hereinkam, sollte sehen, wer hier wohnt. Fotografien der Kinder zum Beispiel. Eine Serie Bruno, eine Serie Karla. An den jeweiligen Geburtstagen aufgenommen. Karla auf einem Sessel stehend in der Küche beim Abwasch. Als sie zwei war, als sie drei war, als sie vier war. Ab dem fünften Lebensjahr ohne Sessel. Die folgenden Bilder waren hier im Haus aufgenommen worden, wobei Josi und Tomas darauf geachtet hatten, dass das Ambiente ein ähnliches war wie in der alten Wohnung in Meidling. Mit elf wollte Karla nicht mehr vor der Spüle fotografiert werden. Tomas hatte ein Theater gemacht. Das ganze Projekt habe nur einen Sinn, wenn es durchgezogen werde. Karla war erschrocken und hatte gefragt: »Bis an mein Lebensende?« Bruno war bis zu seinem vierzehnten Geburtstag Modell gestanden, auf dem Boden sitzend, neben sich seinen Teddybären. Der Bär war deutlich gealtert. Dann war das Projekt vergessen worden. Alle Bilder weg. Wenn die Kinder erwachsen sind, werden sie aus dem Pass der Eltern eliminiert. Auch die Bilder mit Tomas und Josi – weg. Dann dachte sie: Vielleicht ja nur, weil frisch gestrichen wurde. Edgar traute sie zu, dass er die Wände vorher fotografiert hatte, damit nach der Renovierung alles wieder seinen Platz bekam.

Die Katze schnurrte in ihrem Arm. Im Wohnzimmer war noch so ziemlich alles beim alten. Die meisten Sachen hier rechnete Tomas ihr zu. Sie solle kommen und zeigen, was sie mitnehmen wolle, hatte er ihr am Telefon gesagt, zweimal bereits. Er wollte sie loswerden, sie und ihre Sachen.

Die Küche war neu. Guter Geschmack. Wessen? Mildes Türkis und Vanille. Bei ihrem letzten Gespräch hatte Tomas gesagt, Edgar lasse fragen, ob sie die Fischpfanne unbedingt brauche, und hatte mit einem schäbigen Lachen kommentiert: »Er hat sich in eine Fischpfanne verliebt, in deine heilige Fischpfanne!«

Josi setzte die Katze auf dem Küchentisch ab. Sie ließ sich zur Seite fallen, räkelte sich. Kraul mich! Bald nach dem Einzug hatte Josi eine alte schwarze Bürolampe an die Wand montiert. Die konnte man an einem Ziehharmonikagestänge über den Tisch bewegen. »Meine alte Küchenlampe, dich sehe ich zum letzten Mal«, sagte sie. »Sie werden dich abschrauben und in den Keller verbannen. Ganz bestimmt werden sie das irgendwann tun. Nämlich dann, wenn sie meinen, ich hätte es überstanden. Und das werden sie schon sehr bald meinen. Aber leider kann auch ich dich nicht brauchen, und haben will ich dich auch nicht, weil du mir nur Dinge erzählen würdest, die ich nicht mehr wissen will.« Die Lampe hatte ihrem Vater gehört, das heißt, sie hatte der Bezirkshauptmannschaft gehört und war über seinem Schreibtisch an der Wand gehängt, und er hatte sie mitgenommen, als eines Tages im Amt ein neuer Wind zu wehen begonnen hatte.

Josi fand keine Flöhe und keine Läuse.

Sie trug die Katze hinauf ins Badezimmer und schäumte sie in der Badewanne mit Shampoo ein, Pfirsichduft. Die Katze schrie und wehrte sich heftig. Beim Frottieren biss sie Josi in die Hand, in die Spanne zwischen Daumen und Zeigefinger, und zog ihr gleich noch die Krallen über die Innenseite ihres Unterarms. Josi hob den Deckel vom Wäschekorb, Männerunterwäsche lag darin, drückte die Katze hinein und beschwerte den Deckel mit einem Stapel Handtücher. Die Katze miaute und kratzte an den Korbwänden. Sie wird auf die Wäsche pissen, dachte Josi. Sie schüttete Jod auf die Wunden. Das Fläschchen stand, wo es immer gestanden hatte. Sie band sich ihr Halstuch um Arm und Hand, aber es rutschte ab, weil es aus Seide war. Die Hand brannte. Ich werde krank werden von der Katze, dachte sie, weiß der Himmel, was die mit ihrem Biss angerichtet hat. Sie schüttete noch einmal Jod darüber. Die Flasche fiel auf die Fliesen und zersprang. Sie bückte sich nach den Scherben. Sie stellte sich ungeschickt an und zerschnitt sich drei Fingerkuppen der rechten Hand. Jetzt blutete sie wirklich stark.

Eine Blutspur zog Josi hinter sich nach, vom Badezimmer hinunter ins Wohnzimmer, ins Schlafzimmer, das leer geräumt war, in die Küche. Achtete darauf, dass kein Tropfen auf ihren Stresemann fiel. Wo treiben es die beiden eigentlich miteinander?

Ihr ehemaliges Arbeitszimmer gehörte nun Edgar. »Edgar will dich etwas fragen, aber er traut sich nicht«, hatte Tomas am Telefon gesagt. »Was will er mich denn fragen?« Tomas hatte den Hörer mit der Hand abgedämpft, aber Josi hatte doch mitbekommen, wie er auf seinen Geliebten einredete, ohne dass sie allerdings verstand, was er sagte. Der Tonfall war ihr neu. Sehr ungeduldig, sehr zornig, genervt, sehr grob, diktatorisch. In diesem Ton hatte er mit ihr nie gesprochen. Das machte sie merkwürdigerweise eifersüchtig. Deshalb hatte er mit mir nie so gesprochen, weil wir beide nie, nie, nie so eng miteinander waren wie er mit ihm ist. Dann hatte sich Tomas wieder an sie gewandt. »Er traut sich einfach nicht. Er ist einfach zu feig.« Ob er ihr

Zimmer haben könne, hatte Edgar fragen wollen und hatte sich nicht getraut. »Darf er?« »Natürlich darf er«, hatte Josi geantwortet, »es ist mir lieber, wenn es sein Zimmer wird, als wenn es dein Zimmer wird.« »Ich brauche kein eigenes Zimmer«, hatte Tomas gesagt.

Edgar war rührselig, feig war er nicht. Feig war Tomas.

Sie setzte sich auf Edgars Schreibtischsessel und ließ das Blut auf den Boden tropfen.

Edgar hatte einige ihrer Pflanzen übernommen, die Fächerpalme zum Beispiel. Sie stand neben seinem Schreibtisch und reckte sich bis zur Decke und war sein Baldachin, wenn er hier saß und Rechenhefte und Deutschaufsätze korrigierte. Als er im *Ananas* anrief, um mit ihr den Umzug zu besprechen, hatte er ihr versprochen, dass er sich um die Palme kümmern würde. Wenn er auch nur eine winzige Veränderung an ihr bemerkte, wenn sie zum Beispiel mit einem neuen Trieb aufwartete, sagte er: Ich gratuliere dir.

Sie öffnete die Schubladen, in einer war ein Erste-Hilfe-Set. Sie klebte mehrere Pflaster auf ihre Fingerkuppen und legte einen Streifen Mull über die Kratzer am Unterarm und wickelte einen Verband darüber. Der Besitzer eines Fitnesscenters und ein Gymnasiallehrer für Deutsch und Mathematik. Wo hatten sich die beiden kennengelernt? In einem Schwulenclub? Was hatte Tomas an Edgar gefallen? Ihr Bild von ihm war undeutlich. Sie hatte ihn bisher nur einmal gesehen. Der Mann im Alptraum. Schraffiert, grau, etwas silbern.

Drittes Kapitel

Wenn sie die beiden durchs Küchenfenster gesehen hätte, wie sie mit ihren Einkaufstaschen über die Stiege heraufkamen, sie hätte eines dieser neuen Supermesser aus dem Block gezogen, um Tomas zu erschrecken. Er erschrak auch so.

Edgar drängte sich an ihm vorbei, setzte seine beiden Taschen ab und rief: »Mein Gott, Josi, du siehst ja blendend aus!«

Und für einen Augenblick war alles gut.

»Ich wollte euch besuchen«, sagte sie und vollführte eine halbe Drehung nach links und eine halbe nach rechts. »Irgendwann musste es ja sein.«

Aber nur für einen Augenblick.

»Mir wär sehr recht gewesen, du hättest vorher angerufen«, sagte Tomas und verließ die Küche, ohne ihr die Hand gegeben zu haben.

»Stresemann«, sagte Edgar.

»Hätte Tomas nie und nimmer erkannt«, sagte sie.

»Na-a«, sagte er.

»Na-a kann viel heißen«, sagte sie.

Beide leise.

Edgar musterte sie. Und sie ihn. Dieser hier war nicht der Mann aus ihrem Alptraum. Der an den Rändern verschwommen war. Grau schraffiert und irritierend silbern. Ein Traum aus ihrem Zelt fiel ihr ein: Einer war mit Stiefeln voraus in ihren Brustkorb eingetreten. Der hier war es nicht gewesen. Edgar wischte sich die Hände unter den Achseln ab. Er sollte besser dunkle Sachen tragen, dachte sie. Nicht gleich schwarz, das würde an ihm aussehen wie eine Aufgabe, die er nicht bewältigen kann. Rotes auch lieber nicht. Auch kein Blau. Brauntöne, ocker, Buchenlaub im Herbst. Noch einmal wischte er sich die Hände ab. Es machte ihnen beiden keine Mühe, einander in die Augen zu sehen. In seinem Blick waren Sorge und Mitleid. Er sieht, was aus ihm werden wird, dachte Josi. Leider konnte sie über ihn nicht das Gleiche sagen wie er über sie. Ein schöner Mann war er nicht, von blendend nicht die Rede. Er war jünger als Tomas, ein wenig dicklich um die Taille und welk an den Wangen. So viel Wert auf Geist legte Tomas nun auch wieder nicht, dachte sie, dass er mit diesem Körper rundum zufrieden sein könnte.

Edgar gab ihr die Hand. Dann küsste er sie schnell auf beide Wangen. »Du siehst aus wie ein zarter Herr.«

»Als wir beide uns zum ersten Mal gesehen haben«, sagte sie und hoffte, er werde sie unterbrechen.

Was er tat: »Ich denk nicht gern daran. Sehr verzweifelt.«

»Was meinst du?«

»Du.«

Und jetzt ruckte er mit den Schultern und sprach schnell, und Josi meinte, winzig kleine Stotterer zu hören. Das auch noch. Wo Tomas doch jeden körperlichen Makel unheimlich fand. Sie schaute ihm auf die Hose. Ob sich da vielleicht ein außergewöhnliches Geschlechtsteil wölbte. »Ich hätte dich gern angerufen, Josi, und dich um Verzeihung gebeten, und ich habe auch lange darüber nachgedacht und auch mit Tomas darüber gesprochen, er war nicht dagegen, nein, nein, nein, er hat es ganz mir überlassen, aber wofür hätte ich mich entschuldigen sollen, bitte, sag etwas, Josi, wenn man sich für etwas entschuldigt oder wie man besser sagen sollte, um Entschuldigung bittet, dann *hat* man

Schuld, sagt ja schon das Wort, aber dann hätte ich etwas mit Absicht getan, ich meine, ich hätte es auch sein lassen können, ich hätte eine Wahl gehabt, aber es ist die Liebe, glaub mir, Josi, es ist die Liebe, sag bitte etwas, Josi.«

»Ich sag nichts«, sagte sie. Sie staunte. Spürte Brechreiz. Als müsste sie für jemand anderen und nicht für sich selber kotzen. Wahrscheinlich wegen der Liebe. Weil nur sie Recht darauf hatte. Sie steckte die Hände in die Taschen, schob das Becken ein wenig vor. Ich muss aufhören mich zu beobachten als wäre ich eine Filmfigur. Erst Trost, dann Gewohnheit, dann Sucht. »Das war doch ein Kompliment, oder? Das mit dem zarten Herrn.«

»Ja«, sagte Edgar. »Hast du dich verletzt? Der Verband gehört doch nicht zum Outfit, oder doch?«

Also könnte es immerhin sein, dachte sie. Eine Frau, die sich wie ein Herr kleidet, Sonderanfertigung, Anspielung auf einen Staatsmann, der keinen Krieg wollte, und die ein Doppelleben führt, bei dem man sich verletzen kann, wahrscheinlich in der Nacht, draußen zwischen regennassen Straßen.

Tomas stand wieder in der Küchentür, die Arme auf dem Rücken. Auch er, wie sie erst jetzt bemerkte, in neuem Stil. Weite Sachen. Helle Sachen. Und eine Brille. Warum eine Brille? Er wirkte nicht intellektuell. Verkleidet wirkte er. Die Haare geschoren. Das verbindet uns, dachte sie, dass wir beide nur noch als Verkleidete leben können. In dem Film gäbe es etwas, das die beiden über alles hinweg verbindet, Stahl dazu im Vergleich: gummiweich.

»Und?«, sagte er. Auch seine Stimme war verkleidet.

»Sie kann doch zum Essen bleiben«, sagte Edgar.

»Wenn es keinen gibt, den ich störe«, sagte Josi.

»Es ist dein Haus«, sagte Tomas.

»Das ganz sicher nicht«, antwortete sie und legte Gewicht und Drohung auf jedes Wort, ohne eine Ahnung, worauf sich das eine wie das andere gründen könnte. Das Haus gehörte ihr immer noch zur Hälfte. Tomas und Edgar zahlten Miete an sie. Sie hatte vergessen, wie viel sie vereinbart hatten. Sie war noch nicht auf der Bank gewesen, um ihre Kontoauszüge abzuholen und ihre neue Adresse zu hinterlassen. (Praktischerweise war an der Ecke Piaristengasse Josefstädterstraße eine Filiale der BAWAG, also keine dreißig Schritte von ihrer Haustür entfernt.) Edgar hatte alles organisiert. Sie hatte Tomas am Telefon gebeten, mit ihrer Unterschrift zu unterschreiben. Er hatte ohne ein Gegenwort akzeptiert. Früher hatten sie sich öfter gegenseitig die Unterschriften gefälscht.

»Dann allerdings« – und nun war seine Stimme nicht mehr verkleidet, *diese* Stimme kannte sie, sie klang herüber aus der Zeit, die sie in den Mails an ihre gemeinsamen Kinder »die gute Zeit« nannte, als sie ihren gemeinsamen Kindern zu erklären versucht hatte, warum das Leben komplizierter ist, als man haben will, weil verdammtnochmal Tomas wieder zu feige gewesen war zu sagen, was ja auf alle Fälle gesagt werden musste, nämlich: dass ihr Vater schwul war und mit seinem Freund in das Haus ziehen würde, in dem sie zu viert einmal eine Familie gewesen waren, eben in jener guten Zeit, die gar nicht immer gut gewesen war, zum Beispiel nicht, wenn Tomas mit der Stimme gesprochen hatte, mit der er jetzt sprach – »dann allerdings, wenn dieses Haus nicht mehr deines ist, dann bitte ich dich, uns zu erklären, was es erstens zu bedeuten hat, dass überall am Fußboden dein Blut klebt, und zweitens was das soll?« Darum also die Arme auf dem Rücken. Und nun waren sie vorne, und die Finger waren in das Nackenfell des weißen Kätzchens gekrallt, das aussah wie ein armer Sünder, was es ja auch war. »Hast du sie in unseren Wäschekorb gesperrt? Hast du einen Vogel? Sie hat auf unsere Sachen gebrunzt!«

»Wenn eure Sachen im Wäschekorb liegen, werden sie ja eh gewaschen«, sagte sie.

»Erklärs ihr!«, fuhr er Edgar an.

»Was soll ich ihr denn erklären?«

»Weißt du nicht, was es in so einem Fall zu erklären gibt? Wo stehst du, Kollege?«

»Die Katze ist mir nachgelaufen«, erklärte nun Josi, kleinlaut, wie der zarter Herr im Stresemann nie sprechen würde, »sie hat sich in euer Haus geschlichen, und als ich sie rauswerfen wollte, damit sie euch nicht alles vollscheißt, hat sie mich gekratzt, und da habe ich sie eingesperrt. Nur bis ich mir die Wunde verbunden habe. Ich habe sie vergessen, das gebe ich zu. Weil ihr gekommen seid …«

Aber Tomas war schon zur Tür hinaus.

Nach einer Pause, während der Edgar immer wieder seine Backen aufblies, sagte er: »Mit deiner Hand kannst du mir nicht beim Kochen helfen, Josi, aber zuschauen kannst du mir dabei.«

Sie bemühte sich, unbefangen zu wirken. Fliege ich wirklich oder bilde ich es mir ein? »Ich dachte«, sagte sie, »ich dachte, ich lasse den Hemdkragen jeweils offen und binde mir nur lose eine Krawatte um.«

»Aber bitte keine breiten Krawatten. Und keine bunten.«

»Bunte nicht. Warum nicht bunte?«

»Eine bunte Krawatte an einer Frau sieht immer aus wie ein Halstuch. Da denkt sich niemand, dass es eine Krawatte ist.«

»Aber wenn sich eh keiner denkt, dass ich eine Frau bin?«

»Natürlich weiß man, dass du eine Frau bist, aber man denkt sich, das ist eine Frau, die aussehen will wie ein Mann, und das ist das Interessante. Einen Augenblick.« – Und war ebenfalls zur Tür draußen.

Er will sich mit seinem Lieb versöhnen. Will ihm die Zunge in den Mund schieben. Oder sich schieben lassen. Eher schieben lassen. Ihr war schwindelig. Ihre Narben spannten wieder. Sie ziehen am Blut. Wie viel Blut habe ich verloren? So viel auf einmal kann aus den Fingerkuppen gar nicht heraus rinnen. Tomas hatte eine Art gehabt, ihr Gesicht in seine Hände zu nehmen, die Daumen an ihren Mundwinkeln, und sie sacht zu streicheln. Ich werde den beiden sagen, dass ich nur noch zwei Jahre zu leben habe. Dann benehmen sie sich anständig. Sie nahm sich vor, den zarten Herrn auszubauen. Warum nicht an einer Hand immer einen Verband tragen? Handschuhe werden ja auch getragen. Und wenn ich stilbildend wäre? Dann hätten sich die Unglücke rentiert.

»Entschuldige, Josi.« Edgar war nun im T-Shirt, wieder hell. Nicht gut. »Ich will zum Essen dann das Hemd wieder anziehen, es wäre eine Zumutung, wenn es nach Fisch riecht. Ich habe dir etwas mitgebracht.« Eine Krawatte. Schwarz. »Wildleder. John Lennon. Tatsächlich. Klassisch.«

»Was heißt John Lennon? Die hat er angehabt?«

»Die, ja.«

»Genau die?«

»Die gleiche, nicht dieselbe. Das machen die Schüler immer falsch. Das macht mir einen richtigen Spaß, wenn ich das in einem Schularbeitenheft anstreichen kann. Aber weil es mir Spaß macht, rechne ich es nicht als Fehler. Ich sage das auch. Ich sage: Es macht mir Spaß, wenn ich so einen Fehler finde. Bitte, macht solche Fehler! Ich rechne sie nicht an. Im Gegenteil. Wer so einen Fehler macht, hat etwas gut bei mir. Und weißt du, was das bewirkt? Dass sie genau diesen Fehler nicht mehr machen. Diesen Trick wende ich natürlich nur in der Unterstufe an. Aber das ist doch eine gute Idee, oder? Sag doch, Josi!«

Josi legte sich die Krawatte um den Hals und verknotete sie irgendwie. »Das ist sogar eine sehr gute Idee.«

»Kannst du keine Krawattenknoten?«, fragte Edgar. »Wirklich nicht? Aber dort geht's los, das sage ich dir. Ohne zwei drei Knoten kommst du nicht aus. Kannst du dir aus dem Netz herunterladen. Oder im Bildwörterduden anschauen. Hast du einen Bildwörterduden? Ich schenk dir meinen. Also gut. Schau her. Aber dann muss ich mit dem Fisch anfangen. Ist es dir egal, wenn es keine Kohlenhydrate gibt? Nur Petersfisch und Gemüse. Pfeffer, Salz, Olivenöl und Weißwein und auf dem Tisch einen großen Haufen trockenen Rucola darüber.«

Er zeigte ihr den einfachen und den doppelten Windsorknoten. Dann schnitt er die Lauchstangen bis zur Hälfte der Länge nach durch und spülte sie unter dem Wasserhahn.

»Ich bin nicht dafür, dass der Koch dem Esser die Arbeit abnehmen soll«, sagte er. »Der Lauch bleibt so lange, wie er eben ist. Bei den Karotten das Gleiche. Ich hab's am liebsten, wenn man den Fisch unter einem Berg von Gemüse suchen muss.«

»Kennst du Laurie Anderson?«, fragte Josi.

»Natürlich. Ich weiß, warum du fragst. Sie sieht aus wie du.«

»Das finde ich eben auch!«, rief Josi. »Ich finde doch, dass ich aussehe wie sie.«

»Nur die Grübchen hast du nicht in den Wangen.«

»Die kann man mit Schminke andeuten.«

»Willst du das? Warum willst du das? Ein bisschen solltest du wie sie aussehen, das ist nicht schlecht, aber doch nicht ganz. Ich habe nicht *gleich* an Laurie Anderson gedacht. Ich habe gedacht: Sie sieht aus wie ein zarter Herr. Wie Josi sieht sie aus. Ein bisschen kannst du wie Laurie Anderson aussehen. Es sollte folgendermaßen sein: Du siehst aus wie ein zarter Herr. Und ein bisschen wie Laurie Anderson. Weil auch Laurie Anderson wie ein zarter Herr aussieht. Also sieht Laurie Anderson *wie du* aus.«

Wo zwei zusammenhängen, ist einer der Wolf, und der andere wirft ihm vor, dass er der Wolf sei.

»Danke, Edgar. Das ist gut für meinen Neubeginn.«

Nicht gut. Erstens: Neubeginn. Nein, erstens bereits das Danke. Wieso Danke an den, der an meinem Neubeginn Schuld hat? Auch wenn es gar keine Schuld ist, wie er trickreich erklärt hatte. Der Terror der Schuldlosen. Dagegen: ein »strammes Neuroleptikum« (Copyright Dr. Krabichler, Josis ehemaliger Chef im OWS, auch genannt Mister Wer-wär-frei?, weil er es verstand, mit diesen Worten jedes auch noch so verdiente freie Wochenende zu ruinieren) oder diverse Benzodiazepine oder diverse Diphenylbutylpiperidine oder diverse Barbiturate. Bin ich jetzt wie Laurie Anderson oder nicht? Kapiert er nicht, dass ich nicht ich sein will? Sie ist wie ich? Arme Laurie. Das trifft sie unvorbereitet. Der Schuldlose dreht sich einmal um, und schon hat er einen Schaden angerichtet, wie ihn ein echt Schuldiger gar nicht hinkriegen könnte. Aber Laurie hat ja Lou, der sie tröstet. Ich muss mir dringend einen geeigneten Lou Reed suchen.

Was der zarte Herr alles zu geben hätte! Wieder der Schrei nach Liebe in ihr. Ausgelöst durch ein kleines Stück Haut zwischen einem Ohr und einem Schlüsselbein. Mein süßes Lieb, mein süßes Lieb. Den restlichen Edgar subtrahieren. Seine Wortklauberei wird Tomas auf die Nerven gehen. Die wird er ihm austreiben. Oder es wird nicht lange halten zwischen den beiden. Aber es hält ja schon lange! Zwischen den beiden. Gott sei Dank habe ich nicht »mein Comeback« gesagt. Zum ersten Mal hatte sie den Namen ihres Feindes ausgesprochen. Der alles andere sein wollte, nur nicht ihr Feind. Wenn ich ihm in die Augen schaue, fängt er zu heulen an. Sie stellte sich vor, wie es begonnen haben könnte, zwischen den beiden: Wie heißt du? Edgar. Und du? Tomas. Hatten sie an diesem Punkt bereits einander berührt? Den ersten Kuss in ihrem Leben hatte Josi bekommen, Zungenkuss, von einem Burschen, dessen Namen sie nicht kannte. War nicht nötig gewesen zu diesem Zeitpunkt. Ein Name ist etwas Stabiles, den kann man jederzeit nachreichen. Der geht durch Launen hindurch, ohne sich zu verändern. Der Name ist das Gegenteil einer Predigt. Die fragil ist. An die man glauben muss. Wann aber glaubt einer? Am Vormittag glaubt er, am Nachmittag nicht mehr, am Abend glaubt er wieder, in der Nacht wieder nicht. Wie sie sich selbst dafür hasste! In Therapiegesprächen, die manchmal nicht zu verhindern gewesen waren, weil die Patienten meinten, alles, was mit Psych anfängt, sei gleich. War froh, froh, froh, wenn sie am Ende Gelegenheit hatte zu sagen: Ich rate Ihnen zu einer Therapie. Ich bin Psychiaterin. Das ist eigentlich nicht mein Gebiet. Wenn sie dann doch einmal mehr redete, als sie sich vorgenommen hatte, war sie immer in diesen Predigerton verfallen, der sie irgendwann unweigerlich zu folgendem Statement führte:

»Man muss sich sich selber stellen. Das fängt beim Namen an. Die meisten Menschen haben ein schlechtes Verhältnis zu ihrem Namen, wissen Sie. Es kann eine Heilung bewirken, den eigenen Namen oft und in so vielen verschiedenen Modulationen wie nur möglich und laut vor sich hin zu sprechen. Versuchen Sie es! Man muss sich sich selber stellen.« Sie war überzeugt, dass dies eine gute Idee war. Josi. Josi. Josi. Josi. Josi. Aber es konnte einem auch dabei schlecht werden. Also warum sollten sich die beiden nicht fröhlich an den Schwanz gefasst haben, noch bevor sie wussten, wie ihre Namen waren? Manchmal hatten Tomas und sie beim Sex geredet. Je leidenschaftlicher es wurde, desto enger wurde der Wortschatz. Was Wunder. Am Ende blieben nur noch die Namen. Tomas! Josi! Tomas! Josi! Diese offensichtliche Idiotie hat ihn geheilt, ganz offensichtlich, und dann ist er übergelaufen. Und dort war der Name nicht mehr so wichtig gewesen. Unter Edgars Ohr zum Nacken hin funkelte in der Sonne ein feiner goldener Flaum. Wär sie Tomas, sie würde ihn in der Umarmung mit ihren Zähnen abgrasen.

Edgar schob den Fisch im Gemüseberg – auf ihrer heiligen Fischpfanne! – ins Rohr. »Ich gebe den Wein erst darüber, wenn der Fisch fast gar ist. Jetzt aufdecken. Flott!«

»Ich kann helfen«, sagte Josi.

Sie wusste ja nicht einmal, wo mittlerweile die Sachen untergebracht waren. Alles neu. Neue Kästen, neue Regale. Auf den Regalen nur Sinnvolles. Reibeisen für Muskatnuss neben dem Glas mit den Muskatnüssen. Der Pfeffer neben der Pfeffermühle. Der Kaffee neben der Kaffeemühle. Kein Schmuck dazwischen, kein unnötiges Zeug wie alte Schoko-Nikoläuse und Kuchenformen für Osterhasen, die nie gebraucht wurden, und ewig blinkende Madonnen. War alles entsorgt worden. Josi war dankbar dafür. Tomas und Edgar, Tomas und Edgar, Tomas und Edgar passten besser zusammen als –

Tomas entschuldigte sich für seinen Ton.

Bevor sie sich zu Tisch setzten, sagte Josi: »Ich möchte, dass ihr beide euch küsst. Ich quäle mich nicht, das ist nicht meine Intension, ich möchte lediglich wissen, wie es sich für mich anfühlt, wenn ihr euch küsst.«

Edgar zog Tomas zu sich heran und drückte ihm seine Lippen auf den Mund.

Josi spürte ein heftiges Verlangen, den beiden ihre Narben zu zeigen.

Die Männer küssten einander, und Josi hätte gern ihre schönen Kreuze gezeigt.

Edgar fuhr mit der Hand unter sein T-Shirt, machte eine Faust um den Stoff und rieb damit in seinem Gesicht herum wie ein Rotzkind im Sandkasten. Sein Bauch war weiß und beflaumt und wellig. »Ich wollte nur das Beste«, sagte er.

Und Tomas sagte und stotterte dabei, unüberhörbar in Edgars Manier: »Wir werden immer deine Freunde sein, Josi, Das weißt du.«

Der Besuch war zu Ende. Josi riss die Pfanne vom Tisch und schlug sie samt dem Fisch im Gemüseberg gegen die Wand.

»Nie mehr will ich etwas mit euch zu tun haben, habt ihr verstanden! Und wenn ihr bei mir anklopft, lass ich euch vor der Türe erfrieren!« Und zu Tomas: »Das war der Wutanfall, den du dir immer gewünscht hast. Ich hoffe, er war so richtig nach deinen Vorstellungen. Besser kann ich es halt nicht.«

Es war aber gar kein Wutanfall gewesen, sondern die

pure Berechnung. Den Wurf der Pfanne hatte sie so kalkuliert, dass der Schaden möglichst groß sein würde. Als sie über die Markward Steige hinunter zur U4 tänzelte, war sie zufrieden mit sich. Die Küche würde ein zweites Mal renoviert werden müssen. Und dann würde dieser Raum tatsächlich nichts mehr mit Herrn Josi Bartok zu tun haben.

Viertes Kapitel

1

Josis Vater starb an einem Hirnschlag. Mitten in der Gemeindebücherei von Frastanz wurde er getroffen. Am Boden sitzend. Umgeben von Büchern. Josi war die einzige Angehörige, jedenfalls die einzige, von der der Bürgermeister wusste. Er erreichte sie während der Arbeit. Sie war gerade bei ihrer Lieblingspatientin, einer unter Anorexie leidenden Siebzehnjährigen, die erst vor wenigen Tagen vom Wilhelminenspital zu ihnen in den Pavillon 24 überwiesen worden war. Die junge Frau hatte nur mehr wenig über dreißig Kilo, Darm und Magen waren durch Abführmittel und Erbrechen stark in Mitleidenschaft gezogen, ebenso die Nieren. Zunächst waren ihr eine Magensonde und ein Harnkatheder gelegt worden. Sie hatte so große Augen! Josi nahm sich zwei- bis dreimal am Tag für sie Zeit, das Mädchen rührte sie, wie eine Jagdbeute kam sie ihr vor. Claudia hieß sie. Sie setzte sich neben sie, bis sie ihren hochkalorischen Drink hinuntergewürgt hatte. Während dieser Zeit schaltete sie ihr Diensthandy ab (was nicht gern gesehen wurde). Als sie nach zwanzig Minuten das Zimmer verließ, zeigte das Display fünfzehn Anrufe in Abwesenheit an, alle von derselben Nummer. Es war der Bürgermeister gewesen.

Ein bisschen traurig war sie und sehr geistesabwesend. Sie kannte solche Reaktion aus der Literatur. Machte sich also keine Sorgen, dass sie eine herzlose Person sei. Als das kleine Flugzeug auf der Schweizer Seite des Rheintals landete, war ihr, als begänne hier eine Expedition ins tiefste

Afrika. Ihr Vater war nach Feldkirch ins Landeskrankenhaus gebracht worden. Er lag im Koma und fieberte. Schnaufte, als würde er einen Spaß machen. Josi saß neben dem Bett und war ein bisschen traurig und sehr geistesabwesend. Und dachte: Jetzt wär's allmählich Zeit für den Schmerz. In der Nacht starb er. Sie war auf dem Sessel eingeschlafen und aufgewacht, weil das Schnaufen abbrach.

Das war vor neunzehn Jahren gewesen.

Josi war bis zur Beerdigung in Vorarlberg geblieben. Tomas und die Kinder – Bruno damals gerade vier, Klara sechs – waren mit dem Zug nachgekommen. Sie hatten zusammen im Haus ihres Vaters übernachtet. Das war nicht einfach gewesen, weil dort nur ein Bett stand, und in dem wollte keiner schlafen. Sie breiteten in einem der Bücherzimmer Decken aus. Es war hart, aber gemütlich. Und lustig. Der Schmerz wird kommen, wenn ich wieder in Wien bin, dachte Josi.

Nach seiner Pensionierung hatte ihr Vater dieses kleine, charakterlose Reihenhaus in diesem kleinen charakterlosen Dorf in der Nähe von Feldkirch gemietet. Am Fuß eines schroffen Berges. Josi hatte nie verstanden, warum. Es musste Platz geschaffen werden für mehr als 10000 Bücher. Sein halbes Leben lang hatte er an den Abenden und den Wochenenden Steuererklärungen zusammengestellt. Alles schwarz, netto für brutto. Mit diesem Geld wurde die Büchersucht finanziert. Irgendwann, so hatte er Josi am Telefon erzählt, habe ihn der Bürgermeister besucht. Der habe es nicht für möglich gehalten, dass ein »privater Mensch« so viele Bücher besitzen könne. »Die seinen passen auf ein Regal in der Länge seines Unterarms.« Der Bürgermeister habe ihm angeboten, die Gemeindebücherei auf Trab zu bringen. »Ich habe ihm erst klar machen müssen, dass Bücher keine Pferde sind, die man auf Trab bringen kann.« »Das hast du nicht«, sagte Josi. »Und warum habe ich das nicht?« »Ein Vorarlberger Bürgermeister würde so ein Wort nie verwenden. Außerdem bist du höflich.« »Du meinst, arschkriecherisch.« Das hatte sie nicht gemeint, aber sie hörte heraus, dass er selbst es meinte. »Ich habe mein halbes Leben lang das Finanzamt beschissen«, sagte er, »und jetzt bescheiße ich das Dorf, in dem ich so freundlich aufgenommen worden bin.« Das hieß: Aus dem Budget, das ihm der Bürgermeister zur Verfügung stellte, kaufte er ausschließlich Bücher, die ihm in seiner privaten Bibliothek fehlten. Keines dieser Bücher, davon war er überzeugt und das hoffte er auch, würde in den nächsten zwanzig Jahren ausgeborgt werden. Die Gemeindebücherei war für ihn nichts weiter als eine Außenstelle seiner eigenen Bibliothek. Dann war die erste große Sendung geliefert worden. Er hatte sich zwischen die Kartons gesetzt und sie ausgepackt. Es war zu viel Glück für ihn gewesen. Er war nach vorne gekippt. Die Putzfrau hatte ihn gefunden. Umgeben von seinen Geliebten.

In der Nacht war Josi aufgewacht. Rückgrat und Becken taten ihr weh vom Liegen auf dem harten Boden. Der Geruch der Bücher an den Wänden des engen Raumes war ihr vertraut. Es konnte nicht sein, dass der Papa tot war. Josi war sein Lieblingsbuch gewesen. In ihren Augen hatte er gelesen. Und die Mama war glücklich darüber gewesen. Sie hatte die Hände vom Papa an ihre Wangen gelegt und gesagt: »Josibuch.«

Tomas erwachte, stieg über Bruno, der zwischen ihm und Josi lag, und nahm sie in die Arme. Er sagte nichts. Er wusste nicht, was er sagen sollte. Er litt darunter, dass gerade bei tiefer Empfindung jedes Wort aus seinem Mund obenhin klinge.

»Obenhin? Wer sagt obenhin?« hatte sie gefragt.

Als Josi ein Kind war, hatte sie mit ihrem Vater ein Hobby geteilt: Zug fahren. »Zug fahren ist unser Hobby«, hatte er gesagt und sie bei der Hand genommen. »Und was ist ein Hobby?«, hatte sie gefragt. Wenn er Sorgen hatte, nahm er seine Tochter bei der Hand, und sie fuhren mit dem Regionalzug von Feldkirch nach Bregenz, dort stiegen sie um, und es ging retour, an Feldkirch vorbei, nach Bludenz, manchmal bis Langen am Arlberg oder sogar durch den Tunnel bis St. Anton und dann wieder zurück nach Hause. Da waren drei vier Stunden schnell vergangen. Sie saß auf der Bank, aufrecht, und starrte die Leute an. Was draußen vorbeiflog, interessierte sie nicht. Eine verwahrloste Frau weinte und sagte zu dem verwahrlosten Mann an ihrer Seite: »Verzeih mir, verzeih mir noch einmal, ich gehe in mich.«

Zuhause setzte sich Josi auf den Fußboden und putzte die Schuhe – Mamas Schuhe, drei Paare, Papas Schuhe, drei halbe Paare. Papa besaß nur rechte Schuhe und die waren einer wie der andere. Der linke war an seine Prothese montiert. Die kleine Josi hatte die Prothese im Arm wie ein Baby und glänzte wild drauflos. Ihr Problem war, dass sie immer zu viel Creme verwendete. Sie wusste, dass es zu viel war, sie konnte nicht anders, sie *musste* übertreiben, und so machte sie aus allem eine Veranstaltung, auch aus dem Glänzen der Schuhe.

Papa war in Russland ein Bein abgefroren. Er war doch erst siebzehn gewesen, als sie ihn geholt hatten! Aus einem Dorf in der Oststeiermark hatten sie ihn eingezogen. Er war der beste Schüler gewesen und vom Pfarrer gefördert worden. Gern wäre er Chemiker geworden. Es gab einen Baumeister im Dorf, der eine Bibliothek besaß – punktgenau hundertachtundvierzig Bände. Rosegger, Anzengruber, Goethes Faust. Schillers ausgewählte Dramen. Gedichte von Uhland und Eichendorff. Den Faust habe er sich für eine Nacht ausgeborgt, erzählte der Papa immer wieder. Er wollte ihn abschreiben, fing an bei der Zueignung, dann das Vorspiel auf dem Theater, dann der Prolog im Himmel, die Finger hätten ihm weh getan, und als es richtig losging – »Habe nun, ach! Philosophie / Juristerei und Medizin / Und leider auch Theologie / Durchaus studiert, mit heißem Bemühn …« –, sei er eingeschlafen, und am nächsten Tag musste er den Halblederband mit Goldschnitt wieder zurücktragen. Dem Baumeister gefiel, wie der Bub die Bücher aufschlug und in der Hand hielt, und er wollte ihm die Matura und ein Studium bezahlen.

Aber dann eben der Krieg. Linkes Bein abgefroren bis zum Knie.

Im Lazarett lernte der Einbeinige seine spätere Frau kennen. Nach dem Krieg bekam er die Stelle als Leiter des Kriegsopfererholungsheims im Großen Walsertal. Er holte die Matura nach, studierte doch lieber Welthandel statt Chemie und wurde Beamter bei der Bezirkshauptmannschaft Feldkirch, abonnierte verschiedene Kataloge von Bücherversandfirmen und Antiquariaten und besuchte mindestens zweimal in der Woche die Buchhandlung Unterberger in der Feldkircher Marktstraße. Er hinkte ordentlich mit seiner Prothese.

Josi polierte mit einem Wolltuch den orthopädischen Schuh und wiederholte halblaut, was sie im Zug gehört hatte. »Verzeih mir, verzeih mir noch einmal, ich gehe in mich. Papa, was heißt eigentlich, ich gehe in mich?« Sie imitierte die Stimme der Frau so unverwechselbar, dass ihr Vater erschrak. Es war ihm unheimlich. »Warum kannst du das?«, fragte er. Sie wusste nicht, was er meinte. Sie redete dem Nachrichtensprecher im Radio nach, ihre Stimme war wie seine, und so knapp folgte sie seinen Sätzen, dass es sich anhörte, als läsen sie synchron den gleichen Text. »Warum kannst du das?«, fragte der Vater wieder. »Eine Begabung«, sagte die Mutter. »Aber was kann man damit anfangen?«, sagte der Vater. Später beim Fernsehen behauptete Josi, sie wisse, was als nächstes gesagt werde. Viel zu oft hatte sie es tatsächlich gewusst. »Wenn ich will«, sagte sie, »und wenn ihr mich konzentriert denken lasst, dann kann ich den Fernseher nur mit meinem Hirn ein- und ausschalten.« »Das wollen wir aber nicht«, sagte der Vater.

Josis Mutter war eine stille Frau gewesen, keine gute Köchin, sie las den ganzen Tag. Wie ihr Mann. Überall stapelten sich Bücher, auf der Toilette, in der Küche, im Bett. Sie war kränklich und verbrachte viel Zeit im Bett. Ihr Mann legte sich neben sie. Sie ernährten sich wochenlang nur von Butterbroten und Kakao und Äpfeln und Pudding. Die meiste Zeit waren sie allein in dem Heim. Zweimal im Jahr kamen Invalide auf Urlaub, dann wurde eine Köchin angestellt. Das Haus war von ehemaligen Nazis gebaut worden. Die Krankheit ihrer Mutter war Krebs gewesen, den man spät erkannte. Josi konnte sich an ihre Mutter kaum erinnern. Als sie schon sehr schwach war, lag sie im Bett und las ihrer Tochter aus den Büchern von Selma Lagerlöf vor. »Jetzt endlich steht der Tod, der mich alle Tage verfolgt, vor meinen Augen.« Auf ihrem Sterbebett las ihr Josis Vater *Ich denke oft an Piroschka* vor, etwas Leichtes zum Schluss. Sie erlebte das Ende nicht mehr.

Nach dem Tod seiner Frau verkroch sich Josis Vater. Sie

zogen nach Feldkirch. Außer zur Arbeit verließ er die Wohnung nicht. Josi, gerade erst zehn, wurde die kleine Mama, die für ihn sorgte. Sie wusch, bügelte, kochte. Der Papa schrieb ihr die Hausaufgaben. Er konnte ihre Schrift nachmachen, sie die seine. Er schrieb ihre Hausaufgaben, sie stellte Erlagscheine aus, zahlte für seine Bücher ein, legte die Mahnungen auf drei Haufen. Erste, zweite, dritte Mahnung.

Nach der Matura zog Josi nach Wien. Bis zu seiner Pensionierung wohnte ihr Vater allein in Feldkirch, dann mietete er sich das Haus in Frastanz. Einer seiner Kunden hatte das gedeichselt.

Was mit den vielen Büchern anfangen? Nachschlagewerke zu allen Gebieten. Lexikon der Bienen, Lexikon der heimischen Pflanzen, Lexikon der Schmetterlinge, der Greifvögel, der Fische, Enzyklopädie des Zweiten Weltkriegs, des Ersten Weltkriegs, der Raumfahrt, der Modelleisenbahnen, der Weltliteratur, der Musik, der antiken Kunst, der mittelalterlichen Ikonografie, Bibellexikon, Lexikon des Islam, der Große Brockhaus, Grzimeks Tierleben, das Wörterbuch der Brüder Grimm, dreiunddreißig Bände, illustriertes Wörterbuch der deutschen Umgangssprache, acht Bände, Wörterbuch der ausgestorbenen Wörter, der Wörter arabischer Herkunft, der Wörter jiddischer Herkunft, Wörterbuch der philosophischen Begriffe – allein mehr als zweihundert Nachschlagewerke! Dann ein ganzes Zimmer voll mit Klassikern der deutschen Dichtung und Philosophie, ein Zimmer voll mit populärwissenschaftlichen Werken, vor allem aus den Bereichen Chemie und Physik, aber auch Astronomie, Biologie und Archäologie. Die Zeitschriften, die er abonniert hatte, alle nach Jahrgängen gebunden –

die alten *Westermanns Monatshefte*, die historische Zeitschrift *Damals*, *Bild der Wissenschaft*, *Psychologie heute*, die er sich angeschafft hatte, als Josi mit ihrem Studium begann.

Tomas war in Panik geraten. »Das geht nicht, nein, das geht nicht!«

»Was denn?«

»Die will ich nicht, bitte nicht, bitte nicht! Verkauf sie einfach! Und das Geld gehört allein dir, mach eine Reise.«

Sie schenkte die Bücher ihres Vaters der Leihbibliothek der Gemeinde. Froh war niemand gewesen. Nur einen Koffer voll hatte sie abgezweigt.

Claudia ging es inzwischen besser. Zum Frühstück bekam sie außer ihrem Resource nun auch schon eine halbe Semmel mit Nutella. Josi erzählte ihr von ihrem Vater und, dass er ein Spinner gewesen sei und dass er gestorben war. Claudia brauchte sich nicht zu schämen, weil es ihr gut tat, vom Leid eines anderen Menschen zu hören.

»Ich würde mich trotzdem gern schämen«, sagte sie.

»Das glaube ich dir nicht«, hatte Josi geantwortet.

2

Vor ihrer Ehe hatte Josi mit zwei Männern geschlafen, im Sand, im Auto, im Wald und im Bett. Sie hatte sich nackt nicht schön gefunden. Der zweite Mann war »fair« gewesen und hatte gesagt: »Wenn du mehr willst als das Übliche, musst du es sagen.« Das brachte sie völlig durcheinander. »Warum ist das fair? Und was ist das Übliche? Und was wäre mehr?«

Als Schulmädchen hatte sie sich gewünscht, dass Bauarbeiter ihr nachpfeifen wie in einem De Sica-Film und dass sich die Menschen an sie erinnern. Sie war in einen Bauarbeiter verliebt. Er trug um den Hals ein Goldkettchen, und sein sonnenbrauner Rücken glänzte von Schweiß. Er fragte: »Was glotzt du so?« Sie hielt ja nur ihr Wurstbrot in der Hand, sonst war nichts, warum so grob. »Lässt du mich abbeißen«, fragte er. Sie reichte es ihm über den Graben, den er grub, und er biss so viel ab, dass gerade noch die Rinde übrig blieb. Das war dann ihre »heilige Brotrinde«, die sie in ein Plastik einwickelte (damit es keine Brösel gab) und in ihren Kopfpolsterbezug steckte. In der Nacht wollte sie das Stück an ihrem Ohr spüren. Irgendwann hatte sie darauf vergessen, der Bezug wurde gewaschen, und die Rinde löste sich auf.

Tomas hatte früher gern gesagt: »Ich bin ein Prolet.« Damals hatte er wenig Wert auf Kleidung gelegt, ambitionslos schwarz. Nämlich, wenn sie unter Kommilitonen waren, er Sport und Geografie, sie Medizin, und er hätte so gern gehabt, dass ihm einer widerspricht. »Wie du es sagst, traut sich keiner, dir zu widersprechen.« »Wie sag ich es denn?« »Stolz.« »Ich bin ja auch stolz darauf.« »Aber warum willst du dann, dass dir einer widerspricht?« »Ich könnte ihm erklären, warum ich stolz bin.«

Was Josi missfiel, gefiel ihm: Ihre kleine Gestalt, ihr kleiner Busen, die zu schlanken Arme, die zu schlanken Beine, und die zu großen Füße gefielen ihm auch. Aber die Haare, auf die sie sich tatsächlich etwas einbildete, kräftige dunkelbraune Locken, sah er am liebsten zu einem engen Pferdeschwanz gebunden. »Du bist mein Fohlen«, sagte er.

Tomas hatte sie gelobt, so einfach war das, und sie hatte gedacht: Ich heirate dich, wenn du mich nimmst, und lob ruhig weiter.

Er wollte Sportmediziner werden. Sagte er. Glaubte ihm

niemand. Josi wollte Psychiaterin werden. Glaubte ihr jeder. Sie schloß mit Mühe ab. Kein Ehrgeiz. Auf keinem Gebiet. Wenig Interesse. Eigentlich Ekel. Sie ekelte sich vor dem Unglück. Dafür schämte sie sich. Die Frau, die sich die Unterarme zerschnitten hatte. Der Säufer, der in vernünftigem Ton über seinen Untergang sprach und von sich selbst in der dritten Person und sauer roch. Ihr Vater sagte: »Gratuliere, das ist der ideale Beruf für dich, da kannst du dein Lieblingswort hemmungslos einsetzen – *wahnsinnig.*«

Von Anfang an arbeitete sie im Otto-Wagner-Spital auf der Baumgartner Höhe. »Warum geht nichts weiter?«, fragte Tomas bereits nach dem ersten Jahr. Bei ihm ging auch nichts weiter. Er brach sein Studium ab. »Was soll weitergehen?«, fragte sie zurück. »Ein Aufstieg.« »Was für ein Aufstieg?« »Irgendeiner.« »Ich steig jeden Tag zur Baumgartner Höhe hinauf.« »Setz deine Weiblichkeit ein! Dann stehst du besser da.« »Steh ich nicht gut da?« »Natürlich. Aber andere, die gleichzeitig mit dir angefangen haben, sind weiter.« »Wo sind die? Woher weißt du das? Ich hab dir nie so etwas erzählt.« »Ich tu doch nichts anderes, als dir zu einer Strategie zu raten. Es ist eine Strategie, weiter nichts, und dir fällt dabei kein Zacken aus deiner Krone.« Sie wusste nicht, was er wollte. Sie schnitt sich mit der Schere den Pferdeschwanz ab und sah aus wie eine Insassin aus ihrer Abteilung und warf ihm die Haare vor die Füße. Tomas hatte nur gesagt: »He, langsam!«

Aus der Strafanstalt Göllersdorf, wo die Unzurechnungsfähigen einsaßen, war einer, der Kronsteiner Andreas hieß, in ihre Abteilung überwiesen worden. Er war charmant, sogar schüchtern, es tat ihr leid, ihm die Tabletten zu erklären, was er verbrochen hatte, konnte sie mit diesen Augen nicht in Verbindung bringen, einmal strich sie ihm durch die Haare, und er sagte: »Ich liebe Sie ganz bestimmt.« Nie hatte sie Tomas betrogen. Wahrscheinlich aus Erschöpfung. Dann kamen die Kinder.

Tomas blieb zu Hause. Putzte vorbildlich, kochte lecker, bügelte tadellos, schmückte den Christbaum, schob den Kinderwagen, gewöhnte sich das Rauchen ab, hetzte sich jeden Morgen durch hundert Liegestütze und zwanzig Klimmzüge, dehnte den Expander und erzählte am Abend vor dem Einschlafen den Kindern ihren Tag nach, notierte sich Rezepte, die ihm die Hausmeisterin im Hausflur in der Wolfganggasse 41 in Meidling empfahl, besorgte manchmal Blumen.

An ihren freien Tagen kümmerte sich Josi sehr ernsthaft um Bruno und Karla. Sie tat mit ihnen, was ihr aus der eigenen Kinderzeit als das Wohligste in Erinnerung war: wenn ihre Mutter in der kleinen Küche das Backrohr eingeschaltet hatte, gleichzeitig ein Apfelmus mit Zimt und Zucker auf dem Herd kochte und der wunderbare Geruch in alle anwesenden Nasen kroch und wenn neben die Spüle ein weiches Frotteehandtuch gebreitet und die kleine Josi darauf gesetzt und das Hemdchen ausgezogen wurde und die Temperatur des Wassers überprüft war und die Mama sie endlich ins Spülbecken setzte, als wäre sie ein Topf, der abgewaschen werden musste, was so ein wohliges Gefühl gewesen war, Töpfe waren nämlich wichtig, und wer mit Töpfen umging oder sogar selber einer war, der war auch wichtig. Josi machte eine Familientradition daraus, erst mit Karla, dann mit Bruno. Sie mussten ihre Beinchen an die Brust ziehen, damit sie in die Spüle passten. Durch die gelben, rot gefütterten Vorhänge fiel ein Licht wie Sommerabendsonne. Tomas kam in die Küche, und er verstand einfach nicht, wie sie es sich absichtlich schwer machen wollte, wo man doch ein schönes Badezimmer hatte. Karla streckte die Ärmchen nach ihm aus, und er hob sie aus dem Waschbecken, und sie schaute ihre Mama an, als wäre sie zornig auf sie.

Josi konnte Tomas nicht erklären, was sie damit meinte, dass sie die Kinder mit Töpfen zusammen abwusch, es war ja nur sentimental, und es stimmte, sie hatte zu wenig Zeit für das Gute, das eine gute Mama unbedingt machen musste. So behalf sie sich mit Lieblingsspeisenkochen, vorpanierten Fischstäbchen, die einen grausigen Geruch in der Küche zurückließen.

Sie wollte an einem einzigen Tag mit den Kindern ins Apollokino zu Tim und Struppi und nach Floridsdorf in einen berühmten deutschen Kinderzirkus, den Namen hatte sie vergessen und die genaue Beginnzeit auch, und anschließend nach Schönbrunn in den Zoo, nämlich zu den Elefanten, wo bis 20 Uhr ein Junges angeschaut werden durfte, das erst einen Tag alt war. Bruno weinte, und dann weinte Karla auch und griff nach Brunos Händchen, und sie riefen so lange nach ihrem Vater, bis Josi aufgab, außerdem war ihr eingefallen, dass sie am Nachmittag bei einer Sitzung aller Ärzte und Pfleger anwesend sein musste, weil im *Kurier* und dann auch noch in der *Krone* Vorwürfe wegen angeblicher Missstände in den geschlossenen Abteilungen erhoben worden waren, also brachte sie die Kinder schon nach einer Stunde wieder nach Hause zu ihrem Vater, der sie mit verschränkten Armen in der Wohnung erwartete und nicht ein Wort der Kritik sagte, nur die Schokoladeeisschnurrbärte abwischte. »Papa, Papa, eine Geschichte!«

Josi war eifersüchtig, sie weinte vor sich hin, als sie im Bus hinauf zur Baumgartner Höhe saß, und sie weinte vor sich hin, wenn sie in der Nacht aufwachte, was ist es, was ist es, sie konnte schließlich viel schöner erzählen als er. Seine Geschichten waren einfach eine Schlamperei! Unlogisch. Keine Dramaturgie. Sie fingen irgendwo an und hörten irgendwann auf. Er suchte die Socken, fand die passenden Schuhe nicht, der Lieblingspullover war verfilzt, das Matheheft verloren, die Schulrechnungen nicht bezahlt, Bruno vergaß er beim Fußballtraining abzuholen und das nicht nur einmal. Aber sie riefen nach ihm und nicht nach ihr.

Sie wollte einfach nicht zugeben, dass er ein perfekter Vater war.

Was ist es, was ist es?

Patienten werden im Netzbett fixiert. Wie wilde Tiere. Wilde Tiere sind sie nicht, aber wilde Menschen. Eine Kollegin war von einem Paranoiker schwer verletzt worden. Arm ausgekegelt, tiefer Biss in den Bizeps. Und dann hatte sie vom Chef auch noch Vorwürfe bekommen. Für die Beruhigung hätten allein die Pfleger zu sorgen. Zu diesem Zweck hätten sie ihre Muskeln. Die Ärzte sollten sich gefälligst heraushalten, wenn einer tobt. Der Chef wörtlich: »Wir hauen uns auf den drauf, und dann am nächsten Tag wollen wir ein Betreuungsgespräch mit ihm beginnen, das kann nicht funktionieren.«

Zu Tomas sagte sie: »Wenn ich Muskeln hätte wie du, dann gäbe es im OWS tatsächlich Aufstiegchancen für mich.«

Er hatte keine Ahnung. Als würde sie durch einen Fluss voll Sirup schwimmen. So war ihr.

3

Eine Klassepatientin wünschte sich, ausschließlich von Josi betreut zu werden. Sie sei eine Heilige. Gesandt und gesegnet vom Himmel.

»Vom Himmel persönlich, Frau Kollegin, verstehen Sie, da kommen Sie nicht aus. Ihrem Mann gehört die Hälfte aller Supermärkte in Böhmen und Mähren, da weiß man, was vom Himmel kommt.«

Josi wollte nicht. »Wer wär frei?«, rief sie verzweifelt, und es war nichts Gespieltes dabei. »Wer wär frei? Wer wär frei? Ich nicht! Wer wär frei? Ich nicht! Ich war ja erst einmal bei ihr! Ich habe nichts anderes getan als ihre Hand zu halten.«

»Das tun Heilige.«

»Und wenn ich es nicht mehr tue?«

»Sie hat gesagt, sie zahlt dafür, wenn es sein muss.«

»Ich bin Ärztin und keine Hure.«

Der Zornteufel packte sie, und ihr Papa war nicht mehr da, um sie in Schutz zu nehmen. Sie riss sich den Kittel herunter, die Knöpfe spickten auf den Boden, sie rannte über den Flur und hinaus in den Park und stampfte auf den Boden und knurrte so laut, dass die Raben aufflogen. Sie presste die Stirn an den Stamm einer Föhre. Sie spürte eine Hand auf ihrer Schulter.

»Lassen sie mich gefälligst los!«, zischte sie. Ein Fetzen Wut war noch in ihr.

Der Oberarzt sagte: »Wir vergessen das, Dr. Bartok, und jetzt kommen Sie, ich zeige Ihnen die Patientin.«

»Ich kenne sie.«

»Jetzt nicht mehr.«

Die Patientin lag in einem Gitterbett. Nach dreiundzwanzig Schönheitsoperationen hatte sie sich einliefern lassen. Und einen Tag, nachdem Josi ihre Hand gehalten hatte, hatte sie die Kaffeetasse zerschlagen und sich mit den Scherben das Gesicht zerschnitten. Mit ihrer winzigen Nase, den aufgespritzten Lippen, den verweinten Augen und dem Verband überall dazwischen sah sie wie ein verprügeltes Kind aus. Sie verlangte nach dem Spiegel und wollte nichts lieber als Josis Freundin sein.

Sie griff nach Josis Händen und küsste sie. »Bete für mich, bete für mich!« Heilige duzt man. Auch wenn sie einen Doktortitel haben. Jedenfalls in der Not. Josi ekelte sich vor dieser Frau. »Bete für den Rest von Mensch, der ich bin!«

»Ich werfe alles hin und werde Kinderärztin«, sagte sie im Schwesternzimmer. »Vor Kindern ekelt man sich nicht.«

»Oder Mutter und Hausfrau«, sagte Schwester Irene. »Das ist ein Job ohne Chef. Da kann man sich untertags ein Bad einlaufen lassen, die Nägel richten, wenn die Kinder schlafen, zum Frisör gehen, wenn die Kinder in der Schule sind, sich etwas Lässiges kaufen, die alten Sachen in ein Plastiksackerl stecken und in den Papierkorb hauen und sich dann frisch wie eine Achtzehnjährige in ein Kaffeehaus setzen.«

Seit drei Monaten hatten Tomas und sie nicht mehr miteinander geschlafen. Es schien ihm nicht zu fehlen. Ihr auch nicht.

Weitere drei Monate später traf sie den Rest-von-Mensch-der-ich-bin beim Meinl am Graben, wo sie sich aus Trotz gegen die ganze Welt, vor allem aber gegen ihr schlechtes Gewissen, eine Schinkensemmel für Euro 8,70 gekauft hatte. Josi erkannte sie nicht gleich. Die Frau sah aus, als wären ihr Klebstreifen kreuz und quer übers Gesicht geklebt und dann mit Gewalt abgezogen worden. Sie hatte sich eine Catherine Deneuve-Perücke mit leichter Außenrolle übergestülpt. Die obere Hälfte ihres Gesichtes war mit einer Männersonnenbrille zugenagelt. An ihrer Hand hielt sie ein hellblau blondes Kind.

»Frau Dr. Bartok! Frau Dr. Bartok! Das nun ist meine Mimi. Mimi, schau her, sag Grüßgott, das ist Frau Dr. Bartok, mein Engel. Du bist auch mein Engel, Mimi, und Frau Dr. Bartok ist auch mein Engel. Ihr beide seid meine Engel.«

Josi kam ihr nicht aus. Sie tranken zusammen einen Cappuccino. Mimi saß mit verschränkten Armen und hochgezogenen Schultern am Tisch und rieb die Lippen aneinander und sagte kein Wort.

»Gut, dass wir uns sehen, Frau Dr. Bartok. Ich kann Ihnen gar nicht sagen, wie ich Sie vermisst habe!« – Anrede: Sie. Also kein Notfall. – »Es gibt niemanden in meinem Bekanntenkreis, der Sie nicht kennt. Ich habe allen von Ihnen vorgeschwärmt. Alle wollen Sie persönlich kennenlernen. Ich möchte Sie wieder als Ärztin engagieren.«

»Man kann mich nicht engagieren wie einen Komiker«, sagte Josi, allerdings so leise, dass es außerhalb ihrer Lippen wahrscheinlich nicht gehört wurde.

»Sie haben mir damals so viel geholfen«, sagte die Frau, »so viel, so viel, niemand kann das ermessen. Aber ich bin nicht gesund. Die Verzweiflung, wissen Sie. Ich habe einen Fehler gemacht, im Denken, meine ich. Ich habe gedacht, das OWS ist eine Art Waschanlage für das Innere, verstehen Sie, für das Innerste, wo so viel Verkrustetes ist. Es hat nicht jeder so viel Inneres. Es hat nicht jeder gleich viel Inneres. Ich habe erst durch Sie begriffen, wie viel Inneres ich habe, Frau Dr. Bartok. Ich werde zwar nicht mehr stationär behandelt, aber es geht mir nicht besser, es geht mir gar nicht gut, hier drin ganz schlecht. Geld spielt keine Rolle. Wenn Sie zu mir ins Haus kämen, Frau Dr. Bartok, jeden zweiten Tag, das wäre meine Rettung. Wir würden Freundinnen werden, wir könnten gemeinsam in Urlaub fahren, für Sie wäre das selbstverständlich Dienstzeit und würde nicht von Ihrem Urlaub abgezogen, und wenn Sie nicht wollen, dass ich Sie jemandem vorstelle, dann tu ich es natürlich nicht. Sie könnten im OWS aufhören, wo die Putzfrauen als Dolmetscherinnen eingesetzt werden, man muss sich das vorstellen. Was immer Sie dort verdienen, das Gleiche bekommen Sie bei mir auch. Volle Anstellung, Urlaub, alles, vierzehn Monatsgehälter oder fünfzehn. Ich weiß, dass Sie Familie haben. Ich habe mich ja nach Ihnen erkundigt. Gleiches Geld für die halbe Arbeit. Ich habe mitgekriegt, wie die Leute da oben riechen. Das ist das Schrecklichste. Hab ich recht? Bei mir riecht es anders.«

Josi dachte sehr lange nach. »Ich möchte Ihnen eine Geschichte erzählen«, sagte sie schließlich.

Nämlich eine, die sie in einem italienischen Novellenbuch gelesen hatte. Es war einmal eine alte Frau, die wollte noch einmal einen Liebhaber in ihr Bett ziehen, und sie schnürte sich die überschüssige Haut mit Hilfe ihrer ebenfalls schon alten Tochter auf den Rücken. Wenn ich unter ihm liege, wird er es nicht merken. Der Liebhaber freute sich über die feinen Gerüche und über die glatte Haut der Frau. »Und dann hatte er einen mächtigen Orgasmus und riss sie an sich, und da löste sich der Knoten, mit dem sie die Haut am Rücken zusammengebunden hatte, und die ganze Frau floss in seinen Händen auseinander.«

Nach einer sehr langen Pause hatte die Frau gesagt: »Dr. Bartok, Sie sind ein durch und durch böser Mensch.«

»Ja, das bin ich«, hatte Josi geantwortet, einen Fünfeuroschein auf den Tisch gelegt, und war aufgestanden und hinaus auf die Straße gegangen.

Fünftes Kapitel

1

Josi saß auf einem Schemel, mitten im Zimmer ohne Namen (das sie gern »ihr Studio« genannt hätte, wozu ihr aber der Optimismus fehlte), die Nähmaschine vor sich auf dem niederen Tischchen, daneben türmte sich roter Chiffon. Es war sehr warm im Zimmer, Ende Mai, sie hatte eingeheizt. Sie hörte eine der CDs, die ihr die Kollegen zum Abschied geschenkt hatten, *Die Sagen des Klassischen Altertums, erzählt von Michael Köhlmeier*. Inzwischen war sie bei CD 5 angelangt, die Geschichte von Theseus. Sie konnte sich nicht konzentrieren. Die Stimme des Erzählers genügte ihr, sie hing ihren eigenen Gedanken nach, die Stimme machte etwas Luft in ihrem Kopf.

»Bevor du mich verurteilst, weil ich zu dieser Frau so brutal gewesen bin«, sagte sie laut zur Nähmaschine oder zu der Stimme aus dem CD-Player, »bitte ich dich, dir zu überlegen, wie ich es hätte anders anstellen sollen, damit sie mich in Frieden lässt. Heute wäre sie gesund, und ich wäre krank, morgen wäre sie jung, und ich wäre tot. Das käme dann noch zu allem anderen dazu. Brust weg, Mann schwul und tot auch noch. Alt werden ist nichts für Jammerlappen, hätte ich zu ihr sagen können. Das ist ein Spruch von Bette Davis. War mir auch eingefallen. Wäre das besser gewesen als die Geschichte aus dem Pentamerone? Diese Frau hat dauernd so blöd angegeben, wie gebildet sie ist, dass sie dauernd ins Theater geht und mit dem Voss schon mit Sekt angestoßen hat, Entschuldigung, Prosecco, dieser ganze himmeltraurige Scheiß, mit dem sie mich dauernd zugemüllt hat, und da habe ich mir eben gedacht, Giambattista Basile passt besser als Bette Davis, sie soll ja eine feine Abfuhr kriegen, diese Kulturnervensäge, nicht dass es dann heißt, ich hätte sie unter ihrem Niveau abgefertigt …«

So plauderte sie drauflos und nähte Vorhänge, als es an der Tür klingelte.

Es war Bruno. Er hielt eine Katze im Arm.

»Die kannst du gleich wieder mitnehmen«, sagte Josi.

»Bist du brutal«, sagte er.

»Ich hab grad brutales Zeug gedacht«, sagte sie. »Kommst du von deinem Vater? Hat er dir die Katze mitgegeben?«

»Edgar.«

»Du sagst Edgar zu ihm?«

»Wie soll ich denn sagen?«

Bruno war ein hübscher Kerl mit lockigen halblangen Haaren, die in der Sonne rötlich schimmerten, jetzt ein wenig verwahrlost, die Haare, die Kleidung, der ganze Mann. Um die Zeit ihrer Scheidung hatte er an der Hochschule für Angewandte Kunst sein Diplom abgeschlossen. Josi wusste nicht, wovon er lebte. Ob ihm sein Vater Geld zusteckte oder Karla oder Edgar, oder ob er von seiner Kunst leben konnte. Wahrscheinlich alles zusammen. Von ihr bekam er keinen Cent. Er hatte sie nie um Geld gefragt. Sie hatte bisher nicht darüber nachgedacht. Wenn es jemanden gab, um den man sich in dieser Familie, die mehr eine Rotte war, Sorgen machte, dann um Josi Bartok, geschiedene Frau des Tomas Bartok, der ihr als Startkapital für ihr neues Leben seinen Namen – jedenfalls vorübergehend, Näheres hatte sie noch nicht entschieden – überlassen hatte. Bruno trug eine Schnürlsamthose, die noch aus seiner Maturantenzeit stammte, er war noch dünner geworden. Seit er von der neuen (wahrscheinlich alten) sexuellen Ausrichtung seines Vaters erfahren hatte, hatte Josi ihren Sohn nicht mehr gesehen. So betrachtet war ihr erstes Wort an ihn wohl tatsächlich brutal gewesen.

»Es tut mir leid«, sagte sie, holte seinen Kopf zu ihr herunter, küsste ihn auf die Stirn. »Bin ich dir fremd?«

»Gar nicht. Wieso?«

Auf seiner Hose waren Farbflecken, der Pullover hatte Karla gehört, an der Brust mit eingestrickten Lamas. Seine Schuhe waren einseitig abgetragen.

»Hast du keinen Mantel?«, fragte Josi.

»Hab schon einen Mantel. Hab einfach gedacht, dass es wärmer ist. Es ist Mai, bitte! Im Mai ziehe ich prinzipiell keinen Mantel mehr an.«

»Was hast du denn für einen Mantel? Immer noch den Filzmantel vom Opa?«

»Der ist doch optimal.«

Sie schaltete den CD-Player aus.

Die Katze sprang aus Brunos Arm und verschwand in der Küche.

»Papa hat gesagt, sie gehört dir.«

»Er meint, eine Katze tut mir gut.«

»Ja, das meint er.«

»Wie geht's ihm?«

»Er hat mir von deiner Spinnerei erzählt.«

»Das ich mir die Brüste habe abschneiden lassen?«

»Bitte, Mama.«

»Entschuldige. Ich habe schon lange mit niemandem mehr geredet. Ich rede mit mir selber. Da verliert man jeden Anstand. Du meinst, dass ich ihnen den Fisch an die Wand gehauen habe.«

»Genau.«

»Du sagst genauso ›genau‹, wie jetzt alle ›genau‹ sagen.«

»Woher weißt du das, wenn du mit niemandem redest?«

»Ich gehe in die Apotheke und frage, ob das der goldene Leinsamen ist, den man gegen Magenweh nimmt, und der Apotheker sagt: Genau. Und der Kellner vor der Piaristenkirche sagt auch: Genau. Alle sagen: Genau. Und alle so, wie du es sagst.«

»Sie haben die Küche neu ausmalen müssen. Sie haben es erst gemacht, und dann gleich noch einmal. Die Fettflecken sind aber durchgekommen, und da haben sie ein drittes Mal alles herunternehmen müssen und noch einmal streichen. Da hat der Papa schon eine Wut gehabt.«

»Und du Verständnis für ihn.«

»Ich darf mich bitte raushalten. Ich bin gekommen, um dir beim Büchereinräumen zu helfen.«

»Ist bereits geschehen.«

»Tut mir leid.«

»Ich versteh dich ja.«

Bruno setzte sich auf seine Fersen, drückte die Hände vors Gesicht und weinte so bitterlich, dass es ihn am ganzen Körper schüttelte. Josi wagte es nicht, ihn zu berühren. Sie traute sich auch nicht, etwas zu sagen. Sie kannte sich. Es würde kalt und abweisend klingen. Sie konnte Mitleid nicht zeigen. Darin lag der Grund für ihre Engelskarriere im OWS.

Nach einer Weile sagte er: »Hast du etwas vom Heiligen Augustinus aus der Bibliothek vom Opa?«

»Ich denke, Maler lesen nicht.«

»Du bist einfach nur gemein. Ich geh jetzt.«

»Bitte, bleib. Bitte, bleib, Bruno! Ich rede den ganzen

Tag nur mit Nähnadeln und der Deckenlampe und der Kommode und mit einer Stimme aus dem CD-Player. Ich glaub, ich hab nichts von Augustinus.«

»Ich wollte ein Zitat nachschauen.«

»Was für ein Zitat?«

»Das kann ich jetzt nicht sagen.«

»Warum denn nicht, mein Kleiner?«

»Es passt jetzt auf einmal so saugut.«

»Auf mich, meinst du.«

»Ja, leider.«

»Dann will ich es auf alle Fälle hören. Ich habe niemanden, der mich vor mir selber warnt. Sag's! Los!«

Bruno griff in seine Gesäßtasche und holte ein zusammengefaltetes Papier heraus und las vor: »*Ich forschte, woher das Böse kommt, und ich forschte böse und sah das Böse in meiner Untersuchung*. Aber ich meine bitte nicht dich.«

»Aber du meinst, ich meine, du meinst mich.«

»Typisch Mama.«

»Hast du Hunger?«

»Hab ich, ja.«

»Ich habe mir beim Naschmarkt feine Sachen eingekauft. Hab heute Abend Gäste. Die Lampe, den Teppich, die Kommode, die Nähmaschine, die neuen Vorhänge …«

»Hör auf, bitte, Mama.«

»… und die Stimme von einem Märchenerzähler.«

Josi stand auf – »Schreibst du das Zitat von Augustinus für mich ab?« – und ging in die Küche.

Sie stellte Wasser für die Pasta auf den Herd und mischte den Sugo für eine Puttanesca. Als sie ins Zimmer zurückkam, um Bruno zu holen, lag er auf dem Teppich und schlief so fest, dass sie ihn rütteln musste. Er sah sie an, verwirrt, als wäre so vieles noch nicht geschehen. Er erzählte, er habe geträumt, Sarah Palin, die Gouverneurin aus Alaska, habe ihn in der Nacht besucht, ihren Pullover ausgezogen und ihn gefragt, wie er ihre Brüste finde. Er habe sie angesehen und gesagt: Ganz okay. Und Sarah Palin habe unsicher geantwortet: Meinst du das wirklich, auch als Europäer? Und er habe gesagt: Gerade als Europäer. Und Sarah Palin habe nicht locker gelassen, und er habe mit erhobener Hand schwören müssen, dass neue Brüste nicht notwendig seien. – Josi dachte, im ausgeschlafenen Zustand würde er mir so etwas nicht erzählen. Er sah ihr an, was sie dachte, und wurde rot.

Beim Essen sagte er: »Ich kann mir gut vorstellen, dass du gern eine Reise machen würdest.«

»Das kannst du dir gut vorstellen?«

»Eigentlich wollte ich sagen: Wenn du von der Reise zurückkommst, ist die Wohnung perfekt. Dafür werde ich sorgen.«

»Klingt aber nach Karla.«

»Es ist auch die Idee von Karla.«

»Und von Papa?«

»Auch, ja.«

»Und von Edgar?«

»Auch, ja.«

»Wie oft besuchst du das Pärchen denn?«

»Ich war noch nie draußen.«

»Du meinst, seit du weißt, dass dein Papa schwul ist.«

»Seit ich weiß, dass mein Papa schwul ist«, wiederholte er tapfer. »Ich habe nur mit ihm telefoniert. Und das erst einmal. Und mit Edgar habe ich nur zwei Worte gesprochen. Hallo und Auf Wiedersehen. Und das auch nur am Telefon. Bist du zufrieden?«

»Entschuldige, Bruno. Ich bin grob. Ich will es nicht sein. Und Karla? War sie draußen?«

»War draußen.«

»Ich mach ihr keinen Vorwurf. Und wohin soll meine Reise gehen?«

»Das wissen wir nicht. Wohin du willst.«

»Auf den Mond.«

»Genau.«

»Und wer bezahlt die Reise? Deine Mutter hat ihren Job aufgegeben. Sie kann gut leben, aber große Sprünge sind weder möglich noch erwünscht.«

»Wir. Karla und ich, Papa und Edgar. Wir bezahlen.«

»Und ihr packt mir auch den Koffer und sagt mir, was ich tun darf und was ich lassen soll, und wann ich wiederkommen muss?«

»Genau.«

Nach dem Essen legten sie sich im Zimmer ohne Namen auf den Teppich. Sie umarmten einander, und Bruno sagte: »Was bist du für ein Vögelchen geworden, Mama. Karla denkt, dass ich nie Erfolg haben werde. Sie hat mich mit einem Hefekuchen besucht, und dann hat sie das Weiche herausgezupft und auf ihren Teller gelegt und gesagt, so etwas soll ich malen, das hier, das Weiche vom Hefekuchen, auf zwei mal drei Meter in Öl.«

»Das hat dich gekränkt.«

»Ja, schon. Karla hat gesagt, ich soll mich bei dir an den Computer setzen und so tun, als würde ich mit dir gemeinsam eine Kulturreise aussuchen.«

»Die ihr aber bereits ausgesucht habt.«

»Genau. Karla hat gesagt, dass du den ganzen Tag diese Sagen aus Griechenland hörst, sie hat gesagt, als sie bei dir war, hast du die ganze Zeit diese CDs gehört, und Edgar hat übers Internet herausgekriegt, dass der Michael Köhlmeier auf der griechischen Insel Hydra zwei Wochen so eine Art Seminar macht ...«

»Mit Seminaren kannst du mich jagen!«

»Nein, nein, es ist eigentlich kein Seminar, sondern er erzählt nur.«

»Ihr habt mich angemeldet?«

»Fix nicht. Aber ein Platz ist für dich reserviert.«

Josi blickte auf die Decke zu den zwei zarten Flecken, die ihr so vertraut waren.

»Weißt du, Bruno, ich will das tun. Ich bin dir und Karla sehr dankbar. Ich will das tun. Ich will einfach einen Mann kennenlernen. Ob hier in Wien oder in Griechenland, ist mir egal. Und die Katze nimmst du bitte wieder mit. Sie wird es bei mir nicht gut haben.«

2

Als Karla ihre Mutter besuchte – sie kam bereits zum zweiten Mal – hingen die Vorhänge an den Fenstern.

»Mama, du bist barfuß, du wirst dich erkälten.«

»Willst du, dass ich dein Kind bin?«, fragte Josi.

Karla erschrak. »Was meinst du?«

»Ich dein Kind, und du die Mama.«

»Aber warum denn?«

»Ein Spiel.«

»Das verstehe ich leider nicht. Macht nichts.« Karla ging im Zimmer herum, rieb die Vorhänge zwischen den Fingern, roch an den Kissen, schaute alles genau an, auch das Innere der Schubladen: »Gemütlich. Kaum bist du eingezogen, ist es schon gemütlich. Es riecht nach Mama.«

»Wie früher. Als du klein warst.«

»Da hat es auch so gerochen, ja. Das meine ich. Genau. Schön ist das.«

»Ich meine etwas anderes«, sagte Josi. »Das Spiel. Wir beide, ich das Kind, du die Mama. Erinnerst du dich denn nicht, Karla.«

Karla erinnerte sich nicht, nein, sie erinnerte sich nicht. Wie oft hatten sie so gespielt? Zweimal? Dreimal? Oder doch nur einmal? Oder hatte es sich Josi nur vorgenommen gehabt, und wie so oft war etwas dazwischen gekommen? Oder hatte sie es bloß in ihrem Kopf gespielt, auf ihrem Fußweg von der einen Seite des Wientals zur anderen Seite? Schon damals hatte sie die Angewohnheit gehabt, laut mit sich selbst zu sprechen. Oder hatte sie dieses Spiel gar nicht mit Karla, sondern mit einer ihrer Anorexiepatientinnen gespielt, um diese zu überreden, das Biosorb zu trinken, weil sie ihr nicht, wie es die Kollegen taten, damit drohen wollte, dass sie bei einem BMI unter 17 eine Magensonde verpasst bekomme?

»Schätzchen, ich wasch dir die Haare«, sagte Josi. Sie wünschte sich, Karla hätte wieder ihre glänzenden glatten Lackhaare wie früher. Seit zwei Jahren hatte sie ihre Haare nicht mehr gekämmt, sie hatte sie verfilzen lassen, wusch sie mit Persil und zog Glasperlen und Silberspiralen ein.

Karla ignorierte das mit den Haaren – wie immer. »Du musst es durchziehen, beinhart, das mit den Anzügen«, sagte sie. »Nie wieder etwas anderes. Man soll sich gar nicht mehr vorstellen können, dass du jemals etwas anderes getragen hast als Anzüge. Ich kann dir jede Menge Anzüge beschaffen, wenn du willst. Ausgefallenes. Klassisches. Wildes. Biederes. Sportliches oder total Verrücktes, hauteng oder weit, schwere Stoffe, leichte Stoffe, es gibt sehr schöne schwere, es ist nicht immer gesagt, dass die leichten sexy sind und die schweren nicht. Ich komm mit der Schneiderin zu dir, sie nimmt Maß, und weiter brauchst du dich um nichts zu kümmern. Die Frau Horvath macht das gern. Ich erzähl ihr auch nichts, keine Sorge, sie tut's mir zuliebe. Brauchst dich um nichts zu kümmern. Nur um zwei oder drei große Koffer.«

Karla arbeitete in der Requisite beim Theater der Jugend in der Neubaugasse. Sie hatte keinerlei Ambitionen. Das Theaterleben gefiel ihr, das war alles. Eines Tages war sie nach Hause gekommen und hatte wie nebenbei gesagt, sie habe die Schule bereits vor einem Dreivierteljahr geschmissen, sie sei mit einem Schauspieler liiert, und der habe für sie einen Job am Theater aufgetan, man müsse ihr von nun an keine Unterstützung mehr zahlen und ausziehen werde sie auch, nämlich mit dem Schauspieler zusammen. Da war sie gerade achtzehn gewesen. Der Schauspieler sechsunddreißig. Tomas hatte nur gesagt: »Super finde ich das.« Josi war sehr verunsichert gewesen. Seither war ihr Karla ein wenig fremd. Sie fand sie nicht allzu hübsch. Bruno war der Hübschere von beiden. Die Lieblinge sind immer die Hübscheren. Karla tat sich offenkundig leicht mit Männern. Bruno nicht mit Frauen.

»Wie viele Anzüge hast du, Mama?«

»Zwei.«

»Du brauchst so viele Anzüge, wie du Tage bleibst.«

»Das wären vierzehn Anzüge!«

»Genau.«

»Du sagst dasselbe ›genau‹ wie dein Bruder.«

»Das sagen jetzt alle. Zuerst war es das ›Okay?‹ mit Fragezeichen, jetzt ist es das ›genau‹. Konkret weiß ich von einem Matrosenanzug, einem Smoking, ich spreche jetzt von Objekten, die man auf deine Größe ändern könnte, und einem Tropenanzug, ein sehr schönes Teil, der stammt aus einem Albert Schweizer Stück, das Jugendliche aufgeführt haben, ein ziemlicher Käse, wenn du mich fragst, aber bei dem Stück fallen, wenn ich es bedenke, mindestens zwei, wenn nicht drei Tropenanzüge ab, alle in verschiedenen Khakitönen und zu allen der passende Hut. Du solltest auf alle Fälle Hut bei deinem Image bedenken, was meinst du? Hüte gibt's bei uns natürlich massenhaft. Was für einen Badeanzug nimmst du mit? Du wirst ja dort nicht nur herumstolzieren und im Café sitzen den ganzen Tag und dem Köhlmeier zuhören. In Hydra gibt es traumhafte Felsstrände, klares Wasser bis in fünfzehn Meter Tiefe, habe ich im Netz gelesen, es sind sehr schöne Bilder im Netz, die können wir uns gleich ansehen, ich habe bis zur Vorstellung Zeit. Mir schwebt da ein Ganzteiler vor, schillernd irgendwie, wie Reptilienhaut, versteh mich nicht falsch, das ist sehr verführerisch und schillert eigentlich nur, wenn du dich bewegst. Toll sieht das aus, unnahbar, wie ein Star, wie eine zarte Diva wirst du aussehen. Badeanzüge haben wir leider keine in der Requisite, die musst du dir kaufen, aber ich weiß wo.«

Josi stellte sich ihrer Tochter in den Weg. Karla war um gut einen halben Kopf größer als sie. »Geh nicht dauernd auf und ab«, sagte sie. »Das macht mich nervös. Am liebsten wäre mir, du setzt dich hin. Ich möchte eine Rede an dich halten.«

»Was möchtest du?«

»Eine Rede möchte ich halten. Das wollte ich schon vor ein paar Tagen, als Bruno mich besucht hat. Aber er hat zu weinen angefangen. Da konnte ich nicht.«

Karla schaute sie aus ängstlichen Augen an. »Aber wieso, Mama, wieso willst du das?«

Karla war eine Täuschung. Sie sah wild aus und redete in hohem Tempo, aber in Wahrheit war sie schüchtern und voller Angst. Bruno stellte sich die abgeschnittenen Brüste seiner Mama in einem Container mit anderen verkrebsten Organen vor. »Wohin werden sie entsorgt, werden sie vergraben wie ein Leichnam?« Sie hätte ihm nie ihre Narben gezeigt, aber nur deshalb nicht, weil es sich nicht gehörte, dass eine Mutter ihrem Sohn die Brüste vorführte, auch wenn sie gar nicht mehr da waren. Sie hatte mit Bruno darüber sprechen können. In einem sachlichen Ton. Ihr hatte das sehr gut getan. Karla würde niemals vor ihrer Mutter weinen. Sie hatte Angst. Angst vor den eigenen Tränen. Angst vor dem Wort schwul und Angst vor dem Wort Krebs. Angst vor dem Wort Einsamkeit. Angst vor dem Wort Verzweiflung. Angst, wenn nichts gesprochen wurde. Angst, wenn die Mama eine Rede halten wollte. Angst, dass die Mama einen Körper haben könnte. Angst, dass die Mama eine Seele haben könnte.

»Bitte, setz dich, Karla«, sagte Josi. »Und bleib sitzen, bis ich fertig bin. Ich will es so.«

Aber Karla setzte sich nicht. Sie blieb am Fenster stehen.

»Weißt du, wie schrecklich ich in einem Badeanzug aussehen werde? Wie ein uraltes Kind. Nein. Die meisten Männer wünschen sich weiche Frauen. Hab ich Recht? Ich bin witzig. Bin ich witzig? Ich würde gern so tun, als ob der Mann witziger ist als ich. Das meine ich ernst. Ich hätte viel zu geben. Wenn das eine Mama sagt, ich weiß, das ist unmöglich, ich bin unmöglich, aber ich hätte so viel zu geben, Karla. Bruno meint, ich sei brutal, brutal und grob. Bin ich auch. Weißt du, warum mich die Patientinnen im Pavillon 24 so geliebt haben? Weil ich sie nicht geliebt habe.

Und auch nicht so getan habe, als ob ich sie liebe. Die liebt mich nicht, aber sie tut etwas für mich. Und die sagt mir ins Gesicht, was mir noch nie einer ins Gesicht gesagt hat. ›Sie sind krank, und Sie wissen, dass Ihre Krankheit darin besteht, die ganze Welt zu erpressen.‹ Habe ich gesagt. Sie haben in mir eine Komplizin gesehen, verstehst du, Karla? Ich habe zu allen Sie gesagt. Auch zu den Vierzehnjährigen. ›Sie haben Ihre Zähne nicht geputzt. Sie riechen aus dem Mund. Putzen Sie Ihre Zähne, dann reden wir.‹ Ich kann sehr böse sein.«

»Ich habe dich nie böse erlebt«, sagte Karla sehr leise.

»Wie viele Männer hast du gehabt, Karla?«

»Was heißt gehabt, Mama?«

»Mit wie vielen warst du im Bett?«

»Muss ich nachdenken.«

»Ich muss nicht nachdenken. Willst du es wissen?«

»Nein, Mama.«

»Mit drei Männern. Vor deinem Vater mit zwei.«

»Das sagt nichts.«

»Das sagt alles. Ich weiß nicht, wie man's macht. Wie lernt man einen Mann kennen? Was macht man, wenn man ihn kennengelernt hat?«

»Die Männer wissen es.«

»Meinst du?«

»Darüber willst du mit mir reden, Mama?«

»Ja. Ja, natürlich. Ihr schickt mich nach Griechenland, damit ich einen Mann kennenlerne.«

»Aber das stimmt doch nicht, Mama!«

»Red doch nicht, Schätzchen! Was sagt euer Vater dazu? Bruno hat mir erzählt, ihr hättet euch den Plan zu dritt ausgedacht. Will euer Vater, dass ich einen Mann kennenlerne? Das will er? Das will er wirklich?«

»Ich kenne mich nicht aus, Mama. Du willst, dass ich auch heule.«

»Hat dir Bruno erzählt, ich hätte ihn zum Heulen gebracht?«

»Hat er, ja. Er heult die ganze Zeit.«

»Das sagt nichts, glaub mir. Hast du jetzt genug lange nachgedacht? Mit wie vielen Männern hast du geschlafen?«

»Sag ich nicht.«

»Bitte, Karla, hab ein bisschen Erbarmen mit mir. Ich habe nichts gelernt im Leben, ich meine, nichts, was ich auf mich anwenden könnte. Ich hätte schon ein paar Fragen an dich. Angenommen, ich sitze mit einem Mann in einem Café, wir haben uns verabredet, das heißt, er hat mich gefragt, ob ich mit ihm einen Kaffee trinken möchte, und ich habe ja gesagt. Ich kann mir in meiner Fantasielosigkeit nur Kaffeetrinken vorstellen. Und jetzt sitzen wir und reden. Woher weiß ich, ob er mehr will als nur reden?«

»Er wird es dir sagen, wenn er mehr will.«

»Und ich kann es ihm nicht sagen?«

»Natürlich kannst du es ihm sagen.«

»Wie sage ich es? Ich sehe aus wie ein Mann. Ich habe nicht vor, irgendetwas zu verbergen. Ich trage eine Bluse, die eng anliegt. Er sieht, dass da nichts ist. Es muss also einer sein, dem es egal ist, wenn da nichts ist.«

»Oder einer, dem das sogar recht ist. Solche gibt's auch.«

»Angenommen, er ist so einer. Wir reden und reden und reden. Soll ich ihm gleich sagen, dass man mir die Brüste abgeschnitten hat oder soll ich es ihm sagen, wenn wir im Bett liegen und er meine Kreuze sieht? Angenommen, wir reden und reden und reden und sitzen immer noch im Café.

Darf ich zum Beispiel die Geduld verlieren und ihm einfach die Hand auf den Schenkel legen oder frischweg einfach sagen, hören Sie, ich will mit Ihnen ins Bett gehen, ist das günstig?«

»Dann wärt ihr sicher nicht mehr per Sie.«

»Ich merke, du verstehst mich nicht, Karla. Du nimmst mich nicht ernst.«

»Ich denke, du machst einen komischen Spaß mit mir.«

»Du meinst einen gar nicht komischen Spaß.«

»Ja, das meine ich. Der Bruno hat gesagt, du bist sehr komisch drauf.«

Josi spürte das Eis in ihrem Kopf durch den Schädelknochen hindurch bis auf die Haut an ihrer Stirn. Ich gebe mir nicht mehr viel Zeit, dachte sie, daran liegt es. Was ich sehe hat keine Vergangenheit und keine Zukunft. Saubergewaschene Gegenwart. Keine Erinnerung hat Anspruch, keine Hoffnung hat Anspruch. Ich will gar nicht mehr viel Zeit. Und ich schere mich nicht mehr darum, was ich reden darf und was nicht, und auch nicht, was ich wem zumuten darf und was nicht. Ich will weder Karla zum Heulen bringen noch Bruno und ihren Vater schon gar nicht. Zwei Jahre. Das reicht mir. Ich würde gern haben, dass mich ein Mann sehr, sehr liebt. Dass er hinterher sagt, er habe so etwas noch nie erlebt. Und dass ich das Gleiche auch sage. Aber ich will nicht erst fünf Falsche probieren und mich dann mit einem zufrieden geben, der ungefähr ist. – So hätte sie gesprochen, wenn sie zur Lampe gesprochen hätte oder zur Nähmaschine oder zu der Stimme aus dem CD-Player. Das war vorbei.

»Woran merkt eine Frau, dass der Mann gut im Bett ist, Karla? Himmel, schau nicht so! Du bist sechsundzwanzig, und ich bin deine Mutter, na und? Dein Vater ist schwul, du besuchst ihn ja auch, und du gibst seinem Liebhaber die Hand, er ist ein netter Kerl, wir alle sind nett, nur ich habe keinen Mann. Meine Theorie ist: Je besser einer im Bett ist, desto mehr liebt er mich. Ist diese Theorie richtig? Alles andere hätte doch keinen Sinn. Man liebt doch nicht jemanden, mit dem man nicht gerne schläft. Oder der nur ungefähr ist. Wenn du einen Trick weißt, wie ich deinen Vater zurückbekommen kann, dann her damit! Ich will alles tun. Ich verzeih ihm alles. Ich will nur nicht wie ein Gespenst sein, will nur nicht wie ein ungeliebtes Gespenst sein, will nicht wie ein ungeliebtes Gespenst in Herrenanzügen herumgehen und mir einbilden, ich sei etwas Besonderes. Wer will schon etwas Besonders sein und nicht geliebt werden. Ihr wollt aus mir etwas Besonderes machen, um mich zu trösten, weil ich nicht geliebt werde. Darauf pfeif ich! Ich will mit einem Mann guten Sex haben, so guten Sex, dass ich mir einbilden darf, dass er mich liebt. Woran merkt man, dass der Sex gut ist, Karla?«

Karla ging in die Küche und kam mit einem großen Glas Wasser zurück. Sie trank es in einem Zug aus.

Dann sagte sie: »Zum Beispiel, wenn es dir dreimal hintereinander kommt und er es hinkriegt, dass es dir noch ein viertes Mal kommt.«

»Danke«, sagte Josi.

»Das ist schon ok«, sagte Karla.

»Ich brauche keine zehn Anzüge«, sagte Josi. »Aber wenn ihr den Tropenanzug entbehren könntet, wäre ich glücklich.«

ZWEITER TEIL

Sechstes Kapitel

1

Josi stand in der Eingangshalle vom Hotel *Hera*, ganz dicht an der Wand, vor sich ihren Rimowa Alukoffer, am liebsten wäre sie *in* der Wand gestanden. Für den Koffer hatten Tomas, Bruno und Karla – und auch Edgar – zusammengelegt. »Das soll wohl die Miete sein für die Luft, die frei wird, wenn ich weg bin«, hatte sie gesagt und auch nicht eine Sekunde daran gedacht, dieses Geschenk abzulehnen, so gut gefiel ihr das Stück. (Und weil so viel Platz darin war und Karla mit noch zwei besonders schönen Exemplaren aus dem Fundus gekommen war, hatte sie schließlich vier Anzüge eingepackt – den Stresemann, den Dr. Albert Schweitzer, einen seriösen umbrafarbenen Zweireiher und einen schwarzen schillernden mit Matrosenknöpfen – falls ein vornehmer Abend stattfände.)

Sie war die Erste. Warum eigentlich? Sie war doch zusammen mit Passagieren, die ebenfalls zu den Erzähltagen nach Hydra unterwegs waren, im selben Schnellboot gewesen. Einige von ihnen hatte sie bereits im Flugzeug von Wien nach Athen gesehen. Manche schienen sich bereits zu kennen. Man war im Hafen von Piräus auf den Bänken gesessen und hatte auf das Boot gewartet, und jeder hatte sich mit jedem unterhalten und niemand mit ihr. (Sie war übrigens die Einzige gewesen, der im Boot nicht schlecht geworden war.) Wie konnte es mir nur glücken, von Anfang an die andere zu sein, dachte Josi.

Allmählich trafen die Gäste ein, hauptsächlich Ehepaare – altersmäßig zwischen fünfunddreißig und Mitte sechzig, schätzte sie –, einmal Mutter und Tochter, fünfzig, dreißig, und dann noch zwei Freundinnen um die vierzig in Wickelröcken mit Rucksäcken, Zöpfchen und Perlen in den Haaren. Gediegen und bildungshungrig oder auf dem Weg dorthin. Man wandte einander paarweise die Gesichter zu – Menschen wie mir müsste man einen Spiegel umhängen, dachte Josi – und wartete, dass jemand vom Hotel käme. Oder jemand von der Reiseleitung. In den Mails war eine Reiseführerin versprochen worden. Eine gewisse Frau Magistra Schnell. Die mit einem Griechen verheiratet gewesen sei.

Karla hatte das gesamte Outfit zusammengestellt, außer den Anzügen auch Schuhe, Blusen, T-Shirts, zwei Badeanzüge, auch die Sonnenbrille hatte sie ausgesucht, Gläser schwarz wie die Seele eines Unzurechnungsfähigen. »Du musst aus dir eine Kultfigur machen«, hatte sie gesagt. Wer will so eine lieben? Wie sie da stand, abseits, in Kleidern, die nicht die ihren waren, blass, würde sie mancher vielleicht rätselhaft finden. Jeder Mann, jede Frau hätte meinen können, von ihr beobachtet zu werden. Aber begehrenswert? Der Wind von der Klimaanlage strich über ihr Gesicht, darin war nichts, was er hätte bewegen können. Sie wäre gern aus ihren hohen Schuhen auf den kühlen Steinboden gestiegen. Inzwischen war es still geworden im Foyer. Die Paare unterhielten sich nicht mehr. Sie vermieden es, zu ihr hinüber zu sehen. Hieß das, sie war gemeint? Was, wenn hier über Erzählen und Erzähltbekommen hinaus noch weiteres Programm angeboten wird? Odysseus in uns. Penelope in uns. Ich habe die Homepage nicht bis zu Ende durchgelesen. War das ein Fehler? Die Psychologie der Laien ist nicht weniger grausam als die der Fachleute. Wo in dir steckt das Herakleshafte? Raus damit, zeig es uns! Wann hast du dich gefühlt wie Medea? Sag es uns! Den Ödipus überspringen wir, der ist abgenudelt. Ich heiße Josefine Bartok, war bis zu meinen beiden Unglücken, an denen teilzuhaben ich Sie alle herzlich einladen möchte, Ärztin am Otto-Wagner-Spital in Wien, spezialisiert auf Anorexiepatientinnen, wahrscheinlich, weil auch ich so rehäugig, klein und nichts bin, und habe mich zwischen den Alternativen, selbst Patientin zu werden oder hier auf Hydra einen Mann kennenzulernen, der mich so sehr liebt, dass es mir viermal hintereinander kommt, für letzteres entschieden. Wer wär frei?

Aus der Tür hinter der Rezeption trat eine junge Frau. Ihr Gesicht war aufgequollen und tränenüberschwemmt. Sie blickte in die Runde, stützte erst ihre Handballen, dann ihre Ellbogen auf den Empfangstisch. »Please«, sagte sie. »My name is …« Dann brach sie zusammen. Sie beugte sich vornüber und weinte so laut, dass es widerhallte. Josi, weil sie am nächsten bei ihr stand, eilte ihr zu Hilfe, und Hilfe waren ihre Hände, die sie der jungen Frau ans Gesicht legte, bis sie ruhig wurde. Von Zeit zu Zeit entschlüpfte ihr noch ein Schluchzer, der klang wie Schluckauf. Sie beide, die junge Frau und Josi, waren zu klein, um sich über den Tresen hinweg zu umarmen. Auch wenn sie sich auf die Fußspitzen stellte, gelang es Josi nicht, mit ihrer Stirn die Stirn der jungen Frau zu berühren. Was ihnen beiden gut getan hätte.

Als sich Josi umdrehte, sah sie einen der Herren lautlos in die Hände klatschen.

Alles geriet durcheinander.

Später, beim Abendessen, erfuhren sie, dass der Sohn des Hauses am Nachmittag, keine Stunde, bevor die Gäste Hydra erreicht hatten, ertrunken war. Die junge Frau an der Rezeption war seine Verlobte. Frau Magistra Schnell bat die Gäste um Verständnis und Mithilfe. Für den Bruchteil einer Sekunde, kam in Josi der Gedanke hoch: Und wenn das alles Teil einer Inszenierung ist?

Magistra Schnell, eine braungebrannte Frau um die Fünfzig – wer wolle, solle sie ruhig Barbara nennen –, bat die Gäste um Verständnis und Hilfe. Die Zimmer seien selbstverständlich alle gereinigt, die frische Bettwäsche aber noch nicht überzogen worden. Ob man das bitte übernehmen könne. Klar. Josi zählte, sich selbst eingerechnet, dreiundzwanzig Teilnehmer. Durch zwei dividiert. Blieb Rest eins. Außerdem ein Malheur: Das Hotel, ein exklusives, aber kleines Haus, habe nicht genügend Zimmer für alle Damen und Herren, die sich für die Erzähltage angemeldet hätten. Allerdings: Oben am Berg, mit unvergleichlichem Blick auf den Hafen und das Meer, stehe ein Bungalow zur Verfügung, darin: zwei Schlafzimmer, ein Livingroom mit Küche und zwei Badezimmer, also Platz für drei Personen, ein Paar und eine Einzelperson.

»Das kann ich nicht«, sagte Josi, bevor sie einer gefragt hatte. »Ich möchte im Hotel wohnen.«

Alle rundherum blickten sie freundlich an und warteten. Aber sie warteten vergebens. Josi gab keine weiteren Erklärungen ab. Frau Dr. Bartok war geschützt hinter einer leopardenhaft gefleckten Ray-Ban-Sonnenbrille und dem Bühnengewand eines fiktiven Dr. Albert Schweitzer, geschützt vor Nächstenliebe und Terror.

Das könne sie verstehen, sagte Frau Magistra Schnell. Sie werde schauen, was sich machen lässt. Sie habe schon eine Idee. Sie entschuldigte sich bei den anderen, ging vor Josi in die Hocke und flüsterte: »Ich weiß, ich weiß, das ist mir alles sehr unangenehm, ein Zimmer gäbe es noch im Haus, aber es ist sehr klein und nicht in wirklich gutem Zustand, wenn Sie einverstanden sind, machen wir die Hälfte des Preises, der Rest wird Ihnen überwiesen. Ok?«

Josi nickte kaum merklich. Sie war bereits ein Fall.

Ob der Köhlmeier schon da sei, fragte einer der Ehemänner. Schon seit drei Tagen, sagte Frau Magistra Schnell und klatschte in die Hände, er wohne mit seiner Familie in eben so einem Bungalow, in dem direkt nebenan. Er habe eine besonders liebe Frau und zwei Kinder, ein Mädchen und einen Buben, goldblond, die beide klargestellt hätten, dass sie sich die Vorträge ihres Vaters ganz gewiss nicht anhören würden. Und Frau Magistra Schnell erklärte weiter, dass sie selbst bei den Erzählungen leider auch nicht anwesend sein könne, in dringenden Fällen hätten ja alle ihre Telefonnummer und ihre Mailadresse, und von Athen hierher sei es ja nur ein Katzensprung, an der Fahrt nach Epidauros am Ende der Erzähltage werde sie aber selbstverständlich teilnehmen. Ob es noch Fragen gebe?

Josi sah sich die Gesichter an. Eine der Ehefrauen gefiel ihr. Sie saß sehr aufrecht da, war klein und hatte einen straffen Körper. Josi freute sich darauf, sie im Badeanzug zu sehen. Sie hatte schwarzes kurzes Haar, gefärbt, und einen rebellischen Mund. Ihr Mann kam nicht in Frage. Nichts an ihm machte Josi neugierig. Neugierig machte sie nur der Mann, der vorhin lautlos geklatscht hatte. Was hatte er sich dabei gedacht? War er ebenso paranoid wie sie und hatte zumindest in Erwägung gezogen, alles könne nur eine Show sein, eine Art Examen, das sie, Josi, in diesem Fall mit Bravour bestanden hatte? Oder hatte er ihr spontanes Mitgefühl beklatscht? Aber wer beklatscht Mitgefühl? Sie kannte ein Bild von Ernest Hemingway, auf dem der Schriftsteller zu sehen ist, wie er in seinem Haus auf Kuba an einem niederen Tischchen sitzt und an seinem UKW-Weltempfänger dreht. Dieser Mann sah ihm ähnlich. Stämmiger Oberkörper. Wenig Hals, was mutig und entschlossen wirkte. Seine Frau sah gut aus. Ein Zug von Verlebtheit um die Mundwinkel. Herrschsüchtig vielleicht. Das weite Kleid, rohweiß mit einem Schimmer altrosa, ließ darauf schließen, dass sie mit ihrer Figur nicht zufrieden war. Josi freute sich darauf, sie im Badeanzug zu sehen.

Eine der beiden Freundinnen zeigte auf. Aber als Frau Magistra Schnell »Bitte?« sagte, winkte sie hastig ab, zog die Schultern hoch, lachte und stieß mit ihrem Kopf gegen den Kopf ihrer Freundin.

Josi hatte als Einzige freie Sicht in die Halle. Sie sah zwei Polizisten eintreten und wusste, was gleich folgen würde. Als hätte sie es bereits in einem Film gesehen. Die Uniformhemden, so schneidig geschnitten, dunkelblau, mit rot gelben Wimpeln an den Oberarmen und Klappen auf den Schultern. Die Rückenansicht schöner Männer, ihr Haar so schwarz wie die Uniformhose, und wie die Hosen saßen, und wie die Gürtel und die Halfter poliert waren. Gibt es für die beiden überhaupt genug zu tun auf dieser Insel? Wo angeblich Autos nicht fahren dürfen. Josi fühlte sich als ihre Komplizin, weil sie vorausgesehen hatte, was nun geschah. Die junge Frau an der Rezeption schrie. Ein lang anhaltendes I, an der Grenze des Hörbaren, so hoch. Bis ihr die Luft ausging. Dann Pause und wieder von neuem. Die Polizisten versuchten, mit ihr zu sprechen, aber sie hörte nicht auf zu schreien und warf den Kopf hin und her. Einer der Polizisten stellte eine Tasche mit griechischer Aufschrift auf den Tresen. Er griff hinein und nahm nacheinander Dinge heraus, eine Uhr, eine Geldbörse, einen Schlüsselbund, Zigaretten, ein Feuerzeug. Bei jedem Gegenstand stieß die Frau einen Schrei aus, jeder Schrei klang anders. Dann schlug sie mit dem Gesicht auf die Tischplatte und war still. Ein Polizist sprang hinter den Tresen und umarmte sie von hinten, hob sie hoch. Aus ihrer Nase rann Blut, über den Mund, über das Kinn. Ihre Augen waren aufgerissen, sie starrten Josi an oder starrten geradeaus, aber Josi war geradeaus.

Josi schloss die Augen und drückte die Daumen in die Ohren. Das Wimmern der jungen Frau drang aus dem Inneren einer schwarzen Tanne. Solche gibt es in Griechenland nicht.

2

Das Zimmer war winzig und eiskalt. Die Klimaanlage blies auf Josis Kopf nieder, und das tat ihr weh bis in die Augen. Sie drehte am Schalter. Stellte auf Null. Stellte auf volle Leistung. Es änderte sich nichts. Das gleiche Geräusch, der gleich starke Luftstrom. Das Fenster ließ sich nicht öffnen. Es hatte keine Klinke. Der Rahmen war in die Wand eingelassen.

Sie setzte den Panamahut wieder auf. Luftwirbel bildeten sich an der Krempe. Das war nicht weniger unangenehm als ohne Hut. Sie stülpte sich ein Kissen über den Kopf wie einen Napoleonhut, zog die Zipfel über die Ohren. Sollte sie so den Rest des Abends verbringen? Das Zimmer war das letzte unter dem Dach, es war in einem unterklassigen Zustand – zerschlissene Tapete, die Fensterfarbe abgeblättert, an der Decke übereinander sich ausbreitende braune Wasserflecken, der Bodenbelag an manchen Stellen abgeschabt, sie wollte gar nicht wissen, wie das geschehen war.

»Josi in der Abstellkammer«, sagte sie laut und dachte bei sich: Hier gäbe es einige Dinge, an die man eine Rede halten könnte – die fehlende Wärme, die fehlende Sauberkeit, die fehlende vom Bett aus zu bedienende Lampe, die fehlende Gerechtigkeit. Nein, sie hatte sich in Wien feierlich befohlen, nie mehr in ihrem Leben eine Rede zu halten, weder an eine Lampe noch an einen CD-Player, weder an eine Wespe noch an eine Katze und schon gar nicht an einen möglichen ehemaligen Patienten, und darunter fielen alle, alle, alle, sie selbst mit eingeschlossen.

Sie setzte sich auf die Bettkante – einen Sessel gab es hier nicht –, mit einer Hand hielt sie unter ihrem Kinn die Zipfel ihres Napoleonhutes fest. Ich muss auch bei der Hälfte des Preises darauf bestehen dürfen, dass das Zimmer ordentlich durchgeputzt wird, Himmelnochmal! Und dass hier eine normale Temperatur herrscht! Das ist das Wichtigste, sonst verreck ich. Das Bett war überzogen. War das ein weiteres schlechtes Zeichen? Wenn die Betten der anderen nicht überzogen sind, meines aber schon? Manches kann morgen geschehen, manches muss sofort geschehen. Wen hätte sie sofort bitten können, die Klimaanlage zu reparieren oder auszuschalten? Den Vater des Toten? Der in diesem Augenblick vielleicht alle Kraft aufbieten musste, um die Knie durchzudrücken. Vielleicht würde ihn das ablenken. Ganz sicher würde ihn das ablenken. Aber sie, die Komische mit dem komischen Hut und dem komischen Anzug, wäre ein Unmensch. Der Unmensch dieser Erzähltage. Den Bruder? Für ihn galt das Gleiche. Wenn der Tote überhaupt einen Bruder hatte. Einen Freund? Ich bin keine herzlose Person. Dafür braucht mir niemand Applaus zu spenden. Jedenfalls wahrscheinlich bin ich das nicht.

Das Kissen fiel ihr vom Kopf.

Sie öffnete den Schrank und nahm zwei Wolldecken heraus, die legte sie über die dünne Bettdecke. Sie zog einen Pyjama an, den aus Frottee, einen Pullover darüber und kroch unter die Decken, wickelte den Kopf ein, so dass gerade genug offen blieb, um Luft zu holen, drückte die Augen zu. Gleich, dachte sie, werde ich aufstehen und mir den Reisedreck abwaschen, wenn ich mich nur erst ein wenig aufgewärmt habe, jetzt bleibe ich halt noch eine Minute. Sie wachte auf, dachte, dass Kopfkissen sei voller Blut. Die Ratte hat mir tatsächlich ins Genick gebissen, das Biest, es tut so weh, sie hat mir mehr Krankheiten übertragen, als ich verkraften kann, mein Plan, noch zwei Jahre leben zu wollen, kann nicht erfüllt werden, wahrscheinlich werde ich in den nächsten Tagen schon über den Jordan gehen, gestorben auf Hydra, wo der schöne Verlierer Leonard Cohen angeblich noch immer ein Haus besitzt. Der Tropenanzug hing über dem Koffer, der Tropenhelm lag darauf. Als wären sie vom guten Geist verlassen.

Josi stellte sich unter die Brause. Das Wasser war entweder zu heiß oder zu kalt. Unter dem heißen Wasser sahen ihre Kreuze dunkelrot aus, unter dem kalten blau. Und dann kam nur noch kaltes Wasser. Sie drehte am Hahn, es kam nur kaltes Wasser. Auch beim Waschbecken kam nur kaltes Wasser.

Sie zitterte unter den Decken, rieb sich die Oberarme, zog die Schenkel an den Bauch, schlug die Füße in die Decke ein. Masturbierte ein bisschen. Behielt den Kopf unter der Decke, bis sie keine Luft mehr bekam. Aber dann schlief sie doch ein. Wachte auf, sie wusste nicht wann, hatte den

Kopf abgedeckt, ihre Stirn war kalt wie Friedhofsmarmor. Sie probierte, ob nun vielleicht wieder warmes Wasser käme. Sie setzte sich auf den Klodeckel und schloss die Tür. Im Badezimmer war keine Klimaanlage. Es war wunderbar. Sie lief noch einmal hinaus, holte aus dem Koffer die beiden Romane, die sie auf der Insel lesen wollte – John O'Hara, *Butterfield 8* und Connie Palmen, *I. M.* Diesmal sperrte sie die Tür hinter sich ab. Es war wunderbar.

Sie las:

Das Mädchen, das später in New York für so großes Aufsehen sorgen sollte, erwachte an diesem Sonntag im Mai viel zu früh für die hinter ihr liegende Nacht. Hatte sie eben noch fest geschlafen, war sie nun plötzlich hellwach und geriet in Verzweiflung. Es war jene Form der Depression, die sie vielleicht schon zweitausendmal erlebt hatte, weil ein Kalenderjahr aus 365 Tagen besteht.

Sie nahm das nächste Buch, schlug irgendwo auf:

Wenn man dann sechzehn Stunden Fahrt in den Knochen hat, es auf drei Uhr nachts zugeht und man nun doch völlig groggy ist, kann einem nichts Besseres passieren, als eine Stadt wie Las Vegas mitten aus der kahlen Ebene aufscheinen zu sehen. Ich bin überwältigt von dem, was ich da sehe. In der Ferne schimmert eine Art Jahrmarkt mit flackernden Lichtern, umherschwenkenden Laserstrahlen und den in allen Regenbogenfarben …

Ich sehe das Böse, dachte sie, und werde zur Komplizin. Dieser Gedanke war ihr sehr vertraut. Sie hatte ihn nur verlegt in den letzten Monaten. Sie stellte die beiden Bücher neben den Becher mit ihrer Zahnbürste. Die Vierzehnjährige fiel ihr ein, die in der Akutstation gelegen hatte, ihren Namen hatte sie vergessen. Sie hatte nur noch dreißig Kilo gewogen, war ein ziemliches Stück größer gewesen als Josi.

»Wenn ich das hier geschafft habe«, hatte sie gefragt, »darf ich Sie dann einmal zu Hause besuchen, Frau Dr. Bartok?« »Nein«, hatte Josi geantwortet. »Aber ich hätte Ihnen so gern gezeigt, wie ich bin, wenn ich nicht hier bin«, sagte das gute Mädchen und weinte. Das böse Mädchen steckte sich den Finger in den Hals. Verpflichtet fühlte sich Josi nur dem bösen, das gute ging sie nichts an, und sie hatte stets nur dem bösen geglaubt. Das gute war ein Instrument des bösen. Jedenfalls innerhalb des Pavillon 24. So verreckt der Mensch. Das Mädchen war, bevor es ins OWS überstellt worden war, neun Wochen in der Klinik am Korso gewesen und anschließend sieben Wochen in Gugging. Sie war ein Profi. Sie führte ein Tagebuch, in dem sie Fachausdrücke aufschrieb und darunter die Erklärung. Im AKH werde, machte sie Josi eines Tages aufmerksam, die Magensonde erst ab einem BMI unter 14 gesetzt und nicht schon bei 17. Mit einer Bestimmtheit sagte sie das, als ob ihr im OWS nicht die Rechte gewährt würden, die ihr eigentlich zustehen. »Ich verspreche Ihnen«, hatte Josi gesagt und alle Lieblosigkeit in ihre Stimme gelegt, zu der sie fähig war, »ich verspreche Ihnen, niemand hier macht Sie gegen Ihren Willen gesund, und sollte es einer versuchen, wenden Sie sich an mich, ich werde ihn davon abhalten.« Als ihr ein Harnkatheder gelegt wurde, weil ihre Niere nicht mehr richtig funktionierte, hielt sie in zitternden Händen Bleistift und Heft und wollte den Vorgang genau beschrieben haben. Josi nahm ihr das Heft ab und sperrte es im Schwesternzimmer in eine Schublade. Sie gab ihr das Heft zurück, als sie entlassen wurde – »mit besten Aussichten auf lange Heilung«, wie sich Dr. Krabichler poetisch aber fachlich wenig korrekt – wie meistens – ausdrückte. Das Mädchen, das noch ein Kind war, aber inzwischen eine Stimme hatte wie ein Frau mit Vergangenheit, woran das dauernde Kotzen schuld war, umarmte sie und flüsterte ihr ins Ohr: »Danke. Danke. Das sage ich nur zu Ihnen, Frau Dr. Bartok.« Und Josi hatte gekontert: »Vergessen Sie meinen Namen. Wenn er Ihnen wieder einfällt, dann ist das kein gutes Zeichen.«

Es war sehr angenehm in dem warmen engen Badezimmer, fast so angenehm wie in ihrem Zelt in der Piaristengasse 42 im 8. Wiener Gemeindebezirk. Der Rücken tat ihr weh. Die Nacht auf dem Klodeckel sitzend zu verbringen, war keine Option.

... blinkenden Umrissen hoch aufragender Paläste. Ohne dass mir noch irgendein Geräusch ans Ohr dringt, knallt die Stadt förmlich in die Stille der Wüste hinein, und ich meine den Jahrmarktsklamauk, die klingenden Spielautomaten und das Stimmengewirr und Johlen von Menschenmassen zu hören.

Ischa ist so stolz, als hätte er die Stadt höchstpersönlich mal so eben in die Wüste gestellt, um mir eine solche Überraschung zu bescheren.

Am Ende zerrte sie die Matratze ins Bad. Eine Hälfte ragte in die Duschkabine hinein. Wenn sie sich zusammenrollte, ging's. Oder sie drehte sich um und legte die Beine in die Duschkabine, dann konnte sie sich ausstrecken. Das ging auch. Aber nur eine Weile, dann hatte sie das Gefühl, der Kopf platze ihr gleich. Am besten wäre es mit dem Kopf neben der Toilette. Aber das wollte sie nicht. Nicht, weil es stank. Es stank nicht. Das wollte sie aus Prinzip nicht. Weil man das nicht mit sich machen lassen darf. Sie holte Kopfkissen und Decke. Die Tür ließ sie einen Spalt weit offen. Die Klimaanlage blies nicht auf sie nieder, und doch brachte sie etwas frische Luft. So war's gut. Im Zelt in der Piaristengasse hatte sie als Kopfpolster den Schopenhauer gehabt, hier den Rand der Duschkabine. Geschmacksache. Ihr Vater hätte den Schopenhauer vorgezogen. Ihr war's egal. Sie schlief ein und wachte auf und schlief ein und wachte auf und schlief ein und hatte am Morgen das Gefühl, nicht ein Auge zugetan zu haben.

3

Am Morgen zog Josi wieder den Dr. Albert Schweitzer-Anzug an. Darunter nur einen Slip, kein Oberteil. Sie schminkte sich sorgfältig. Sie hatte etwas Ausgezehrtes im Gesicht, das ließ sich nicht wegschmieren, nicht wegpinseln, nicht weglächeln. Ihre Augen waren wie Glut. Soll niemand denken, ich führe hier eine Modenschau vor. Auf meinen Stresemann müsst ihr noch ein wenig warten und auf den seriösen braunen auch, und ob ich euch den schwarzen Salamander überhaupt zeigen werde, das weiß ich noch gar nicht. Und barfuß ging sie.

Sie betrat den Frühstücksraum. Die Tür fiel hinter ihr krachend zu. Dann stemm ich eben auch die Hände in die Hüften wie Clawdia Chauchat, dachte sie. Was ist Hydra anderes als eine Art Zauberberg? Und wenn es das nicht ist, kann es mir ohnehin gestohlen bleiben. Alle blickten zu ihr herüber. Auch der Hemingway. Er stand beim Buffet. Zusammen mit der sympathischen kleinen Frau mit den schwarz gefärbten Haaren. In dem Blick, den sie Josi zuwarfen, erstarrte ihr Lachen. Ich bin die Fee im Dornröschen. Gleich lebte das Lachen weiter. Josi war eifersüchtig.

»Guten Morgen!«, rief der Hemingway und fing Josi ein

mit seinem Lasso. »Haben Sie gut geschlafen in der neuen Luft?«

»Guten Morgen«, sagte auch die Frau. »Ich bin Eva Beck. Wir haben uns im Flugzeug gesehen.«

»Und mein Name ist Max Lorber.«

»Sie sehen aus wie Hemingway«, sagte Josi.

»Max hat meinen Mann und mich auf die Idee gebracht, nach Hydra zu fahren«, sagte Frau Beck. »Ich habe Sie gestern sehr bewundert. Darf ich das sagen?«

»Mich?«

»Alle haben Sie sehr bewundert. Sie dürfen nicht böse sein, aber wir haben gerade über Sie gesprochen.«

»Sie waren die Einzige«, sagte Herr Lorber, »die die Nerven behalten hat.«

»Und dem armen Mädchen Trost gegeben hat.«

»Hab ich sicher nicht«, sagte Josi. »Sonst hätte sie nicht den Kopf auf den Tresen geschlagen.«

Frau Beck lächelte und ging zu ihrem Tisch, zwei Teller, mit ziemlich allem angehäuft, in ihren Händen.

»Und mir ist etwas sehr Dummes passiert«, sagte Herr Lorber und sagte es deutlich leiser und beugte sich zu Josi nieder. »Dass ich in die Hände geklatscht habe. Ich krieg es nicht aus dem Kopf. Es war meine Bewunderung, sonst nichts. Aber sehr geschmacklos in dieser Situation. Sie müssen sich was denken! Mein Gott, so ein Klotz, würde ich denken, wenn ich Sie wäre, sagen Sie mir bitte, dass sie es nicht denken. Ich bin Apotheker. Meine Apotheke ist in der Kettenbrückengasse. Sie kommen auch aus Wien?«

Josi sah ihn nur an, und Herr Lorber fragte nicht weiter. Wenn ich er wäre, hätte ich auch nicht weiter gefragt, dachte Josi. Ihr Tonfall war so harsch gewesen. Vielleicht war die Klimaanlage in ihrem Zimmer ja gar nicht defekt.

Vielleicht kühlte Frau Dr. Bartok den Raum so herunter. Sie hatte keine Zweifel, dass sie diesem Mann gefiel, und keine Zweifel, dass es ihr spielend gelingen könnte, in wenigen Minuten alles zu verderben. Aber das Brot roch so gut und der Kaffee roch so gut und der Kuchen roch so gut und die Tomaten, sie rochen nach den Stielen, als wären sie gerade erst vom Strauch gepflückt worden. Der Frühstücksraum war weiß getüncht, die Tische standen weit genug auseinander, so dass eine schöne Freiheit herrschte, die Fenster waren geöffnet, der Geruch vom Meer strich herein, und der gebratene Speck roch so gut. Hier saßen gute Menschen. Frau Lorber wandte ihnen den Rücken zu. Der war groß und ganz in Weiß gehüllt ohne jeden Stich ins Altrosa heute morgen. Und auf einmal war Josi ein bisschen glücklich. Nach dem Frühstück würde sie mit dem Hotelbesitzer sprechen. Sehr behutsam. Ob er einen Blick auf die Klimaanlage werfen könnte. Kein Wort sonst. Sonst alles ok. Das Beileid wollte sie zum Ausdruck bringen, indem sie seine Hand hielte und sie kurz gegen ihre Brust drückte. Diese Geste hatte ihr Frauenarzt gemacht, als er ihr mitteilte, dass sie Krebs habe.

»Sie bringen mich durcheinander«, sagte sie.

»Ich?«, sagte Herr Lorber.

»Sind Sie mit einem früheren Flugzeug gekommen? Ich habe Sie nicht gesehen.«

»Ich habe Sie in Schwechat gesehen und im Flugzeug gesehen«, zählte er auf, »und in Athen und in Piräus und im Schnellboot.«

Sie nahm einen Teller und machte es wie Frau Beck und lud sich von allem ziemlich viel auf. Ein Tisch war noch frei, und der stand gar nicht abseits, sondern sogar mittendrin. Sie nickte nach links und nickte nach rechts, ging noch einmal zum Buffet, schenkte sich Orangensaft in ein großes Glas, trank es im Stehen aus, wandte sich dabei dem Saal zu, füllte das Glas ein zweites Mal, schöpfte in eine Schale drei dicke Löffel von dem berühmten griechischen Schafsjoghurt, ließ, wie Karla ihr erklärt hatte, Honig darüber fließen und musste sich zwingen, nicht in die Luft hinein zu schmatzen, so einen Appetit hatte sie.

Und sie haute rein. Und einen Durst hatte sie. Saß absichtlich mit dem Rücken zu den Hemingways.

Als sie sich zum dritten Mal Orangensaft nachschenkte – wieder trank sie erst ein Glas im Stehen – war plötzlich ein Mädchen da, zwölf vielleicht, blond wie Honig, sie schaute ihr so fest in die Augen, wie sie, Josi, als sie in diesem Alter war, den Leuten im Zug fest in die Augen geschaut hatte. Und das Mädchen gab nicht nach, und Josi wollte auch nicht nachgeben. So starrten sie einander in die Augen. Aber Josi verlor das Rennen. Sie drehte sich weg und ging mit dem Orangensaft zu ihrem Tisch zurück.

Das Mädchen setzte sich zu ihr. »Darf ich?«

»Wir beide können gut starren«, sagte Josi.

»*Ich* kann gut starren«, sagte das Mädchen.

»Ich auch«, sagte Josi. »Und weil wir beide gleich gut starren können, würden wir die nächsten zehn Tage starren, wenn nicht einer zu starren aufhört, und dafür ist mir mein Urlaub zu schade.«

»Ich heiße Paula«, sagte das Mädchen. »Mein Vater ist der Köhlmeier. Wir sitzen ganz hinten in der Ecke. Meine Mutter will das. Sie will nicht unter die Leute. Mein Bruder heißt Lorenz. Er sieht so ähnlich aus wie ich, nur kleiner. Sie sind Frau Dr. Josefine Bartok. Sie sind der Star hier.«

»Der Star ist dein Vater«, sagte Josi und dachte, wenn mir auch vor diesem Kind wieder nur ein harscher Ton gelingt, halt ich das Maul bis ans Ende von Griechenland. Die Blase drückte sie. Hoffentlich sieht mir niemand an, wie ausgehungert nach Sex ich bin.

»Aber alle haben vorhin nur von Ihnen geredet. Weil Sie gestern so mutig gewesen sind. Wir waren ja nicht dabei. Schade.«

»Ich war nicht mutig. Ich bin das Gegenteil von mutig. Ich trau mich zum Beispiel nicht, dich zu fragen, ob du Du zu mir sagen möchtest.«

»Möcht ich.«

»Alle sagen Josi zu mir, sag doch du auch. Nur bitte nicht Tschosi.«

»Du bist Ärztin, haben sie gesagt.« Auf einmal schien sie schüchtern. Sie zog die Schultern hoch, legte den Kopf leicht schief, griff sich mit der rechten Hand an den Hals und zwickte sich mit Daumen und Zeigefinger in die Haut.

»Psychiaterin«, sagte Josi. »War ich. Wartest du auf mich? Ich muss dringend aufs Klo.«

»Ich kann's Klo gut aufhalten. Warum bist du es nicht mehr?«

»Willst du das wirklich wissen?«

»Ist es etwas sehr Schlimmes?«

Darauf antwortete Josi nicht. Gar nichts war sehr schlimm. *Wer sich nicht zu viel dünkt, ist viel mehr, als er glaubt.* Das war auf einem unter Glas gerahmten Kalenderblatt gestanden, das im Schwesternzimmer hing, bis es abgenommen und entsorgt wurde, weil eine Patientin in hohem Bogen draufgekotzt hatte. Der Spruch stammte von Goethe, und das Lustige daran war, dass immer wieder einer draufgezeigt und gefragt hatte, was denn »dünkt« heiße, und eines Tages ein Pfleger antwortete, das komme von tunken und damit sei gemeint, man müssen einem den

Kopf solange in die Scheiße tunken, bis endlich kapiert werde, dass man nichts wert sei. »Magst du dieses fette Joghurt mit Honig?«, fragte sie stattdessen.

»Ja, sehr.«

»Gehen wir uns noch eines holen? Ich kann's Klo auch gut aufhalten. Wenn man Psychiater ist, muss man das Klo gut aufhalten können. Weil man die Leute reden lassen muss, wenn sie schon einmal am Reden sind.«

»Ich verstehe«, sagte Paula, und Josi war sicher, dass sie verstand.

Während sie sich von dem Guten schöpften, trat Paulas Vater in die Mitte, hob die Hände, und als es still war, sagte er, er freue sich auf die bevorstehenden zehn Tage, und dass jeden Abend um 20 Uhr im Innenhof des Hotels zwei Stunden lang erzählt werde und dass er heute am ersten Abend, wie es sich gehöre, am Anfang beginne, nämlich bei Chaos, aus dem Uranos, der Himmel, und Gaia, die Erde, geworden seien. Dieser Innenhof des Hotels, fügte er hinzu, sei in Wahrheit ein kleiner wunderschöner Olivenhain.

Dann saß sie allein im Frühstücksraum, und es ging ihr gut. Vor dem Fenster standen zwei Männer und rauchten und unterhielten sich mit rauen Stimmen. Der Tabakgeruch zog herein. Hemingway hatte ihr einen Blick zugeworfen, als er mit seiner Frau den Frühstücksraum verlassen hatte, und sie hatte ihm angesehen, dass er nicht darauf aus war, sich mit ihrem Blick zu treffen. Als er merkte, dass sie ihn ansah, war er verlegen und drehte sich weg. Und drehte sich gleich wieder zu ihr. Wenn ich will, kann ich ihn haben. Nämlich, weil er weiß, dass er *mich* haben kann. Frau Hemingway hatte eine Hausfrauenfigur und in Wahrheit eine Hausfrauenfrisur und eine Strickweste um ihre breiten

Hüften gebunden. Einen üppigen Busen hatte die Frau garantiert, einen alten Hängebusen, in dem sich Rillen bilden, wenn sie sich über ihn beugt. *Wenn* sie sich über ihn beugt. Ich habe keinen Busen, also auch keinen alten. Man kann meine Rippen zählen, aber ich kann dasitzen, angefressen mit griechischem Joghurt und Honig, und muss meinen Bauch nicht einziehen, weil kein Bauch da ist, und kommt einer von hinten, darf er sich denken, die ist jung, und da ist keine überschüssige Haut, die ich mir mit Hilfe meiner Tochter auf den Rücken schnüren muss, und wenn ich unter einem Mann liege oder auf ihm, gibt es nichts, was ich vor ihm zu verstecken brauche.

An der Rezeption war niemand. Josi klopfte mit ihren Knöcheln auf den Tisch.

Sie rief. »Hallo!« Sie rief: »Geiá!«

Sie trat hinter den Tresen, öffnete die Tür. An einem Tisch, der mit einem Wachstuch bedeckt war, saß ein Mann mit grauen Haaren. Er hatte die Hände vor dem Gesicht.

»Sorry!«, sagte Josi.

Der Mann sah sie an. Josi ging zu ihm hin, nahm seine Hand und drückte sie an ihr Herz.

Siebtes Kapitel

1

Die anderen gingen zum Baden. Frau Beck fragte Josi, ob sie sich ihnen anschließen wolle. »Ich würde mir nichts lieber wünschen, und das ist die Wahrheit.« Sie sah Neugier in den Augen der Frau. Sie will sich von mir überraschen lassen, aber ich werde sie nicht überraschen können, schon gar nicht, wenn die Überraschung darin bestehen soll, dass ich mich etwas traue, was sie sich nicht traut. Als Josi dann aus ihrem Zimmer kam, wo sie nichts anderes getan hatte als zu warten, bis genügend Zeit verstrichen war, um nicht übereifrig zu erscheinen, war niemand mehr in der Halle und auch im Frühstücksraum nicht. Das verwirrte sie, und sie eilte durch die engen, weiß getünchten Gassen zum Hafen hinunter. Die Sonnenschirme vor den Cafés versperrten ihr die Sicht. Sie zwängte sich zwischen den leeren Sesseln hindurch, bis sie zum Wasser gelangte. Auf der linken Seite der Bucht führte ein Weg hinauf zu den Felsen der Steilküste. Dort sah sie die Teilnehmer der Erzähltage, dicht beieinander gingen sie, als wären sie vollzählig. Auch Herrn Lorber sah sie. Und seine Frau sah sie auch. Sie ging sogar voran, zusammen mit Frau Beck und deren Mann.

Macht ja nichts, dachte Josi. Der Star hat das Publikum zu lange auf seinen Auftritt warten lassen. Sie wandte sich um – fort mit Schaden –, ein zarter Wind vom Meer her strich über ihren Nacken.

Die Cafés waren leer. Aus dem Inneren eines Bistros klang griechische Musik. Ich mag diese Musik, habe es immer versäumt, mich um sie zu kümmern, ich werde mir ein paar CDs besorgen, dachte sie. Die Kellner legten weiße Tücher über die Tische. Einer winkte ihr zu, und sie winkte zurück. Er wies auf einen der gepolsterten Sessel und rief etwas, was sie nicht verstand. Und aus einer plötzlichen Laune heraus, und weil er an dieser Laune einen guten Anteil hatte, warf sie ihm einen Handkuss zu, ließ eine Weile die Lippen geöffnet. Er faltete die Hände und flehte zum Himmel, der allerdings blau-weiß abgeschirmt war. Sie schlenderte am Geländer entlang, blickte an sich hinab, sah unter den Aufschlägen ihrer Jacke die Kreuze, die sich in der noch lauen Luft nur wenig von der Haut darum herum abhoben. Man kann das mögen.

Der Ort lag in einer kleinen Bucht, wo Motorboote und Segelschiffe ankerten. Hinter den Häusern stiegen Hügel an, und hinter diesen war ein Berg. Alles abgeholzt, braun, steinig, Fels, Gestrüpp. Die Promenade war mit Marmor ausgelegt, ein Café neben dem anderen, Bistros, Bars, Restaurants. Rechts war die Anlegestelle für die Touristenschiffe und die Luftkissenboote. Dort standen hohe, herrische Steinhäuser, die – wie Frau Magistra Schnell erklärt hatte – Alterssitze von Kapitänen waren. Zwei dickbauchige Männer saßen unter einem Sonnenschirm und rauchten. Josi entschloss sich, doch zu den Badeplätzen zu gehen. Den Badeanzug hatte sie im Hotel gelassen. Sie wollte nur schauen. Und gesehen werden wollte sie auch.

War unter der Neugierde in Frau Becks Blick auch ein wenig Anzüglichkeit gewesen? Sie vermutete es. Es fiel ihr leicht, sich diese Frau beim Sex vorzustellen. Sie gibt und nimmt mit schnellen gezielten Bewegungen. Als sie zusammen beim Frühstücksbuffet gestanden hatten, waren ihre Augen zwischen Herrn Lorber und Josi hin und her geflitzt, als wäre es ihre Absicht, sie beide zusammenzuschnüren.

Offensichtlich waren die Becks und die Lorbers miteinander befreundet. Was traut sie sich nicht? Was soll ich mich für sie trauen? Sie erwartet etwas von mir. Dass ich, diese rätselhafte Person mit dem reaktionsschnellen mitleidigen Herzen, die einem Roman von Somerset Maugham entstiegen sein könnte oder einem von Agatha Christie oder einem Schwarz-Weiß-Film mit Marlene Dietrich oder Bette Davis, dass ich ein Wirrwarr unter ihren Wiener Bildungsspießern anrichten werde? Aber vielleicht hatte ihr Blick ja etwas ganz anderes bedeutet. Eifersucht zum Beispiel. Dass die beiden etwas miteinander hatten. Oder gehabt hatten. Dass sie genau wusste, worauf Hemingway stand. Auf kleine zarte Frauen nämlich, denen anzusehen war, dass sie viel zu geben hatten. Und bereit waren, viel dafür zu nehmen. Oder nicht einmal Eifersucht, sondern die bloße Lust zu verkuppeln, um ein bisschen etwas Böses anzurichten. Womöglich gab es ja auch etwas zu rächen. Dass Herr Beck mit Frau Lorber – was sich Josi schon überhaupt nicht vorstellen konnte und zwar in keiner Richtung. Schöne Gedanken alles in allem. Grün. Dazu kam die Sonne, die ihr nun, da sie über den Weg hinauf ging, auf den Rücken schien und die Knochen im Leib tröstete, als wär dort drinnen immer noch Winter.

Oben war sie überwältigt von der Aussicht hinaus aufs Meer, das blau war wie bestellt. Ein Stück weit draußen lag ein Boot, über das wie ein Baldachin ein Sonnensegel gespannt war. Es hatte einen Kahn im Schlepptau. Darum herum schwammen drei Köpfe, ob Männer oder Frauen, war nicht auszumachen. Bei welcher Tätigkeit war der Sohn des Hotelbesitzers ertrunken? Ob der Vater von nun an das Meer hasste? O ja, das glauben die Leute, die keine Ahnung haben. Dass die Hinterbliebenen das Meer hassen, das den Geliebten verschlungen hat, oder den Berg hassen, der die Geliebte abgeworfen hat, oder den Blitz, der erschlagen, oder den Sturm, der getötet, oder den Krebs, der die Brust genommen hat. Als sie noch jung war und in der Ausbildung, hatte sie Prof. Moritz, ihr Mentor, bei einem Gespräch teilhaben lassen, das er mit einem Mann führte, der versucht hatte, sich umzubringen. Seine Tochter war von einem Betrunkenen niedergefahren und getötet worden. Der Täter hatte es abgelehnt, sich bei den Hinterbliebenen zu entschuldigen. Der Vater war Jahre später in eine Depression gefallen. Der Grund: Das Gewissen quälte ihn, weil er diesen Mann nicht hasste, ihn nie gehasst hatte, es von ganzem Herzen wollte, aber einfach nicht konnte.

Josi blickte über den Fels hinunter zu der kleinen Sandbucht, wo die Teilnehmer der Erzähltage ihre Plätzchen gefunden hatten. Sie sah Max Lorber, wie er auf einen der Felsen kletterte. Kraftvoll sah er aus. Griff sicher zu. Ein weißer starker Körper, Badehose altmodisch und schwarz. Dann stand er ganz vorne auf dem Vorsprung, die Hände in die Hüften gestemmt, den wild grau krausen Kopf stolz erhoben, und blickte hinaus aufs Meer. Und blickte hinauf zu ihr. Sie hob die Hand und winkte ihm zu. Er breitete die Arme aus, blieb in dieser Haltung stehen, lange, sein Gesicht die ganze Zeit ihr zugewandt. Nun klatschte *sie* in die Hände, und wie er es getan hatte, lautlos. Er sprang vom Fels, flog hinab in einem schönen Bogen, die Beine vorbildlich gestreckt und beieinander, die Arme immer noch ausgebreitet, erst kurz, bevor er eintauchte, schloss er sie über seinem Kopf. Wenn er auftaucht, soll er mich nicht mehr sehen, dachte Josi, trat eilig von der Brüstung zurück und kehrte um.

Sie hätte singen mögen. In einem der Geschäfte am Weg

kaufte sie einen Homerkopf aus Bronze, groß wie ein Blumentopf, sie wollte ihn auf ihren Schreibtisch stellen. In einem anderen Laden kaufte sie einen Wandschmuck aus Gips, der eine Meerjungfrau darstellte, die mit einem Delfin spielte – das Stück sollte in der Küche hängen. Als sie wieder bei den Restaurants unten im Hafen war, hatte sie Hunger. Seit dem Frühstück waren gerade zwei Stunden vergangen, aber schon wieder hatte sie Hunger. Meinte, seit ihrer Kindheit nicht mehr so einen Appetit gehabt zu haben.

Sie bestellte die Hydra-Fischplatte. Dazu einen griechischen Salat und Weißbrot mit Oliven und Öl und eine große Flasche Wasser. Sie war die Einzige. Drei Kellner nahmen ihre Bestellung auf. Sie versteckte sich unter ihrem Hut und hinter ihrer Sonnenbrille. Lächelte kaum merklich. Wie es ihr Karla geraten, wie sie es unter ihrer Regie vor dem Spiegel geübt hatte. Als der gegrillte Fisch serviert wurde, hatte sie den Salat und die Oliven und alles Brot bereits aufgegessen. Das Tellerchen mit dem Olivenöl hatte sie sauber abgeleckt – nachdem sie sich umgesehen und vergewissert hatte, dass ihr keiner zusah. Und sie meinte, seit ihrer Kindheit nicht mehr so gut gegessen zu haben.

Sie hatte nie geraucht. Eine Zigarette würde ihr gut stehen. Sie wollte sie ja nur zwischen ihren Fingern halten und ab und zu so tun. Sie hob die Hand. Alle drei Kellner kamen zu ihr gelaufen. Obwohl inzwischen auch andere Gäste hier saßen, die ein Recht gehabt hätten, dass sich wenigstens einer um sie kümmerte. In einem langsamen, schleppenden Englisch fragte sie, ob ihr jemand eine Zigarette schenken wolle. Eine rote Schachtel, eine blaue und eine gelbe, wurden in einer Bewegung aus den Brusttaschen gerissen. Sie wählte aus der roten Schachtel. Nahm Feuer von dem mit der blauen. Dem dritten gab sie ihr Lächeln. Eine Figur aus einem Roman von Somerset Maugham. Oder aus einem Roman von F. Scott Fitzgerald. Ihr Vater hatte die beiden als Halbgewichte bezeichnet. Wegen Fitzgerald hatten sie einmal, als sie für ein paar Tage nach Vorarlberg gefahren war, einen beinahe bitteren Streit gehabt – da war ihr dieser Dichter doch ein wenig von dem Flair schuldig, das er seinen Büchern zu geben verstand. Der Kellner, den sie angelächelt hatte, brachte einen Uzo – ein Geschenk des Hauses. Sie gab Wasser dazu, weil sie sehen wollte, wie der Schnaps milchig wurde, und trank aus. Dann bestellte sie noch einmal die Hydra-Fischplatte.

Den Kaffee trank sie bei der Anlegestelle. Aß dazu einen süßen Kuchen mit einer schillernd roten Haube. Fragte wieder um eine Zigarette. Ließ sie in ihrer Hand abglühen, ohne auch nur einmal daran gezogen zu haben. Den ganzen Nachmittag saß sie in den Cafés auf der Promenade und beobachtete die Menschen und die Boote und die Möwen und die Katzen, die zu Hunderten um Beine und Tische und Stühle schlichen und nicht mehr von dem ließen, der ihnen einmal etwas zugeworfen hatte. Sie sah zu, wie die Fähre einfuhr, ein gewaltiges dunkelblaues Schiff, das an armdicke Taue gelegt wurde und aus dem nur wenige Passagiere ausstiegen. Und sie blickte der Fähre nach, bis sie wieder hinter den Mauern der Hafenausfahrt verschwand. Sie sah, ohne von ihnen gesehen zu werden, die Teilnehmer der Erzähltage vom Baden zurückkommen, nun nicht mehr so dicht beieinander wie am Morgen, müde und verbrannt. Als letzte gingen Frau Beck und Herr Lorber. Frau Lorber konnte Josi nicht unter ihnen finden.

Es war so heiß, dass Josi hoffte, dass die Klimaanlage in ihrem Zimmer nicht repariert worden war.

Sie war nicht repariert worden. Die Zimmermädchen hatten die Matratze aus dem Badezimmer zurück aufs Bett transportiert und das Bett frisch überzogen. Josi, eingewickelt in drei Decken, schlief und fror und wachte rechtzeitig auf.

2

Und wieder war sie die Erste. Sie wollte schon den Innenhof verlassen und eine Runde durch die Gassen spazieren, da stand Paula neben ihr und griff nach ihrer Hand.

»Der gestreifte Anzug gefällt mir auch gut«, sagte sie. »Ich kann mich gar nicht entscheiden. Ich kenne niemanden, der so gut riecht wie du.«

»Rasierwasser«, sagte Josi. »Ich dachte, du und dein Bruder haben angekündigt, dass ihr euch die Geschichten eures Vaters nicht anhören wollt?«

»Lorenz will nicht. Aber meine Mutter zwingt ihn. Heute wenigstens muss er. Am ersten Abend muss er. Sonst ist das eine schlechte Werbung.«

Paula wollte sich gleich auf einen der Sessel setzen, die in einem Halbkreis um ein Korbtischchen aufgestellt waren, aber Josi sagte, es sei ihr peinlich, die Erste zu sein, ob Paula sie auf einem kleinen Spaziergang zum Olivenhain hinauf begleiten wolle. Das Mädchen gefiel ihr so gut, ihre blonden Locken, das einfache, weiche Kleid mit den Schleifen, das ihr bis zu den Waden reichte, die zarten Ärmchen mit dem Flaum.

»Du magst es auch gern barfuß?«

»Ich finde es mutig, dass du barfuß gehst«, sagte Paula.

»Was ist daran mutig?«

Je weiter sie über den Abhang hinauf stiegen, desto gröber wurde der Boden, und die Steine taten ihr weh. Paula schritt darüber hinweg wie über Samt.

»Die meisten«, sagte Paula, »würden an deiner Stelle sehr hohe Schuhe anziehen, damit sie größer aussehen. Es gibt Schuhe, die sind vorne schon hoch und hinten noch höher, ich habe in einem Schaufenster welche gesehen, da war Bambus an der Seite angeklebt. Dir ist das egal.«

»Nein, es ist mir ganz und gar nicht egal«, sagte Josi. »Aber ich mache gerade jemand anderen aus mir, und dem ist es egal.«

»Dem ist es egal.«

»Dem ist es scheißegal.«

»Mhm. Du willst einen Mann aus dir machen, habe ich recht. Darum ziehst du auch die Anzüge an.«

»Um Himmelswillen, nein!«, lachte Josi. »Doch keinen Mann!«

Sie setzten sich auf ein Brett, das zwischen den Olivenbäumen über zwei Steine gelegt war, und blickten hinunter in den Hof. Der Himmel über ihnen war wolkenlos und hatte die Farbe des Meeres am Morgen. Um sie herum zirpten die Zikaden, was Josi einen Schauder über den Rücken jagte, weil diese kleinen Tiere ganz in ihrer Nähe waren, sie aber keines von ihnen sah, vielleicht kroch ja eines gerade unter die Jacke ihres Stresemanns.

»Können wir nicht einfach hier sitzen bleiben?«

»Nein, das können wir nicht«, sagte Paula und sah sie dabei nicht an.

Paulas Vater und Mutter winkten herauf zu ihnen. Paulas Bruder, in kurzen Militärhosen, mit einem roten Band im Haar wie ein Guerillakämpfer, stand breitbeinig hinter dem Platz, der für seinen Vater reserviert war, als wäre er sein Leibwächter. Unter dem Arm hatte er einen Stapel

Bücher. Zu dem, der er sein wollte, würde kurzes schwarzes Haar besser passen als die langen blonden Locken, dachte Josi.

»Wir waren auch viel zu früh da«, sagte Paula. »Dann sind wir noch ein bisschen herumgegangen. Mein Vater ist sehr aufgeregt, was ein Blödsinn ist. Es will ihn doch niemand fertigmachen.«

»Denkt er, es will ihn jemand fertigmachen?«

»Bei uns in der Familie denkt jeder, dass irgendjemand einen fertigmachen will.«

»Aber du doch nicht, oder?«

»Wenn man jemand anders sein will«, fragte Paula und ein erwachsener Ernst war nun auf ihrer Stirn, »und wenn man das dann auch schafft, und alle glauben, dass man ein anderer ist, kann man dann aber schon wieder zurück, wenn man Lust hat?«

»Hundertprozentig«, sagte Josi.

Paulas Bruder kam über den Hang herauf. Es fange in zwei Minuten an, meldete er. Sein Gesicht war fein wie das Gesicht eines Mädchens. Seine Stimme aber, obwohl noch nicht gebrochen, hörte sich rau an, auf eine erstaunliche Weise illusionslos. Josi schätze ihn auf zehn, also etwa zwei Jahre jünger als seine Schwester.

Tatsächlich waren die Teilnehmer inzwischen alle eingetroffen. Gemeinsam waren sie gekommen, als hätten sie sich vorher verabredet. Manche hatten einen Schreibblock mitgebracht. Der Erzähler gab jedem die Hand. Seine Frau ebenfalls, sie streckte den Arm vor, als müsste dringend ein Abstand zwischen Geber und Nehmer sein.

»Soll ich mich neben dich setzen?«, fragte Paula.

»Lieber nicht«, sagte Josi. »Aber wenn du unauffällig einen Stuhl für mich ganz nach hinten stellen könntest?«

Ohne ein Wort lief Paula durch den Hain hinunter in den Hof, hüpfte dabei wie ein kleines Kind, die schmalen Arme als Ruder ausgebreitet, und tat, worum sie Josi gebeten hatte.

Herr Lorber saß nicht neben seiner Frau. Josi schaute ihr ins Gesicht und ihm auf den Rücken. Er trug ein kurzärmeliges weißes Hemd, das sein Oberkörper ganz ausfüllte. Ihr fiel ein, dass sie seine Züge nicht in Erinnerung hatte. Der Gedanke an Hemingway hatte sie abgelenkt. Sie überlegte, ob sie um den Halbkreis herumgehen und sich neben Paulas Mutter setzen sollte. Aber sie fühlte sich kraftlos, resigniert – »ein bisschen hoffnungslos«. Diese Formulierung stammte von Tomas. Einmal, als er abends am Küchentisch ihrer Meidlinger Wohnung gesessen hatte, das Kinn auf die Hände gestützt, hatte er gesagt: »Ich bin ein bisschen hoffnungslos.« Und sie, streng, kantig, von ihrer Arbeit genervt, hatte geantwortet: »So kann man nicht sagen, hoffnungslos kann man nicht ein bisschen sein, entweder man ist es oder man ist es nicht.« Und Tomas hatte gesagt: »Dann bin ich es.« Und sie hatte sich geschämt. Aber »Entschuldigung« konnte sie nicht sagen. *Ich bin ein bisschen hoffnungslos* war in der Familie zu einem Synonym für *Ich bin müde* geworden. Und sie war müde, zu müde, um sich dem Mann zu stellen, der als Einziger hier in Frage kam. Er muss es tun. Er muss sich mir stellen. Ich will ihm zeigen, dass kein Kampf nötig sein wird. Und als hätte er die Gedanken empfangen, die in seinem Rücken gedacht wurden, stand Herr Lorber auf und ging um den Rednertisch herum und setzte sich auf der anderen Seite des Halbkreises neben seine Frau. Josi zweifelte nicht einen Moment daran, dass er es getan hatte, weil er sie sehen wollte. Als sich ihre Augen trafen, nickte sie leicht, und er nickte zurück. Sie fand, er sah verwegen aus, rot gebrannt, graue Augenbrauen, wer hat das schon.

Am Anfang war das Chaos, und daraus erhoben sich die breitbrüstige Gaia und gleich auch Eros und Erebos, die Nacht, und Aither, das Himmelslicht. Und Gaia, die Erde, brachte den Himmel hervor, Uranos, und die Berge und Pontos, das Meer. Und dann nahm sie sich Uranos zum Gatten, und er zeugte mit ihr das Geschlecht der Titanen. Dazu machten die Zikaden ihren Lärm, und Gläser und ein Krug mit Retsina wurden herumgereicht, und im letzten Licht des Tages wurden Notizen in Hefte gekritzelt, und ein Geruch aus Lehm, Meer und Gegrilltem wehte durch den Garten. Als Josi die Augen wieder öffnete, war der Krieg der Götter gegen die Titanen geschlagen, Zeus als Herrscher installiert, und die Kinder waren nicht mehr da. Es tat ihr leid, dass Paula gegangen war, ohne sich von ihr zu verabschieden. Ob ich sie gekränkt habe? Und es tat ihr leid, dass sie mit dem Buben noch nicht ein Wort gesprochen hatte. Der Erzähler gab bekannt, dass in einem Restaurant in der Nähe ein paar Tische reserviert worden seien, dort könne man etwas essen und trinken und sich unterhalten, wenn man wolle.

Josi hatte schon wieder Hunger. Aber als sie in den Tross aufgenommen wurde, Frau Lorber ihren Stresemann lobte und daran herumzupfte, Frau Beck sich bei ihr einhängte und sie das Parfum der beiden Freundinnen viel zu nahe vor ihrer Nase spürte, da wusste sie, dass gleich eine Kumpanei beginnen würde, aus der sie nicht mehr herausfinden und die alle Ziele verderben würde, für die schließlich ein Haufen Geld ausgegeben worden war. Sie entschuldigte sich, sagte, sie wolle allein sein und ein wenig nachdenken, und ging in Richtung Hafen davon.

Die Cafés und Bars waren voll mit Touristen. Sie fand einen Tisch in ihrem Restaurant, die Kellner hatten inzwischen gewechselt, sie bestellte wieder die Hydra-Fischplatte, dazu ein Glas Retsina und dann noch eines. Dann war ihr ein bisschen übel. Sie spazierte an den Booten vorbei. Einige waren darunter, die hatten mehrere Decks, sie sah durch die Fenster auf gediegenes eingebautes Mobiliar aus Teakholz, grünem Leder und Messing, Partys wurden dort gefeiert, gesoffen, geschmust und gefickt. Sie hatte Heimweh. Was sollte sie mit diesem Gefühl anfangen? Hätte ich doch nur die Katze angenommen! Bruno wird sie inzwischen weitergegeben haben. Ich werde ihm morgen ein Mail schicken und ihn bitten, sie für mich zu behalten. Ich habe ihn gekränkt, weil ich sein Geschenk so ruppig abgelehnt habe. Wie beruhigend die Vorstellung eines zukünftigen Lebens mit Katze! Ich muss Manieren lernen. Den eigenen Kindern gegenüber, meint man, sind Manieren nicht nötig. Aber von wo aus sollte sie das Mail schicken? Sie hätte gern ihre Kinder bei sich gehabt. Ganz bestimmt wären sie mitgekommen, wenn ich sie darum gebeten hätte. Wahrscheinlich haben sie nur darauf gewartet, dass ich etwas sage. Warum hatte sie Bruno nicht öfter in die Arme genommen. Sie hatte nicht gewusst, dass er das so gern hatte. Das werde ich als Erstes machen, wenn ich wieder in Wien bin: Ich werde die beiden zu einem Abendessen einladen. Und wer kocht? Ich? Das wird nichts. Ich werde Bruno bitten zu kochen, und ich bin seine Dienerin. Ich werde sagen, Bruno, du bist der Koch, und Karla und ich sind deine Dienerinnen, du schreibst uns eine Liste, was du alles brauchst, und Karla und ich kaufen ein. Dann werde ich Karla loben, weil sie mich so schön gemacht hat, werde sagen, dass ich auf Hydra der Star gewesen bin und dass ich alles nur ihr verdanke. Und ich werde sagen, dass sie schön aussieht. Und zu Bruno werde ich sagen, dass ich mir ein Portrait wünsche. Und dann werde ich die beiden sprechen lassen, erst Bruno, dann Karla, und ich werde nur zuhören. Natürlich, werde ich sagen, natürlich werde ich euch von Griechenland erzählen, aber erst erzählt ihr. Und ich werde sagen, ihr habt mich glücklich gemacht mit dieser Reise, zuerst wollte ich ja gar nicht, ich habe mich gesträubt, aber jetzt bin ich glücklich, und das verdanke ich nur euch. Und dann werde ich sie an mich drücken, meine beiden. Und wenn es ihr möglich gewesen wäre zu weinen, dann hätte sie jetzt geweint, ganz ungeniert in das Musikgedudel hinein, das von diesen großkotzigen Jachten herüber klang. Da können sie sich solche Schiffe leisten mit einer Superstereoanlage von Bang und Olufsen, und wenn's darum geht, die passende Musik auszusuchen, kommt keinem von diesen Idioten Mozart in den Sinn oder Johann Strauß oder Bellini oder Theodorakis, sondern nur diese internationale Scheiße.

Sie ging zu ihrem Restaurant zurück und fragte einen der Kellner, ob er ihr eine Zigarette schenke. Dann stellte sie sich mit dem Rücken zu den Schiffen und ließ sich von den Gästen aus Düsseldorf oder Stuttgart oder Frankfurt am Main anglotzen.

Gegen Mitternacht kam sie ins Hotel. Die Rezeption war verwaist. Im Frühstücksraum brannte eine Stehlampe. In dem Fauteuil daneben saß Max Lorber. Er las in einem Buch. Er blickte durch eine Brille. Die stand ihm gut. Warum trägst du tagsüber keine Brille? Sie steht dir ausgezeichnet. Oder brauchst du sie nur zum Lesen? Das glaube ich nicht. Du bist eitel. Obwohl du so gut aussiehst mit Brille.

Wie siehst du in einem Anzug aus, mit weißem Hemd und Krawatte? Lieber ohne Krawatte. Pass auf in der Sonne! Hier kann man auch im Schatten braun werden.

Er bemerkte sie nicht. Sie stand im Dunkeln, sah durch eine Palme hindurch zu ihm hinüber. Sie schlich zur Treppe. Er konnte ihre nackten Füße nicht hören.

In ihrem Zimmer war es kalt wie in einem Coca-Cola-Automaten. Sie schleppte die Matratze ins Bad, nahm eine Xanor und wickelte sich in die Decken.

3

Noch in der Nacht fasste sie den Entschluss, in ein anders Hotel zu ziehen.

Als sie zum Frühstück herunterkam, war sie so schlecht gelaunt, dass sie am liebsten die Tür hinter sich zugeschlagen und nicht erst wie die feine Madame Chauchat gewartet hätte, bis sie von selbst ins Schloss fiel. Wenn ich *noch eine Nacht* in diesem Loch verbringe, darf ich dankbar sein, nur eine Lungenentzündung auszufassen. Es war einem ja nicht mitgeteilt worden, dass man im Juli eine Fellkapuze nach Griechenland mitnehmen solle. Sie stemmte die Fäuste über die Taschenaufschläge von Dr. Albert Schweizer und funkelte in die Runde, und allen Gästen war im Augenblick klar, dass sie nicht mehr die seltsame Dame, die wie ein seltsamer Herr aussah, vor sich hatten, sondern einen Menschen, der mit wenigen Sätzen etwas kaputtmachen konnte und nur darauf wartete, es auch zu tun. Der Erzähler und seine Familie fielen Josi als Erstes ins Auge, wie sie sich einen Beistelltisch herangezogen hatten, weil auf ihrem nicht alles Platz hatte, und sie empörte sich, dass die da offenkundig alles in Anspruch nahmen, was in Anspruch zu nehmen war: ein Haus, das sie mit niemandem teilen mussten, einen jederzeit wunderbaren Ausblick, einen erfrischenden Morgenspaziergang von ihrem Hügel herunter und dann auch noch das Frühstück in diesem wohltemperierten Frühstücksraum inklusive eines Beistelltisches; und wäre nicht Paula gewesen, die mit ihrem Bruder gerade um etwas raufte und nun nicht mehr die ebenbürtige Freundin war, mit der sich Josi gestern im Olivenhain unterhalten hatte, sondern ein Kind, ein Wildfang, eine Unschuldige, ein Kind in einem hellblauen Kleidchen mit roten Schleifen an den gebauschten kurzen Ärmeln, Josi wäre mit ausgestrecktem Zeigefinger auf ihren Vater zugegangen und hätte ihn angebrüllt, was sich die Organisation dieser beschissenen und weiß Gott nicht billigen Erzähltage eigentlich denke, sie auf diese Art und Weise zu demütigen, denn als Demütigung empfand sie es, in einen Eiskasten unter dem Dach verfrachtet worden zu sein, was für jede Gewerkschaft auf diesem angeblich sozialen Kontinent Grund genug gewesen wäre, einen Prozess zu führen, wenn dort eine Putzfrau untergebracht würde. Die Kinder zerrten an einem Teller, irgendetwas fiel auf den Boden, der Bub duckte sich und steckte es in den Mund, Paula gab ihm einen Tritt, und im selben Moment bemerkte sie Josi, versteckte schnell ihre Hände auf dem Rücken und stand still und blickte sie an und war bis ins Tiefste hinein erschrocken.

Alle blickten Josi an.

Frau Beck kam zu ihr gelaufen. Ob etwas passiert sei, um Gotteswillen. Wieder sah Josi in diesen Augen die Hoffnung, die andere werde sich etwas trauen, was sie sich selbst nicht traute, und wie schön es doch wäre, wenn das auf der Stelle geschähe, wo sie gerade so nah dran war.

Josi schob die Ray Ban vor die Augen und drehte sich

weg ohne ein Wort. Sie schenkte sich Orangensaft ein, verschüttete die Hälfte, so sehr zitterten ihre Hände.

»Bitte, nein«, sagte sie.

Sie setzte sich an ihren Tisch und trank drei Tassen Kaffee hintereinander. Kehrte den anderen den Rücken zu. Die wagten nur noch zu flüstern.

Josi hoffte, der Held werde sich noch ein wenig Zeit lassen. Erst musste sie ihren Zornteufel wieder in den Keller unter die Kohlen stopfen. Wenn der Held zu früh käme, um ihr seine Hilfe anzubieten – was er mit Sicherheit tun würde –, könnte sie für nichts garantieren. Am Ende wäre alles verdorben. Das stand fest. Sie würde ihm nämlich eine Predigt halten, eine Predigt, wie sie sich geschworen hatte, in ihrem Leben keine mehr zu halten, sie würde Wörter finden, die ihr sonst nicht ums Verrecken einfielen, und alles würde in Höchstgeschwindigkeit ablaufen, soldatisch organisiert in kalten, langen, sauberen Sätzen, an denen es nichts zu bemängeln gab, bis dem Helden der Mund offen stehen und er wie ein Trottel aussehen würde, worauf sie ihn womöglich auch noch aufmerksam machen würde, denn sie hätte nicht mehr die geringste Chance, diese Maschine zu stoppen, damit habe ich meinen Vater verjagt und meinen Mann verjagt und alle meine Freunde verjagt und meine Karriere ruiniert und meine Kinder in den Wind geschossen, und diese Maschine wird auch die Freundschaft zu Paula zerstören, die wahrscheinlich das Beste sein wird, was ich aus diesem Urlaub mit nach Hause nehme, aber da war der Zorn bereits besiegt, der Geruch vom Meer her hatte die kleine Josi getröstet, die auf der Kellertreppe saß, die Knie angezogen, bangend, was die große Josi oben im Parterre alles anstellen könnte. Der Druck in Hals und Kopf ließ nach. Gerade rechtzeitig. Als sie über ihre Schulter blickte, sah sie, wie sich Max Lorber von seinem Sessel erhob, den anderen Gästen kurz und vernünftig zunickte, die Hose ein paar Zentimeter nach oben raufte und zu ihrem Tisch herüberkam.

»Was immer es ist, Frau Bartok, ich will es wissen«, sagte er.

»Warum?«, fragte sie.

Das brachte ihn aus der Fassung. Seine Augen, die grau waren, schweiften ab zu ihren Lippen und zu ihren Händen. Die ballte sie schnell zu Fäusten, damit die Haut straffer aussah.

»Wie meinen Sie das?«, fragte er. »Ich kann Ihnen vielleicht helfen.«

»Sie sind Apotheker und kein Elektriker oder Kühltechniker, oder was man da sein muss. Ich schlafe nun schon die zweite Nacht im Badezimmer auf dem Fußboden, weil mir im Bett ein Polarwind auf den Kopf bläst. Die Klimaanlage in meinem Zimmer ist gestört.«

»Haben Sie es gemeldet?«

»Hier steht Todesfall gegen Frieren. Wie würden Sie das machen? Ich werde in ein anderes Hotel ziehen. Das erspart mir Peinlichkeiten.«

Und schon wieder war er aus der Fassung. Er rührte sie. Gar nichts mehr war von ihrem Zorn übrig. Dass es ihr mit ein paar Worten gelungen war, ihn durcheinander zu bringen, brachte nun sie durcheinander. Gern hätte sie ihm ihre Hand an die Wange gelegt, die zu rasieren im Urlaub wohl nicht vorgesehen war, gestern waren es noch Stoppeln, heute schon deutlich mehr, am Ende der Erzähltage würde er nicht mehr Ernest Hemingway ähnlich sehen sondern Karl Marx.

Er war es, der ihr die Hand an die Wange legte. Nur sehr

kurz zwar und durch seinen stattlichen Oberkörper vor Gattin und anderen Zuschauern geschützt, aber er hatte es getan. Hatte getan, was sie hatte tun wollen. Gern hätte sie ihm ihr größtes Abenteuer erzählt, nämlich als sie, die ja nur eine Kollegin im Pavillon 21 besuchen hatte wollen, von einem durchgeknallten Kokainisten auf den Boden geworfen worden war, der mit einem Kaffeelöffel vor ihrem Gesicht herumfuchtelte und brüllte, er werde ihr die Augen herausholen, wenn nicht sofort irgendetwas geschähe. Diese Geschichte würde nicht gut ankommen, nein. Ihr stiegen die Tränen hoch. Mit einem gezielten Wimpernschlag brachte sie sie zum Rollen.

»Danke, Herr Lorber.«

»Bitte, nicht in ein anderes Hotel«, sagte er leise, und es war eindeutig Zartheit in seiner Stimme, und die war nicht gespielt, das konnte sie beurteilen, außer den paar Griffen Jiu-Jitsu hatte sie ja schließlich auch noch etwas anderes gelernt in fünfundzwanzig Jahren psychiatrischer Praxis.

»Noch eine Nacht kann ich dort oben nicht sein«, sagte sie.

»Wenn Sie wollen, schaue ich es mir an«, sagte er.

Sie nickte.

Er stand auf und ging an seinen Tisch zurück.

Vereinbart hatten sie nichts. Ich warte in meinem Zimmer, dachte Josi. Wenn er mich nicht findet, war er es nicht wert.

Achtes Kapitel

1

Er war es wert.

Eine Viertelstunde nur ließ er sie warten. Entschuldigte sich, er habe erst nach dem Hotelbesitzer gesucht. Auch er habe es nicht übers Herz gebracht, den armen Mann, der im schwarzen Anzug vor ihm gestanden sei – offensichtlich werde sein Sohn in der nächsten Stunde zu Grabe getragen – mit der Klimaanlage zu belästigen, außerdem verstehe der Mann kaum Englisch, sie hätten nur ein paar belanglose Worte miteinander gewechselt.

Es gefiel Josi, dass sein Blick nicht von ihren Augen ließ, nichts konnte ihn von ihr ablenken. Sie bat ihn ins Zimmer, wie einen Gast.

»Sie haben nicht übertrieben«, sagte er, seine Haare flatterten in dem eisigen Strom von oben. Josi sah, wie sich eine Gänsehaut an seinen Armen bildete. Er drehte an dem Knopf an der Wand.

»Das habe ich doch alles schon probiert«, sagte sie und konnte ihren ungeduldigen Ton nicht beherrschen.

»Oft kommt ein anderer und probiert, und es geht.«

»Und? Geht's?«

»Nein, es geht nicht.« Er holte ein Schweizermesser aus seiner Hosentasche. »Ich bin Ihnen eigentlich dankbar«, sagte er, »dieses Ding wartet nämlich schon seit über zwanzig Jahren auf so eine Gelegenheit.«

Er schob das Bett unter den braunen Metallkasten an der Decke, stieg darauf und drehte die Schrauben aus der Abdeckung. Die ließ sich trotzdem nicht entfernen. Er kratzte den Dreck aus den Fugen, der flog auf ihn nieder und in ein Auge, das musste er sich erst im Bad auswaschen. Das Bett war mit fettigen Krumen und Flocken bedeckt.

»Das tut mir leid, wir hätten erst eine Decke drüberlegen sollen.«

»Ach, das ist jetzt auch schon egal«, sagte Josi. »Ich denke, Sie sollten die Schrauben wieder hineindrehen, nicht dass auf einmal …«

Und im selben Moment war *auf einmal*: Die Abdeckung krachte von der Zimmerdecke, schlug erst gegen Max Lorbers Schulter, dann auf die Kante des Nachttisches, und der Dreck von niemand weiß wie vielen Jahren staubte ins Zimmer und wurde von der eisigen Luft, die jetzt ungehindert von der Decke fiel, herumgewirbelt.

»Bob Dylan hat sich bei so einer Gelegenheit angeblich einen Lungenpilz geholt«, sagte Josi.

Dr. Albert Schweizer war ruiniert. Zum Glück war der Deckel ihres Koffers geschlossen. Max Lorber hustete. Aber er fluchte nicht. Und das hatte Charakter.

»Am besten, wir schrauben das Ding wieder hinauf«, sagte er, »und tun so, als wär der Dreck von allein heruntergefallen. Wir müssen einfach alles abstreiten und die Empörten spielen.«

»Wärmer wird es dadurch aber nicht.«

Er blickte sie an, hilflos, aber mutig. »Es gibt sicher eine Zentrale im Keller, und bei so einer großen Anlage gibt es wahrscheinlich Sicherungen für jedes Stockwerk, dann schalten wir einfach die Sicherung hier oben aus. Ich hätte gleich auf die Idee kommen sollen, tut mir leid. Begleiten Sie mich in den Keller?«

»Wenn ich mich vorher umziehen darf. Wollen Sie sich auch umziehen?«

Überall hing der Dreck, an seinem Hemd, in seinen Haaren, in seinem Bart, in den Augenbrauen, vor allem in den Haaren an seinen Armen.

»Treffen wir uns in einer Viertelstunde in der Halle?«

Gemeinsam stemmten sie die Abdeckung an die Decke, Josi legte den Koffer aufs Bett und stieg darauf (die Füße an den Kofferkanten, damit er nicht einbeulte), so ging's gemeinsam gut.

»Ich hätte Sie vorher warnen sollen«, sagte er, als sie fertig waren, und verwischte den Dreck in seinem Gesicht. »Ich will helfen und mache alles nur schlimmer, und am Ende sehe ich so aus, wie ich jetzt aussehe.«

»Ich will meistens nicht helfen und mache es trotzdem schlimmer, und am Ende sehe ich auch so aus, wie ich jetzt aussehe«, sagte Josi.

Dann stand er in der Tür und zögerte, und sie dachte, es wäre eine Gelegenheit, mich zu küssen, er würde gut aussteigen dabei.

Er fuhr sich durchs Haar und schüttelte den Kopf, und der Dreck fiel auf seine Schultern. »Ich hab's nicht können«, sagte er. »Der Verstorbene ist der einzige Sohn von Herrn Lentos. Wussten Sie das? Er hat niemanden. Von einer Frau Lentos weiß ich nichts. Wir haben nie eine Frau Lentos zu Gesicht bekommen. Darf ich mich noch einen Augenblick setzen? Ich habe vorhin nicht die Wahrheit gesagt, ich habe nämlich gar nicht mit ihm gesprochen, ich weiß auch gar nicht, ob er gut oder schlecht Englisch kann, ich habe ihn nur gesehen. Ich will Ihnen erzählen, was ich gesehen habe.«

Er setzte sich aufs Bett.

Josi blieb neben ihm stehen. Mit verschränkten Armen. Sie wollte jetzt nichts falsch machen. Deshalb entschränkte sie die Arme gleich wieder. Er wollte jetzt auch nichts falsch machen. Er möchte mir sein warmes Herz zeigen, dachte sie.

»Ich bin nach unten gegangen in den Frühstücksraum«, sagte er, »weil ich dachte, ich werde dort jemanden vom Hotel treffen. Da habe ich von der Treppe aus gesehen, wie Herr Lentos eine große Glasplatte durch die Halle getragen hat, und auf der Platte waren sechs große Zuckerkuchen gewesen, drei rechts, drei links, und in der Mitte ist in einem Rahmen eine Fotografie gestanden, die war ihm beim zittrigen Tragen umgekippt und lag mit der Rückseite auf der Glasplatte, habe ich von oben gesehen. Das war ein Bild seines Sohnes mit einem schwarzen Band quer über eine Ecke. Er hat die Glasplatte mit den Kuchen auf einen Tisch abgestellt und die Fotografie wieder richtig hingestellt und hat gesagt, aber es war niemand da, und er hat ja nicht gesehen, dass ich auf der Treppe stehe, also allein zu sich selbst hat er gesagt: Wir alle wollen Alexis' gedenken. Wir alle, verstehen Sie. Auf Englisch hat er es gesagt. So hat er es gesagt: Each one of us wants to commemorate Alexis. Er hat es von einem Zettel abgelesen. Und dann ging er und kam gleich mit einem Tablett zurück, auf dem waren zwanzig oder wie viel Schnapsgläser und zwei Flaschen Uzo, denke ich, und das Tablett hat er, das verstehe ich nicht, wer versteht das, neben dem Kuchen abgestellt und hat das Gleiche noch einmal gesagt: Each one of us wants to commemorate Alexis. Wenn wir vom Schwimmen zurückkommen, sollen wir den Schnaps trinken und jeder ein Stück Kuchen essen. Wir alle. Das erwartet er.«

»Was verstehen Sie daran nicht?«, fragte Josi.

»Ich verstehe es schon«, sagte er. »Es ist nur eine Redensart. Wenn man sich wundert, sagt man, man versteht es nicht, aber man versteht es natürlich. Natürlich verstehe ich es.«

»Und sie zögern hinunterzugehen, weil sie fürchten, sie begegnen ihm?«

»Genau«, sagte er. »Ist das feig?«

»Schon«, sagte sie, »aber ich würde es genauso machen.«

Mit einem Ruck erhob er sich, berührte sie an der Schulter. »Ich kenne Sie doch gar nicht und spreche so mit Ihnen.« Und ging.

2

Sie hatte auch einige legere Sachen eingepackt – eine dünne Trainingshose, dunkelblau (ohne Aufschrift), einen Stapel T-Shirts –, aber das wollte sie nicht, nein, so wollte sie sich nicht zeigen. Und wenn auch noch der Umbrafarbene geopfert werden sollte, egal, einem Image ist man verpflichtet, vor allem, wenn es erst so jung ist. Natürlich war ihr bewusst, dass sie selbst aber auch nicht eine Sekunde lang an diesem Image zweifeln durfte, denn dann wäre der Bann gebrochen, und sie würde sehr dumm dastehen, nämlich als eine, die im Abendoutfit in den Keller steigt, um an Sicherungen herumzudrehen.

Aber Max Lorber hatte sich ebenfalls fein gemacht, feiner, als wenn er zum Strand gegangen wäre. Er kam im weißen Anzug. Stand ihm gut. Die Haare noch nass vom Duschen. Die Zähne geputzt. Und ein wenig Rasierwasser aufgelegt. Josi hätte wetten können, es war das gleiche, das auch sie verwendete.

Sie stellte sich auf die Fußspitzen, hob ihr Gesicht zu seinem Kinn. *»Chanel pour Monsieur?«*

»Ich weiß, dass Sie das gleiche verwenden«, sagte er.

»Wann haben Sie an mir gerochen?«

»Die Wahrheit lautet: Eva hat mich darauf aufmerksam gemacht. Die hat einen solchen Narren an Ihnen gefressen, sie kennt kein anderes Thema, seit wir auf Hydra sind. Ich wusste erst gar nicht, was sie meint. Denn die nächste Wahrheit lautet: Meine Frau besorgt mein Rasierwasser. Ich hatte keine Ahnung, wie es heißt.«

»Das glaube ich Ihnen nicht.«

»Aber das ist doch ganz einfach«, sagte er. »Ich nehme die Flasche in die Hand, sehe also nicht, was draufsteht, schüttle ein wenig in die andere Hand und reib mir das Gesicht ein. Dabei schließe ich die Augen und sehe wieder nichts. Also woher sollte ich wissen, was für einen Namen mein Rasierwassers hat?«

»Sie sind ein Sekundenlügner.«

»Ich weiß nicht, was das bedeutet, aber wie es klingt, kann nur ein intelligenter Mensch damit gemeint sein.«

»Oder ein Massenmörder«, rutschte es ihr heraus, und weil sie – wenigstens in diesem Moment – lieber oberlehrerhaft als zynisch dastehen wollte, fügte sie rasch hinzu: »Jack Unterweger zum Beispiel war ein Sekundenlügner.«

»Dann tut es mir leid«, sagte er, und das schien ihr eine intelligente Antwort. Und eine barmherzige Antwort zugleich.

Das Hotel war menschenleer. Sie fanden eine Treppe, die in den Keller führte. Max Lorber rief »Hallo?«, aber ohne Hoffnung auf eine Antwort und nur, um vor den Wänden zu dokumentieren, dass hier nichts im Heimlichen geschähe. In dem trüben Neonlicht sah er abenteuerlich aus, ein wenig heruntergekommen, ich werde nicht anders aussehen, abenteuerlich, ein wenig heruntergekommen, er erinnerte sie an Albert Finney in *Unter dem Vulkan*, und weil der Konsul in der Geschichte ein Alkoholiker war, fragte sie: »Trinken Sie, Herr Lorber?« Und merkwürdigerweise tat ihr die Frage nicht leid.

Er lachte laut auf. »Ich glaube, das ist es, was Eva so an Ihnen fasziniert«, sagte er. »Nämlich, dass man bei Ihnen auf alles gefasst sein muss. Als Apotheker hätte ich leichten Zugang zu allen möglichen Giften. Ich bin ein normaler Mann. Ich trinke nicht mehr als Sie.«

»Ich trinke gar nichts. Nur manchmal hätte ich Lust, mich zu besaufen.«

»Genau das meine ich.«

»Dann trinke ich zwei Gläser Wein. Das war's.«

»Ich trinke dann vier Gläser.«

Er wird gleich etwas Unvernünftiges tun, dachte sie, weil er mir imponieren möchte, weil ich Frau Eva Beck imponiere. Er hatte schöne Hände, die konnte auch dieses grässliche Licht nicht hässlich machen.

Aus einem der Kellerräume drang ein Summen. Max meinte, dass dort wohl die Technik des Hotels untergebracht sei. Der Raum war abgesperrt. Er tastete Leisten und Vorsprünge ab und fand den Schlüssel. Josi sagte, sie sei beeindruckt. Er selbst war es auch. Wie ein Bub kam er ihr vor und sie sich älter als er, aber bedeutend jünger, als sie tatsächlich war. Er sperrte auf, schaltete das Licht in dem Raum an und das im Gang aus. Dann schloss er die Tür hinter ihnen.

»Bis hierher war's noch einigermaßen legal«, flüsterte er. »Hier beginnt der Einbruch und eine unverzeihliche Rücksichtslosigkeit dazu.«

Er öffnete den Kasten, in dem er die zentrale Regulierung der Klimaanlage vermutete. Da gab es keine Knöpfe, die gedreht, und keine Schalter, die umgelegt werden konnten. Die Tafel bestand aus vielen streichholzschachtelgroßen Teilen, über jedem brannte ein kleines rotes Licht.

»Das sind die Module«, sagte er.

»Was für Module?«

»Keine Ahnung. Ich sag Module dazu, weil ich möchte, dass Sie mich für kompetent halten.«

»Ich halte Sie nicht für kompetent.«

»Jedes Modul steht für ein Zimmer.«

»Aber auch das vermuten Sie nur.«

Er versuchte, ein Teil herauszuziehen. Es gelang nicht. Es war mit vier winzigen Kreuzschrauben befestigt. Er ging mit der Messerspitze daran. Auch das gelang nicht.

»Sie wissen ja nicht, welches Modul für mein Zimmer steht«, sagte Josi.

»Nein, das weiß ich nicht«, sagte er.

Wie wird es werden, dachte sie. Als sie im OWS angefangen hatte – da war sie gerade dreißig gewesen –, hatte ihr eine Kollegin im Nachtdienst erzählt, sie habe seit vier Jahren ein Verhältnis mit einem verheirateten Mann, einem Unternehmer aus der Baubranche, der in Döbling mit seiner Familie in einer Villa wohne und extra eine kleine Wohnung in der Innenstadt gemietet habe, ein Liebesnest in der Singerstraße mit Blick auf den Stephansdom, obwohl das gar nicht nötig sei, schließlich habe sie ja eine Wohnung, eine sehr schöne, und lebe allein, aber er bestehe darauf, dass sie sich nur dort treffen, was sie eigentlich kränke, denn das könne ja nichts anderes heißen, als dass er das Heimliche daran betonen wolle, sie habe ihm versprechen müssen, dass kein anderer Mensch diese Wohnung betrete, so als wenn er unbedingt wollte, dass ihre Verbindung mit dem Rest der Welt nichts zu tun habe. Ob Josi meine, dass er genau das wolle? Ja, das sehe sie so, hatte Josi geantwortet. Die Kollegin, mit der sie vorher nichts und nachher nichts zu tun gehabt hatte, war in dieser Nacht gar nicht mehr aus dem Erzählen und Spekulieren herausgekommen. Bis an den Rand des Wahnsinns sei sie eifersüchtig, hatte sie gesagt. Und auf wen? Auf seine Frau. Nur auf seine Frau. Die ihr am Anfang ihrer Beziehung sogar leid getan habe. Der gegenüber sie ein schlechtes Gewissen gehabt habe. In den vier Jahren ihrer Beziehung habe er zwei Liebhaberinnen gehabt, das sei natürlich furchtbar für sie gewesen, aber bei weitem nicht so schlimm wie das mit seiner Ehefrau, mit der er ja gar nichts mehr habe, wie er behaupte, und zwar schon lange nicht mehr. Wie wird es werden, dachte Josi. Niemals würde ich es zulassen, dass mir einer eine Mietwohnung in der Innenstadt spendiert. Niemals würde ich auf eine Ehefrau eifersüchtig sein. Wie wird es werden? Sie, die Melodramatik außerhalb von Film und Buch immer für unentschuldbar gehalten hatte, fantasierte sich eine Novemberszene im verregneten Wien, als wär's die schwarz-weiß Nachkriegsstadt des Dritten Mannes, was natürlich durch die kühle Dunkelheit die Kellers gefördert wurde, eine unmögliche Liebe aus Zärtlichkeit und Hörigkeit, verzweifeltem Sex und sonst noch einigem, was sie sich jetzt nicht ausdenken konnte, weil zu wenig Ruhe war, aber warum sollte sie sich Ruhe wünschen, um sich etwas auszudenken, was nicht ist, anstatt auszunützen, was ist.

Sie setzte zum Sprechen an, atmete aber nur laut. Das könnte eventuell mehr ausdrücken als Worte. Er tat das Gleiche. Sie wiederholte. Stellte sich auf die Fußspitzen, atmete in sein Gesicht hinauf. Er wiederholte auch, atmete in ihr Gesicht hinunter. Nicht noch einmal, dachte sie, sonst wird es kindisch.

Sie standen einander gegenüber und hatten schon die längste Zeit nichts gesagt und sahen einander in die Augen, was ihr leicht gefallen war, weil ihre Gedanken diesen melodramatischen Kreis gezogen hatten. Merkwürdigerweise war es die Ratlosigkeit in seinem Gesicht, die sie überzeugt sein ließ, dass etwas daraus würde und zwar mehr als nur ab und zu Sex. Und wenn wir jetzt gleich Sex haben, bleibt es vielleicht doch bei nur ab und zu Sex. Dann wäre es Urlaubssex. Das will ich nicht, das will er nicht.

An der gegenüberliegenden Wand hing ein Werkzeugkasten. Max öffnete ihn und holte eine Kombizange heraus.

»Sie sind schuld«, sagte er. »An meinem Mut.«

Und noch bevor sie antworten konnte, griff er hinter den Kasten der Klimaanlage und zwickte das Stromkabel durch. Die roten Lichter erloschen und das Brummen im Raum wurde um eine Nuance leiser.

Dann standen sie draußen im Gang. Er legte seine Arme um sie, sie neigte ihren Kopf an seine Brust. Wusste nicht, wie sie das deuten sollte: Nämlich, dass er sie im Kellerabteil, wo sie allein und versteckt gewesen waren, nicht umarmt hatte, es nun aber tat, wo sie beobachtet werden konnten und zwar von jedem, der oben durch das Stiegenhaus ging, und das konnte jeder aus der Gruppe sein. Auch Frau Lorber. Hatte sie nicht bemerkt, dass ihr Mann mit ihr flirtete? War es ihr egal? Warum? Oder war sie seiner so sicher? Warum? Er nahm ihren Kopf in seine Hände. Sie streichelte über seinen Rücken.

»Frau Beck wünscht sich, dass ich etwas anstelle. Hab ich recht?« sagte sie.

»*Ich* habe gerade etwas angestellt«, sagte er.

»Find mich in Wien«, sagte sie.

3

Auch diesen Tag verbrachte Josi allein. Sie spazierte zur anderen Seite des Hafens und dann weiter an der Küste entlang. Dort waren keine Badestrände. Über den Felsen führte ein Pfad durch vertrocknetes Gras. Sie hatte die hoteleigene Wolldecke, eine große Flasche Wasser und Connie Palmens Geschichte einer *amour fou* bei sich – und eine Sehnsucht in der Brust, aus der sich mit Blick aufs Meer vielleicht eine ähnliche Geschichte fantasieren ließ. Mehr war für diesen Tag nicht nötig. Ein bisschen Schlaf.

Bäume gab es hier keine. Als sie eine Stunde gegangen war, stieß sie auf die Reste eines kleinen Steinhauses. Nur die Mauern standen noch. Die boten Schatten. Sie breitete die Decke aus, rollte ein Ende um das Buch und die Wasserflasche, legte ihren Kopf darauf und schlief ein. Sie träumte.

Sie musste noch ein gutes Stück gehen, bis sie eine Stelle fand, wo sie über die Felsen zum Meer hinuntersteigen konnte. Sie zog sich aus und tauchte ein.

Dass sie nackt schwamm, erregte sie. Ich werde keine Rücksicht nehmen, dachte sie. Ich bin auf diese Insel geschickt worden, und der Zweck war, keine Rücksicht zu nehmen, und ich werde keine Rücksicht nehmen. Wenn er sich eine Stunde von seiner Frau frei machen kann, um eine Klimaanlage zu ruinieren, kann er sich auch zwei Stunden Zeit nehmen, damit wir miteinander ins Bett gehen. Genau so werde ich es ihm sagen.

Sie schwamm weit hinaus.

Als sie zurück in den Ort kam, war es später Nachmittag und ihr war schwindlig vor Hunger. Sie holte ihre Sachen aus ihrem Zimmer, bevor die anderen vom Schwimmen kamen, und nahm sich ein neues in einem Hotel gleich bei der Anlegestelle der Fähre. Der Raum war schlicht, angenehm kühl und hatte Blick auf die Boote im Hafen. Sie stellte sich unter die Dusche und wusch sich das Salz von der Haut. Dann setzte sie sich in ein Restaurant und bestellte Fleisch.

Am Abend im Olivenhain gab es nur ein Thema: den Ausfall der Klimaanlage. In manchen Zimmern zeige das Thermometer dreißig Grad! Wie angenehm, lag es Josi auf der Zunge. Ein Ehepaar aus der Steiermark, das ihr bisher noch nicht aufgefallen war, empörte sich besonders. Man werde jede heiße Stunde »gegenverrechnet« haben wollen. Max, seine Frau, Frau Beck und deren Mann waren noch nicht da. Und der Erzähler und seine Familie waren noch nicht von ihrem Berg heruntergestiegen.

Josi machte sich davon, schlich durch Seitengassen hinunter zum Hafen, ging an den Boote entlang, bis sie beim offenen Meer war.

Auf einer der Stiegen, die zum Wasser führten, sah sie Paula sitzen. Eine Zeitlang beobachtete sie das Mädchen. Sie spürte, wie es ihr in der Brust warm wurde. Und wie recht wäre es ihr gewesen, wenn sie ihren Instinkten hätte folgen können, unwissend, vertrauensvoll, und wenn nicht jeder Gedanke erst durch das Spiegelkabinett der Reflexion hindurch müsste wie der Katholik durchs Fegefeuer – aber so war sie eben, so eine war sie eben, so bin ich eben, so bin ich. Paulas Haltung – aufrecht, die Beine eng beieinander, die Hände zu Fäusten geballt im Schoß – war ihr vertraut, der einzige Grund, warum ein kalter Knochen wie ich sich vom Anblick dieses Kindes rühren lässt, ist, dass es mich an mich selbst erinnert, dachte sie. Aber sie wusste, dass es nicht so war. Dass nämlich dieses Kind allein es ihr möglich machte, das Wort Liebe auszusprechen ohne Aber und

Grinsen und ohne Bitterkeit. Ihr war, als hätte sie den ganzen Tag darauf gewartet, mit Paula zu sprechen, sie um ihre Meinung zu fragen bei allen möglichen Überlegungen, als wären sie beide im gleichen Alter und als wäre das Abenteuer mit Max Lorber im Keller des Hotel *Hera* vielleicht erste Liebe, aber nur vielleicht. Paula trug wieder das blaue Kleid mit den gebauschten kurzen Ärmeln und den roten Schleifen, die blonden Haare waren vom Meerwasser gelockt und ihre nackten Füße so zart, die Fesseln schmal. Auf der Stirn zeigte sich eine wolkige Falte. Josi setzte sich neben sie und legte den Arm um ihre schmalen Schultern. Paula erschrak nicht. Als hätte sie auf mich gewartet, dachte Josi, wie ich auf sie gewartet habe.

»Hörst du dir nicht die Geschichten deines Vaters an?«

»Er ist nicht böse, wenn ich es nicht tue.«

»Und dein Bruder?«

»Heute erzählt der Papa die Geschichte, wo sich der Zeus den Oberschenkel aufschneidet und ein Baby hineinsteckt und dann die Wunde zunäht. Das will der Lorenz hören.«

»Und du sitzt hier und denkst nach?«

Nach einer Weile sagte Paula: »Ich habe keine Freundin und auch keinen Freund.« Sie rückte von Josi ab und blickte ihr gerade in die Augen. »Jetzt sagst du sicher, das stimmt doch nicht, du hast sicher viele Freunde, und dass du das auch kennst, dass man manchmal traurig ist und allein sein will. Aber ich habe wirklich keine Freunde.«

»Ich habe auch keine Freunde«, sagte Josi.

Zu spät bemerkte sie ihren Fehler. Tränen traten in Paulas Augen, sie grub ihre Fäuste in den Schoß, und sie fixierte Josi, und ihre Unterlippe bebte ein wenig.

»In meinem Alter«, kam ihr Josi zuvor und versuchte, ohne zu schwanken, ihre Stimme an das Vorangegangene anzuschließen, »traut man sich nicht gleich zu sagen, was man denkt und was man fühlt. Ich meine damit, ich würde dir gern sagen, dass ich deine Freundin sein will, aber ich hatte es dir schon gestern sagen wollen, und da habe ich mich nicht getraut, weil ich mir gedacht habe, was mache ich, wenn *sie* nicht will.«

»Und warum kommst du nie mit uns zum Baden?«, fragte Paula.

Josi öffnete ihre Jacke und zeigte ihre Kreuze. »Deshalb.«

»Hat man sie dir weg geschnitten?«

»Ja.«

»Ich bin heute von einem Felsen gesprungen«, sagte Paula. »Die Mama ist fast gestorben vor Angst. Der Lorenz springt morgen. Er hat es versprochen. Wenn er sich traut.«

»Magst du deine Hand drauflegen?«

»Tut's nicht weh?«

»Es tut nicht weh, nein.«

Das Kind berührte ihre Narben.

Dann umarmten sie einander und blieben lange so. Paulas Arme umschlangen Josis Mitte, und weil Josi eine Feder war, konnte Paula ihre Hände in Josis Rücken falten.

»Ich weiß, ich schwitze unter den Armen«, sagte Paula. »Aber mir ist das egal.«

»Ich schwitze auch unter den Armen«, sagte Josi. »Frauen schwitzen eben unter den Armen.«

Sie spazierten am Wasser entlang und setzten sich bei der Hafeneinfahrt auf die Kaimauer.

»Ich habe mir etwas vorgenommen«, sagte Paula. »Wenn

ich wieder zu Hause bin, dann ziehe ich mich völlig anders an. Wie du.«

»Was meinst du?«

»Nur Anzüge. Nur Herrenanzüge. Wenn im September die Schule anfängt, komme ich im Anzug. Wie findest du das?«

»Ein Anzug würde dir gut stehen.«

»Aber nicht nur zur Schulmesse und zum Schulanfang, sondern jeden Tag. Immer. Auch zu Hause. Zum Einkaufen in den ADEG. Wie du.«

»Ich mache das, ja. Genau so.«

»Und ziehst du auch Krawatten an?«

»Natürlich.«

»Ich hätte gern auch so einen wie du, einen mit Streifen.«

»Das ist ein Stresemann. Ich hab auch noch einen schwarzen Anzug dabei, einen sehr vornehmen, den habe ich bis jetzt noch nicht angezogen, und ich werde ihn auch nicht mehr anziehen. Ich fahre nämlich morgen ab.«

Paula starrte sie an, und wieder bebte ihre Unterlippe und das Wasser trat in ihre Augen. Leise sagte sie: »Warum denn, Josi? Warum fährst du denn schon morgen, Josi?«

Josi nahm Paulas Kopf zwischen ihre Hände. »Weil Herr Max Lorber und ich heute morgen die Klimaanlage im Hotel kaputt gemacht haben. Und um ehrlich zu sein, es ist mir zu mühsam, dafür den Kopf hinzuhalten. Herr Lorber kann das mit Sicherheit viel besser als ich. Ich hau einfach ab.«

»Herr Lorber steht auf dich«, sagte Paula.

»Warum denkst du das?«

»Das hat meine Mutter gesagt, die hat einen Blick dafür. Stehst du auch auf ihn?«

»Ich würde gern mit ihm ins Bett gehen«, sagte Josi.

Paula warf den Kopf zurück und lachte schallend.

Wie wird es werden? Im August? Im Herbst? Wird er Lügen ausdenken? Sag mir nicht, welche Lügen du dir ausgedacht hast. Ob wir miteinander wegfahren? Vielleicht ins Burgenland, dort kannte sie ein romantisches Hotel gleich beim Neusiedlersee, mit Tomas war sie dort gewesen, wahrscheinlich gab es das Hotel gar nicht mehr oder es war nicht mehr romantisch. Und Venedig? Venedig im Herbst, ich geniere mich vor keinem Klischee. Und jedes Zusammentreffen, als wäre es das letzte. Ich werde nicht auf seine Frau eifersüchtig sein. Ich werde ihn sogar ermuntern, mit ihr zu schlafen.

»Was denkst du?«, fragte Paula

»Ich denke, wie ich es anstelle, seine Frau zu betrügen. Und was denkst du?«

»Gehst du in Wirklichkeit deshalb, weil hier seine Frau ist, und es nicht geht, dass ihr miteinander ins Bett geht?« fragte Paula.

»In Wirklichkeit gehe ich deshalb, ja.«

»Die Frau Lorber stellt ihre Schuhe vor die Tür, weißt du das?«

»Woher weißt *du* das?«

»Weil ich, als es mir langweilig war, durch das Hotel gegangen bin und in die Zimmer hineingeschaut habe, die nicht abgeschlossen waren.«

»In meines auch?«

»In deines auch, ja.«

»Dann kennst du mich besser als ich dich.«

»Stört dich, dass ich das gemacht habe?«

»Nicht im Geringsten.«

»Ich denke, die Frau Lorber stellt ihre Schuhe vor die Tür, weil sie stinken.«

»Sicher, weil sie möchte, dass man sie putzt.«

»Hier putzt keiner die Schuhe von den Gästen. Und sie stinken, das habe ich gerochen.«

»Was willst du mir erzählen?«

»Ich werde eine Flasche zerschlagen und einen kleinen Scherben in einen Schuh von der Frau Lorber hineinlegen. Dann verletzt sie sich und kann nicht zum Baden gehen, und er tut so, als ob er allein geht und kommt zu dir.«

»Er wird bei ihr bleiben. *Ihm* solltest du einen Scherben in den Schuh geben. *Sie* wird nicht bei ihm bleiben.«

Dann war die Sonne untergegangen, und Paula musste zu ihren Eltern, damit sie sich nicht um sie sorgten. Auf dem Weg zum Hotel erbat sich Josi bei einem der Restaurants von einem Kellner Zettel und Bleistift und schrieb ihre Adresse und Telefonnummer auf und gab sie Paula. Paula sagte, sie und Josi sollten einen Freundschaftsbund schließen.

»Das mach ich gern«, sagte Josi. »Was muss ich tun?«

»Denk dir einen Satz aus, den man in der Mitte auseinander schneiden kann«, sagte Paula. »Wenn einer den ersten Teil sagt, muss der andere den zweiten Teil sagen, das heißt dann, dass die Freundschaft immer noch gilt.«

»Woher hast du das?«

»Meine Mama hat mir das erzählt, sie hat es mit ihrer Freundin so gemacht.«

»Und hält diese Freundschaft noch?«

Paula zuckte mit den Achseln.

Josi schrieb auf die Rückseite des Zettels: *Des Waldes Dunkel zieht mich an, doch muss zu meinem Wort ich stehn und Meilen gehn, bevor ich schlafen kann, und Meilen gehen, bevor ich schlafen kann.*

Am nächsten Morgen nahm Josi das erste Schnellboot nach Piräus, fuhr mit dem Taxi zum Flughafen Athen-Eleftherios Venizelos und löste, ohne sich um die Kosten zu kümmern, ein One-Way-Ticket nach Wien. Am Abend lag sie in ihrem Bett in der Piaristengasse, und das Herz tat ihr weh, wenn sie an das Mädchen dachte, dem vielleicht auch das Herz weh tat und das weit weg in Hydra in dem Bungalow oben auf dem Hügel in ihrem Bett lag.

DRITTER TEIL

Neuntes Kapitel

1

Die Wände hatten gesagt: Aha, war wohl nichts!

Josi war ins Bett gesprungen, die Hände voraus wie eine Schwimmerin. Sie warf sich 200 Milligramm Seroquel ein und schlief tief wie ein Baby und lang wie ein Löwe. Als sie aufwachte, saß sie im Spülbecken und ihre Mama sagte: Wo ist mein Frosch? Und dann sagte sie noch: Da ist ja mein Frosch! Und sie selbst war die Mama, und im Spülbecken saß Karla, und sie lachte im Traum, weil ihr klar war, dass es ein Traum war, und sie sich im Traum sogar wunderte, was ein Traum alles zustande bringt.

Das einzige, das man nicht lernen kann, ist Erinnerung. Mit diesem Gedanken erwachte sie, und der Gedanke beflügelte sie, nämlich weil ihr gleich ein Gegenargument einfiel: die Literatur. Sie verzichtete aufs Frühstück, machte sich auf den Weg zur Buchhandlung *Winter* beim Rathaus an der Zweierlinie, kaufte *Krieg und Frieden* und las die ersten Seiten im Gehen, wobei sie zufällig auf ihre Armbanduhr sah, die ein Uhr Mittag zeigte. Als sie wieder ihre Wohnung betrat, wusste sie, sie würde das Buch auch diesmal nicht zu Ende lesen. Das Exemplar ihres Vaters stand in der Frastanzer Leihbibliothek. Ob es jemals ausgeliehen worden war? Und was war dem Leser oder der Leserin durch den Kopf gegangen, als er oder sie vorne das ex libris ihres Vater bemerkt hatte? So gern hatte sie ihm zugesehen, wenn er den kleinen gerippten beigen Flecken Papier mit den verschnörkelten Initialen J.F. und der Silhouette einer Eule in die Mitte der ersten Seite klebte. Der Anblick hatte in ihr eine stolze Befriedigung ausgelöst. Sie besaß kein eigenes ex libris, und sie legte auch keinen Wert darauf, sie behandelte Bücher nicht gut, ordnete sie nicht konsequent ein, legte sie aufs Gesicht. Sie hätte gern eine Rede an Tolstoi gehalten. »Aber«, sagte sie laut, »es genügt, wenn die Wände Reden halten, denn eine verrückte Wand ist ein kleineres Übel als eine verrückte Josi.«

Bis zum Ende der Erzähltage war sie ruhig. Sie dachte an Max Lorber, aber in durchaus neutraler Form. Sie wollte nicht aus dem Superlativ in seine Umarmung springen. Eine Erledigungswut packte sie. Die reagierte sie ab bei der Installierung eines Internetanschlusses (wobei ihr Bruno half), bei der Anschaffung eines schicken Apple Laptops (wobei ihr Karla half – »Er sieht aus wie ein eleganter Schminkspiegel«), bei der Anschaffung eines digitalen Flatscreen Fernsehers (wobei sie Tomas und Edgar berieten – telefonisch, noch bis in das Geschäft hinein, Ergebnis: ein LCD/TFT-TV Gerät von Sony, Monitordiagonale 117 cm. Einweihungsfilm zusammen mit Karla und Bruno: *From Dusk Till Dawn* mit Juliette Lewis – Lieblingsschauspielerin –, George Clooney – Lieblingsschauspieler –, Harvey Keitel und Quentin Tarantino) und bei der lange aufgeschobenen Korrespondenz ihre Abfertigung beim OWS betreffend, was nur eine Formsache war, die ihr aber den ganzen Sommer hindurch ein Unbehagen bereitet hatte, als gelte es, einer Amputation zuzustimmen. Die Summe war übrigens nicht schlecht, nicht schlecht. Zusammen mit ihrer Pension und der Miete, die Tomas und Edgar für die Hälfte des Hauses in Hütteldorf entrichteten, der Lebensversicherung, die sie sich ausbezahlen ließ, und der Erbschaft ihres Vater, die über die Jahre gut verzinst und nicht angerührt worden war (Tomas, der wahrscheinlich ein Anrecht auf die Hälfte gehabt hätte, hatte abgelehnt, als wär's Mafiageld), kam sie auf ein fulminantes monatliches Salär. Sie rechnete sich das genau durch. Sie ging von einer bescheidenen Verzinsung von 2,5 Prozent aus, gab sich fünf Jahre Leben – mehr, als sie für realistisch hielt –, suchte im Internet die Formel für Zinseszinsrechungen, rechnete und kam zu dem Ergebnis: 4256 Euro und 23 Cent monatlich und zwar Netto, bitte. Josi hatte nicht vor, auch nur eine Handvoll davon über den Jordan hinweg aufzusparen, wusste allerdings auch nicht, wie sie den ganzen Haufen allein durchbringen sollte, ihre Bedürfnisse waren mager wie sie selbst.

Am 24. August waren die Erzähltage zu Ende, der 25. war Rückreisetag, den 26., 27. und 28. gab sie ihm Zeit, sich wieder einzufinden, den 29. und 30. halt noch dazu, der 31. war ein Sonntag – ab dem 1. September wartete sie. War das zu voreilig? Wie viel Zeit würde er benötigen, um sie zu finden? Einen Tag? Zwei Tage? Drei Tage? Eine Woche? Wie würde er es anstellen?

Was wusste er in Wahrheit über sie? Nichts. Ihren Namen. Mehr nicht. Und: »Find mich in Wien!« Also, dass sie in Wien wohnte. Und ihren Beruf wahrscheinlich. Wann hatte sie ihren Beruf bekanntgegeben? Sie erinnerte sich nicht. Paula hatte gewusst, dass sie Psychiaterin war. Wer hatte es ihr gesagt? Josi hatte – anders als die anderen – bei der Anmeldung nicht zugestimmt, dass ihre Daten an die Teilnehmer der Erzähltage weitergegeben werden dürfen. (War das der tiefere Sinn dieser Tage, dass sich neue Bekanntschaften ergäben? Wenn ja, dann hatte sie gegen diesen Sinn verstoßen – und war verstoßen worden.) Ihre Telefonnummer war nicht herauszufinden, weil sie nur ein Wertkartenhandy besaß (immer noch das des Chinesen aus dem Hotel *Ananas*).

Was würde ich an seiner Stelle tun? Sie setzte sich mit ihrem Laptop (an dem sie sich gar nicht satt sehen konnte) in die Küche (Bruno hatte es so eingerichtet, dass sie überall in der Wohnung ins Internet gehen konnte) und gab »Wiener Telefonbuch« in Google ein. Sie klickte www.herold.at an und tippte den Nachnamen ihres geschiedenen Mannes, der immer noch auch der ihre war (und den sie behalten wollte, denn Fischer gab es erstens schon genug, zweitens war ihr längst jeder Bezug zu diesem Namen verloren gegangen). Fünfzehn Einträge wurden gemeldet. Keiner auf Josefine oder Josi (hätte sie auch gewundert). Ich an seiner Stelle, dachte sie, würde die Frauen ausscheiden. Sie tat es, es blieben noch zehn Namen (ein Tamas, kein Tomas). Dann würde ich der Reihe nach jeden einzelnen Mann anrufen und fragen, ob ich die Josi sprechen könne, und mich entschuldigen, falls es die Josi nicht gäbe. Aber das würde ihn nicht weiterbringen, denn Tomas und Josi hatten eine Geheimnummer besessen, und Tomas und Edgar hatten die Nummer nicht ändern lassen. Gut. Das Reisebüro? Frau Magistra Schnell? Unwahrscheinlich. Wo Josi doch die Einzige gewesen war, die einen Adressenaustausch abgelehnt hatte. Vielleicht versuchte er es bei verschiedenen Krankenhäusern oder Berufsvereinigungen. Wird er schon gar kein Glück haben. Wo käme man hin, wenn die Privatnummern von Psychiatern weitergegeben würden! Die Durchgeknallten würden einem das Dach vom Kopf reißen.

Sie wusste schlicht und einfach nicht, was sie an seiner Stelle tun würde. Ich hätte ihm wenigstens einen kleinen Hinweis geben sollen, dachte sie. Aber dann wäre die Ästhetik ihres letzten Satzes zerstört worden, und nur ein geiles Winken wäre übrig geblieben. Sie tippte »Max Lorber Wien« in die Suchmaschine. Nur ein einziger Eintrag wurde angezeigt: »Heiland Apotheke« in der Kettenbrückengasse. Das war er. So leicht wär's in der anderen Richtung.

Wenn Josi sehr laut Musik hörte, Zigeunermusik von Karla oder Sirtaki (eine Touristen-CD, die sie aus Hydra mitgebracht hatte), so lange, bis die Nachbarn mit dem Besenstiel an die Decke hämmerten, dann wurde ihr schwindlig, als ob sie Marihuana geraucht hätte. Sie drehte sich, schloss die Augen, da war ein Kreis von Menschen, ein Grieche rechts, ein Grieche links von ihr, nach Lagerfeuer riechende lachende Schnauzbärte, die zogen sie in die Mitte und wieder an die Peripherie und wieder in die Mitte, hui, die Bouzouki, rechtes Bein hoch, linkes Bein hoch, Wechselschritt – alles Fantasie, bei der einem schlecht wurde, vom Drehen und von der Einsamkeit und der geringen Hoffnung, dass sich bald etwas ändern könnte.

Und dann hatte sie seit zwei Tagen nichts gegessen. Sie wollte sich kurz duschen, hinein in den Stresemann und zum Italiener bei der Piaristenkirche und sich die Pizza mit dem Haufen Rucola bestellen und fressen und lief über die Treppen hinunter – und wäre beinahe in Frau Beck gerannt, die gerade heraufkam.

»Bitte nicht, dass Sie es eilig haben und das Haus verlassen wollen«, sagte Frau Beck, und ehe Josi antworten konnte, wurde sie umarmt und auf die Schläfen geküsst.

»Ich muss etwas essen«, sagte Josi.

Frau Beck begleitete sie, trank aber nur einen Espresso und schaute sie dabei unentwegt an, einen Mundwinkel etwas hochgezogen, die Braue darüber ebenso. Sie sah sehr gut aus, trug ein anthrazitfarbenes Kostüm, das viel von ihren kleinen Kugelbrüsten sehen ließ. Ihr Mund war dunkelrot geschminkt, ihre Fingernägel in der gleichen Farbe lackiert, das schwarz gefärbte Haar ein wenig in der Art von Sid Vicious.

»Du isst sehr schön«, sagte sie.

»Das glaube ich nicht«, sagte Josi.

»Doch, sehr schön.«

»Das ist relativ.«

»Magst du Süßes?«

»Jetzt schon, ja.«

»Ich habe etwas ganz Besonderes mitgebracht. Trinken wir bei dir einen Kaffee?«

Es war kein Rätselraten nötig. Und Frau Beck ließ es auch gar nicht darauf ankommen. Sie schlug Josi eine Affäre vor. Nichts Tiefes, das zwei Leben in Unordnung bringen könnte, einfach nur Sex.

»Wie hast du rausgekriegt, wo ich wohne?«, fragte Josi, anstatt zu antworten.

Frau Beck tippte an ihre Nasenspitze.

»Ich will es wissen«, sagte Josi.

»Mein Geheimnis«, sagte Frau Beck. Und dann sagte sie: »Ich habe verstanden.«

Dabei hatte sich Josi noch gar nicht entschieden. Es wäre ein Akt der Symmetrie, und die Natur fordert ja bekanntlich Symmetrie, und zu Karla und Bruno würde ich sagen: Nun sind eure Eltern auf einer höheren Ebene wieder beieinander angekommen, gratuliert uns.

»Ich würde aber trotzdem gern wissen, wie du mich gefunden hast.«

»Und genau das werde ich dir nicht sagen.«

2

Was Frau Beck in zwei Tagen geschafft hatte, schaffte Herr Lorber in vierzehn nicht – oder wollte es nicht schaffen.

Am 10. September, einem Mittwoch, beschloss Josi, nicht mehr zu warten. Sie musste ihren ganzen Willen hochfahren, um nicht wieder mit der Deckenlampe zu reden. Nicht gefunden worden zu sein, tat mehr weh, als sie befürchtet hatte, und dass sein Kopf sich in ihrem Gedächtnis einfach nicht auflösen wollte, machte sie verzagt und wütend auch. Was mach ich, wenn ich nur ihn will und keinen anderen? Sie zog im 1. Bezirk von einer Boutique zur nächsten, kaufte Blusen, Hosen, einen Hut, sogar einen Rock – wo waren die kühnen Images? – und zwei Paar Schuhe, beide grell und von der Art, wie sie höchstens eine halbe Stunde zum Stehen und fünfhundert Meter zum Gehen geeignet waren, wären ja auch nicht zum langem Stehen und weitem Gehen gedacht gewesen. Konjunktivschuhe.

Dann stand sie an der Ecke Kohlmarkt Graben und drückte ihre Stirn gegen die Hauswand. Sie konzentrierte sich, wie sie es als Kind getan hatte, und sagte leise vor sich hin, »Max komm, Max komm morgen, Max komm morgen Nacht«, wie sie zwei Tage vor Weihnachten gesagt hatte, »Christkind komm, Christkind komm morgen, Christkind komm morgen Nacht«.

Sie stieg in ein Taxi, fühlte sich wie ein Junkie, der sich gerade einen Schuss gesetzt hatte, obwohl er so sicher gewesen war, dass er es nie wieder tun würde. Sie nahm sich vor, Karla anzurufen und sie zu bitten, zu ihr zu kommen. »Sonst überlebe ich die Nacht nicht«, sagte sie. »Was?« sagte der Fahrer. »Nichts«, sagte sie. Würde vielleicht etwas süße Illusion zurückbringen oder wenigstens etwas süßen

Trost geben, wenn sie zusammen im Schneidersitz am Boden säßen, wie es Karla mochte, ein Glas Rotwein tränken und die schräge Musik hörten, die Karla mochte, und Karla eine Strategie für ihre Mama ausarbeitete, wie sie auch jenseits von Griechenland einen Mann aufreißen könnte. Karla würde ein Abgewöhnungsprogramm entwerfen. Auf diesem Gebiet hatte sie genügend eigene Erfahrung. Bei wem hatte sie sich süße Illusion und süßen Trost geholt? Bei mir nicht. Und ich werde mich zusammennehmen und nicht dauernd an ihr herumkritisieren. Mein Mädchen, mein Mädchen, mein Mädchen. Dann wären sie beide ein bisschen betrunken, und vielleicht würde Karla ja über Nacht bleiben, was sie bisher erst einmal getan hatte, Bruno bereits dreimal.

Als Josi die Tür aufsperrte, hörte sie Karla lachen und hörte sie sagen: »Das Klo ist gleich neben der Wohnungstür rechts, mit der kleinen roten Scheibe.«

Paula trat auf den Flur, und als sie Josi sah, die mit den Taschen und Schachteln unter dem Arm im Flur stand, erstarrte sie und wurde weiß im Gesicht.

»Ich bitte vielmals um Entschuldigung«, sagte sie leise.

»Wofür denn?« sagte Josi, ebenfalls leise, und damit war ein klassisches Wiedersehen vermasselt. »Das da ist das Klo«, sagte sie und machte ihr die Tür auf.

»Warum hast du mir nicht von ihr erzählt?«, zischte Karla und öffnete die Tür wieder, nachdem sie Josi hinter sich geschlossen hatte. »Sie ist so ein unheimlich liebes Ding, und ihr seid auf Hydra die ganze Zeit zusammengehockt, du bist ihre beste Freundin, ja, das denkt sie, jedenfalls hat sie sich das gedacht, und du redest kein einziges Wort über sie. Was ist mit dir los, Mama?«

»Und du hast ihr gesagt, dass ich nichts von ihr erzählt habe?«

»Ja, natürlich, was denn sonst. Sie ist draußen vor deiner Tür auf der Stiege gesessen, als ich gekommen bin. Sie hat gesagt, sie will zu dir, sie sei die Paula, ob du mir denn nicht von ihr erzählt hast.«

»Es wird ihr weh tun.«

»Was. Ist. Mit. Dir. Los.«

»Ich hab einen Vogel.«

Paula kam herein, blieb aber bei der Tür stehen. Sie schaute zu Karla und dann auf den Boden. Sie war in Strümpfen, hatte die Schuhe ausgezogen, das wäre nicht nötig gewesen. Josi meinte, ihren Gedanken zu lesen. Dass es viel zu intim war, in Strümpfen zu sein bei einer in Wahrheit fremden Frau, die nur so getan hat, als wäre sie eine Freundin. Vielleicht könnte ein Rest gerettet werden, wenn Josi sie in die Arme nähme. Karla denkt sich, ich soll aufstehen und Paula in die Arme nehmen. Karla in ihren Cowboystiefeln.

»Was machst du denn in Wien?«, fragte Josi.

»Ich wollte nur kurz Servus sagen.«

»Sie besucht mit ihrer Theatergruppe die Bundeshauptstadt«, kommentierte Karla, und damit es nicht still wurde, gleich weiter: »Paula ist Mitglied einer Theatergruppe, die ihre Deutschlehrerin leitet. Sie hat mir sogar etwas vorgespielt. Wenn wir bei uns so jemanden hätten, würden wir anders ausschauen. Wir beide sitzen ja schon fast zwei Stunden hier. Paula hat mir erzählt, dass sie unbedingt auch einen Hosenanzug haben möchte und ein Hemd und eine Krawatte, genau wie du, und ich habe ihr gesagt, dass ich sie beliefern werde. In ihrer Größe gibt's massenhaft Sachen, und keiner merkt etwas, wenn etwas fehlt. Typischerweise hast du ihr nämlich auch nicht erzählt, dass deine Tochter beim Theater arbeitet.«

In Wahrheit, dachte Josi, interessiert sie sich gar nicht mehr für Hosenanzüge, so hübsch, wie sie aussieht in ihren Jeans und dem T-Shirt, und in Wahrheit, dachte Josi weiter, interessiere ich mich auch nicht mehr für Hosenanzüge. Der Unterschied zwischen uns kann aber sehr genau benannt werden: Sie ist ein Mensch, ich bin ein Insekt, Insekten haben kein Skelett, sondern einen Panzer, und ich habe keinen Hosenanzug, sondern einen Panzer, und der sieht nur zufällig aus wie ein Hosenanzug. »Magst dich nicht setzen, Paula?«, sagte sie.

»Ich muss gleich wieder gehen.«

»Ich wusste gar nicht, dass du in einer Theatergruppe bist.«

»Hab ich vergessen zu erzählen, ja.«

»Und hast in Griechenland schon gewusst, dass du Anfang September nach Wien kommst?«

Paula nickte. Sie rührte sich nicht von der Stelle. Aber jetzt schaute sie Josi an und hielt sie mit ihrem Blick fest. Josi konnte den Blick nicht deuten. Ob vorwurfsvoll oder gekränkt oder beschämt oder genervt. Alles meine Interpretation. Sie sieht mich nur an, mehr nicht. Sie hatte sie ein wenig anders in Erinnerung. Was war anders an ihr? Die Haare? Das Kind war weg. Sie sah die kleine Narbe am Kinn, die ihr schon in Hydra aufgefallen war, sie war nun ein Teil der Erzählung dieses Gesichts. Und niemand fiel Josi ein, mit dem sie ihren Kummer lieber hätte besprechen wollen als mit Paula, an die sie irgendwann nicht mehr gedacht hatte. Aber sie hat an mich gedacht.

»Ich muss gehen, Mama«, sagte Karla, »ich wollte nur kurz etwas mit dir besprechen. Darf ich, Paula?«

»Ich geh eh auch«, sagte Paula, blieb aber bei der Tür stehen.

»Hast du morgen Abend Zeit?«, fragte Karla – Paula fragte sie, nicht Josi.

»Morgen spielt im Burgtheater der Sommernachtstraum mit Udo Samel als Zettel, da gehen wir hin.«

»Das ist ein elend langer Schinken, da warne ich dich. Kannst du nicht schwänzen?«

»Wenn ich will, kann ich. Es ist ja nicht Schule. Den Sommernachtstraum habe ich schon fünfmal gelesen. Der Udo Samel soll aber so gut sein. Vielleicht können wir ja gemeinsam hingehen.«

»Nein, das können wir nicht«, sagte Karla, warf sich in ihre Diktatorenrolle, die zu ihrer starken Statur passte. »Es gibt eine DVD, die kann ich dir besorgen, wenn du willst.« Und zu Josi: »Edgar hat morgen Geburtstag, verstehst du, Mama: Edgar. Hat. Morgen. Geburtstag! Er wird fünfzig Jahre alt. Fünf. Zig. Jah. Re.«

Karla war nervös. Josi kannte die alte Angst ihrer Tochter, und diese Angst hatte immer der Mutter und deren Unberechenbarkeit gegolten, und mit ihrer burschikosen Art wollte sie Sand auf das Eis streuen. Dass sich ihre Stimme vor Aufregung unschön überschlug, war der Grund, warum Josi versprach, dass sie kommen werde, und sie versprach es ohne Diskussion. Bevor Karla zu ihren Argumenten ausholte, wie sie es wahrscheinlich einstudiert hatte und was Josi massiv auf die Nerven gegangen wäre, sie kannte sich, und sie kannte Karla, sagte sie schnell: »Ja, ich komm, mein Schatz. Versprochen. Versprochen. Wohin soll ich kommen?«

»Bruno holt euch ab. Halb acht.« Damit war nun auch Paula unter das Diktat genommen.

Auch als sich Karla verabschiedete, blieb Paula bei der Tür stehen, sie gab die Hand, lächelte, machte aber keine Anstalten, ebenfalls zu gehen. Aber auch keine Anstalten, ihren Posten aufzugeben.

Lange sagten sie nichts. Schauten einander an und wieder weg und wieder an und wieder weg. Am Ende behielt eine die andere in den Augen. Regungslos.

»Wir beide können gut starren«, sagte Josi.

»*Ich* kann gut starren«, sagte Paula.

»Ich auch«, sagte Josi. »Warum hast du mir nicht gesagt, dass du nach Wien kommst?«

»Und du hast nicht einmal deiner Tochter von mir erzählt.«

»Kann es sein, dass ich ihr aus dem gleichen Grund nicht von dir erzählt habe, aus dem du mir nicht gesagt hast, dass du nach Wien kommst?«

»Aber ich habe dich besucht. Ich bin hier.«

»Eins zu null für dich«, sagte Josi.

»Das ist etwas ziemlich Böses, was du da sagst. Eine Freundschaft ist kein Fußballspiel.« Aber ihre Miene war nicht vorwurfsvoll.

»Ich bin höchst wahrscheinlich ein böser Mensch«, sagte Josi.

»So etwas zu sagen, ist ein Trick.«

»Ich bin es dir nicht«, sagte Josi. »Ich habe nur noch einen Trick, und das ist mein letzter. *Des Waldes Dunkel zieht mich an, doch muss zu meinem Wort ich stehn …*«

Paula wartete, holte tief Luft, dann vervollständigte sie: »*… und Meilen gehn, bevor ich schlafen kann, und Meilen gehen, bevor ich schlafen kann.*« Und lief Josi in die Arme.

Paula rief zu Hause an, fragte ihre Mutter, ob sie statt in

der Jugendherberge, wo die Kissen nach Kopfschweiß stinken und wo geklaut werde, bei Josi übernachten dürfe – offensichtlich war bei Köhlmeiers ausgiebig und amikal über sie gesprochen worden, Paula hatte »bei Josi« gesagt und nicht »bei Frau Bartok« –, sie gab den Hörer an Josi weiter, die sagte, selbstverständlich sei sie damit einverstanden, im Gegenteil, sie freue sich sehr. Josi unterlegte ihrer Stimme den vernünftigsten Tonfall, zu dem sie fähig war, sie konnte sich ja denken, was Paulas Mutter für ein Bild von ihr hatte, nämlich das einer ziemlich verrückten Person. Paulas Mutter beriet sich bei offenem Hörer mit ihrem Mann, und stimmte schließlich zu. Dann rief Josi bei Paulas Lehrerin an. Sie gab sich als eine enge Freundin der Familie aus. Paula wolle so gern bei ihr übernachten, säuselte sie, alles sei bereits mit ihren Eltern abgesprochen, außerdem sei Paula nicht ganz wohl auf, vielleicht werde sie den morgigen Tag zu Hause bleiben. Paula sprach auch noch mit der Lehrerin. – No problem.

Dann gingen sie ins Café Eiles und aßen ein Wienerschnitzel mit Kartoffelsalat, und Josi erzählte von ihrem Kummer, der noch nicht einmal ein Liebeskummer war – »so weit hat er es noch gar nicht gebracht, er ist bei der stumpfen Traurigkeit verkümmert« –, und dass sie viel weinen würde, wenn sie weinen könnte, was allerdings den Vorteil habe, dass ihr Gesicht schminkfest bleibe. »Zerronnene Schminke sieht nur im Gesicht einer jungen Frau gut aus und eigentlich auch nur im Film.« Sie merkte, dass ihr der Sprachwitz zerbröselte. Das machte ihr Sorgen. Dort war sie ja bereits gewesen: im Zelt, mein süßes Lieb.

A propos Film: Im Apollokino in der Gumpendorferstraße spielten sie einen Blödsinn, aber immerhin mit Brad Pitt, und diesen Blödsinn schauten sie sich an.

Zu Hause dann wollte Paula im gleichen Zimmer wie Josi schlafen, und nichts lieber wollte auch Josi. Sie löschten das Licht und sprachen miteinander bis lange in die Nacht hinein.

3

Am Morgen machte Josi etwas richtig.

Sie war im Bad, während Paula den Frühstückstisch in der Küche deckte. Da hörte sie es krachen. Sie stieg aus der Wanne, zog sich den Bademantel über. Paula saß auf dem Küchentisch, die Hände vor dem Mund, auf dem Schachbrettboden die Scherben der besten Tassen und besten Teller, die Josi besaß, den einzigen Erbstücken ihrer Mutter, an die sonst gar nichts mehr in ihrem Leben erinnerte. Josi sagte: »Na und?« und verstrubbelte Paulas Haar. »Gehen wir in ein Kaffeehaus frühstücken, müssen wir nicht aufräumen. Sag mir, wohin du willst. Man kann sehr gut in Wien frühstücken.«

Das hatte sie richtig gemacht. Und sie wusste nicht, warum es ihr so gut gelungen war. Typisch war das nicht. Danke, ich hab's richtig gemacht, dachte sie.

Dann machte sie etwas falsch. Sie sagte: »Ich weiß, ich habe dich gar nicht gefragt, ob du auch eine Liebesgeschichte hast, die du mir erzählen willst. Aber ich denke, meine ist im Augenblick einfach dringender.«

»Ich habe im Augenblick gar keine Liebesgeschichte«, sagte Paula.

»Und wenn ich den ganzen Tag immer wieder das Gleiche sage, das stört dich nicht?«

Es störte Paula nicht. Josi sah ihr an, dass sie diese Stunden in der Piaristengasse mit dieser Frau, die zwischen

Depression und Dynamit aufgespannt war, aufregend fand und dass sie, ganz egal, was noch alles geschähe, ihr Leben lang daran denken würde. Ich schaffe einen adoleszenten Mythos, dachte Josi, und das gefiel ihr.

»Auf jemand anderen«, sagte sie und ließ ihre Stimme absinken, »würde ich vielleicht Rücksicht nehmen. Aber du bist wie ich.«

Sie sah, wie tief beeindruckt Paula war, und sie wusste, sie hatte einen Fehler begangen, einen recht miesen obendrein. Das habe ich falsch gemacht, dachte sie.

Sie war nämlich in der Nacht aufgewacht und über eine Stunde wach gelegen. Sie hatte das feine Schnarchen des Kindes neben sich gehört und sich fest vorgenommen, das exaltiert narzisstische Selbstmitleid mit dem morgigen Tag zu beenden. Sie wollte endlich wieder normal werden und sich nicht von Hosenanzügen tyrannisieren lassen. *Alle rennen nach dem Glück, das Glück rennt hinterher.* So gesehen wollte sie dem Glück eine Chance geben.

Paula sagte, sie würde gern auf dem berühmten Naschmarkt frühstücken und sie wolle Josi einladen, das habe sie ihrer Mutter am Telefon versprochen.

»Das stimmt doch gar nicht«, sagte Josi. »Ich habe doch gehört, was du gesagt hast.«

»*Ich* hab's ja nicht gesagt, *sie* hat es gesagt, und ich hab ja gesagt.«

Dieses Misstrauen zum Beispiel war exaltiert, narzisstisch, selbstmitleidig: schon wieder dem Glück davongerannt. Denn ein Glück wäre es doch gewesen, sich ohne Wenn und Aber von Paula zum Frühstück einladen zu lassen. Aber bitte nicht beim Naschmarkt, der erinnerte sie zu sehr an die Frühstücke aus Fladenbrot, Gurken, Tomaten und Milchkaffee in den Zeiten der Ananas. Vom Naschmarkt und seiner Umgebung hatte sie für die nächsten zwanzig Jahre genug, und das hieß: für immer. Aber Paula war so neugierig auf den Naschmarkt, ihr Vater habe zu ihr gesagt, dort sei die ganze Welt vertreten, Inder, Afrikaner, Araber, Chinesen, Brasilianer, Japaner, und wer will nicht beim Frühstück die ganze Welt anschauen. Also gab Josi nach und führte sie in eben jenes türkische Café in der Mitte des unteren Marktes, wo sie so oft gesessen, geflucht und tränenlos geweint hatte und immer wieder fassungslos gewesen war über das Schicksal, das innerhalb weniger Wochen einen anderen Menschen aus ihr gemacht hatte.

Sie setzten sich vor das Café und beobachteten die Passanten. Paula hielt ihre Geldbörse in ihrem Schoß fest. Sie ist, wie ich war, dachte Josi, so ist sie, sie hat Sorge, sie könnte irgendetwas falsch machen. Sie ist, wie ich bin. Natürlich war es ihre Idee gewesen, mich einzuladen, und nicht die ihrer Mutter. Und ich bin darüber hinweggefahren. Hab so getan, als ob es nichts Besonderes wäre. Und sie hat es sich vorgenommen, weil sie mich mag. Sie ist zum ersten Mal in Wien und will alles richtig machen. Ich bin ein Trampel.

Sie streckte die Hand aus und berührte Paula an der Schulter. Paula reagierte nicht.

»Paula«, sagte sie leise.

Josi merkte, wie sich die Hysterikerinnen in ihrer Brust zu versammeln begannen, die Rachegöttinnen, die psychischen Autoimmunterroristinnen. Sie zog die Hand zurück und setzte die Ray Ban vor die Augen. Weil ein Mensch vernünftig ist, ich bin ein vernünftiger Mensch. Sie sah, wie Paula das Herz sank. Wie verunsichert sie nun war.

»Er hat mir doch versprochen, mich zu finden«, sagte Josi und war auch mit dem etwas weinerlichen Ton ihrer

Stimme einverstanden. »Und deshalb bin ich so unausstehlich, es tut mir leid.«

»Bist du doch gar nicht«, sagte Paula, blickte aber weiter geradeaus. Nach einer Weile sagte sie: »Nachdem du weggefahren warst, war er traurig.«

»Denkst du?«

»Ich habe ihn beobachtet. Er war traurig.«

»Und wie hast du das gemerkt?«

»Er ist immer hinter den anderen hergegangen, als letzter, wenn wir zum Baden gegangen sind. Als du noch da warst, ist er immer der Erste gewesen.«

»Aber ich bin doch gar nie zum Baden gegangen.«

»Trotzdem. Aus Lebensfreude. Und wenn mein Vater seine Vorträge gehalten hat, ist er allein am Rand gesessen, nachdem du weg warst.«

»Nicht bei seiner Frau?«

»Nein.«

»Glaubst du, er liebt seine Frau?«

»Nein.«

»Das kannst du doch gar nicht wissen.«

»Ich glaub's trotzdem nicht. Am Abend ist er allein im Hotel im Frühstücksraum gesessen. Wir haben ihn gesehen, als wir nach einem Abendspaziergang am Hotel vorbeigegangen sind.«

»Das hat nichts zu bedeuten. Wahrscheinlich konnte er oder wollte er noch nicht schlafen und hat noch ein wenig gelesen und wollte seine Frau nicht stören.«

»Er hat nicht gelesen, er hat geschrieben.«

»Ansichtskarten wahrscheinlich. Das muss erledigt werden.«

»Keine Ansichtskarten. Tagebuch.«

»Wie willst du das wissen?«

»Ich bin beim Fenster stehen geblieben und habe ihm zugesehen. Er hat in ein Buch geschrieben. Er hat über dich geschrieben.«

»Aber das konntest du nicht sehen. Das sicher nicht.«

»Aber worüber sollte er denn sonst schreiben? Ich habe ihn vorher nie schreiben sehen, erst, nachdem du weg warst.«

»Wenn ein Mann irgendwo sitzt und schreibt, dann kann er über alles Mögliche schreiben.«

»Er hat aber über dich geschrieben. Worüber sollte er sonst schreiben? Er hat seine Sehnsucht zu Papier gebracht. Ich kann das an einem Gesicht sehen. Wenn einer die Augenbrauen so nach oben zieht, wie er sie nach oben gezogen hat, und vor sich hinstarrt, wenn er darüber nachdenkt, wie er ein Gefühl beschreiben soll. Ich weiß ganz genau, wie einer dann schaut, und genau so hat er geschaut. Und über was für ein Gefühl sollte er denn nachdenken? Über das Gefühl für dich. Sonst ist doch gar nichts passiert in Hydra. Als du weg warst, war es stinklangweilig.«

»Aber du weißt schon, dass du in mir Hoffnungen weckst, die gar nicht gesund für mich sind. Er ist ein Mann, der seine Frau bewundert und respektiert und sich um sie sorgt und sie liebt, und vielleicht schreibt er Gedichte, das machen solche Männer manchmal, jedenfalls im Urlaub.«

»Ich glaub's trotzdem nicht.«

»Du willst es nicht glauben, weil du mich magst.«

»Ich glaub's einfach nicht.«

»Du bist eine gute Menschenkennerin, stimmt's?«

»Was würdest du zu ihm sagen, wenn er auf einmal vor deiner Tür steht?«

Ohne ein vernünftiger Mensch zu sein, antwortete Josi

prompt: »Ich würde sagen: Zieh dich aus, ich muss deine Wärme spüren.«

Eine Weile war es still, dann lachte Paula schallend heraus, warf den Kopf nach hinten und lachte und wandte sich Josi zu, legte ihre Geldbörse neben ihren Teller und griff nach Josis Händen.

»Stimmt ja«, sagte Josi, und ihre Stimme war wieder trocken wie in der Wüste geröstet, sie wusste noch von Hydra her, dass Paula darauf stand, nicht nur sie, aber sie auch. »Was soll ich denn tun? Ihn vor seiner Apotheke abpassen, ihm einen Sack über den Kopf stülpen und entführen? Ich eins sechzig, er eins neunzig. Müsste man die Mafia hinter sich haben. Die Russenmafia. Ich kann nicht Russisch. Du? Ich könnte sagen, ich bin Putins Geliebte. Aber warum lass ich dann den Max Lorber entführen? Dann erschießen die ihn womöglich. Was hab ich dann von ihm. Da komm ich nicht raus, Paula. Nein.«

Sie mochte es, diesem Kind beim Lachen zuzusehen, und sie legte noch einige Albernheiten nach und fand auch den Zeitpunkt, damit aufzuhören. Hab ich richtig gemacht.

Sie bestellten noch zwei Joghurt mit Früchten. Sie sahen, wie der Koch über die schmale Gasse zu einem der Obststände ging, eine Handvoll Pflaumen, Marillen, Pfirsiche und Trauben nahm und den Mann hinter dem Stand militärisch grüßte.

»Ich würde gern Schriftstellerin werden wie meine Mutter und mein Vater«, sagte Paula. »Ich würde Kurzgeschichten schreiben.«

»Niemand hindert dich daran.«

»Ich denke mir, es ist noch zu früh, und gleichzeitig denke ich, es ist spät, ich hätte schon lange damit anfangen müssen, ich meine richtig.«

»Hast du schon Geschichten geschrieben?«

»Ja, schon, viele, aber die sind nichts Besonderes, keine richtigen Geschichten.«

»Was ist eine Geschichte, die nicht richtig ist?«

»Es ist nur etwas über mich.«

»Und warum soll das keine richtige Geschichte sein?«

Ein Kollege, der dann bald das OWS verlassen und in der Stadt eine Praxis eröffnet hatte, hatte mit Patienten, hauptsächlich Patientinnen, einen Versuch gestartet, oder wie er es nannte, eine »Imaginationstherapie«, und Grundlage dafür war, dass geschrieben werden sollte und zwar mindestens drei bis vier Stunden täglich, auf keinen Fall aber tagebuchartig, sondern wie ein richtiger Schriftsteller: Tu so, als ob du die Figur eines Romans wärest! Die jungen Patientinnen waren ganz verrückt danach, auch verrückt nach ihm, er war hübsch und strahlte Erfolg aus.

»Tu so, als ob du die Figur eines Romans wärst«, sagte Josi.

»Das interessiert mich nicht«, sagte Paula. Kein Zweifel, wer hier Fachmann und wer Laie war.

Ein Bettler mit einer Blechbüchse kam vorbei. Unter einem Arm klemmte eine Krücke. Er blieb vor Josi und Paula stehen und klapperte. Paula gab ihm einen Euro.

»Er spielt den Krüppel«, sagte Josi.

»Darüber könnte man eine Geschichte schreiben«, sagte Paula und klemmte ihre Hände unter ihre Schenkel. »Es gibt einen Song von Bob Marley, in dem erzählt er, wie er an einer Bushaltestelle steht und mit einem kleinen Ast tschuttet. Weißt du, was tschutten ist?«

»Ja, das weiß ich. Fußballspielen.«

»Woher weißt du das? Das ist vorarlbergerisch.«

»Ich weiß es eben.« Was gab es für einen Grund, Paula

nicht zu erzählen, dass sie in Vorarlberg aufgewachsen war? Zu viel Nähe? Schäm dich!

»Und sonst kommt gar nichts in dem Song vor. So etwas würde ich gern schreiben.«

»Das kann so schwer doch nicht sein. Wie lange brauchst du dafür? Eine halbe Stunde? Eine Stunde? Lass dir vom Kellner Bleistift und Papier geben. Ich besorg uns inzwischen Obst und Gemüse. Was würdest du gern zu Mittag essen? Kochen wir gemeinsam? Ich kann nicht viel. Letscho mit Rindfleisch und Reis, das ist meine Spezialität.«

»Ich kein Fleisch, bitte.«

»Dann ohne Fleisch. Danke für das Frühstück, Paula.«

Das habe ich richtig gemacht, dachte Josi, stand auf und spazierte durch den Markt davon. Danke, ich hab's richtig gemacht, dachte sie.

Aber Paula wollte ihr nicht vorlesen, was sie geschrieben hatte. Sie würde es zu Hause überarbeiten und ihr mailen. Paula wünschte, den Schaden gut zu machen, den sie angerichtet hatte. Josi schlug vor zu teilen. In einem Geschirrgeschäft in der Mariahilferstraße kauften sie je eine Tasse mit Unterteller und einen Frühstücksteller. Das machte für jeden Euro 5,60. Sie fuhren mit der U2 zum Rathaus und gingen die Josefstädterstraße hinauf bis zur Piaristengasse. Sie legten sich eine Stunde aufs Bett. Dann kochten sie Letscho mit Reis. Und schon war es drei. Der Himmel war ohne Wolken, ein leichter Wind wehte, sie wollten nicht zu Hause hocken, aber in die Nähe des Burgtheaters durften sie nicht gehen, sonst wäre Paula womöglich ihren Leuten begegnet. Paula wollte nicht ins Grüne, zur Alten Donau oder in den Prater, Grünes habe sie zu Hause genug. So spazierten sie in einem Bogen um das Burgtheater herum in die

Innenstadt hinein zum Stephansdom und die Rotenturmstraße hinunter zum Donaukanal. Dort war es Paula großstädtisch genug. Sie schlenderten an den Graffitis vorbei, und Josi schüttete weiter ihr Herz aus, und sie konnte es, ohne dabei exaltiert, narzisstisch und selbstmitleidig zu sein.

Zehntes Kapitel

I

Sie hatten sich gerade eine Stunde hingelegt, als Bruno an der Tür klingelte. Karla klingelte nie, sie sperrte einfach auf. Für Karla war elterlicher Boden, egal, wo er sich befand, eigener Boden. Bruno klingelte und klopfte an. Das hatte er auch als Kind getan, wenn Josi oder Tomas, was selten vorkam, eine Tür hinter sich zugemacht hatten. Vor verschlossenen Türen hatte Bruno Respekt.

Josi machte sich fertig, und Bruno und Paula setzten sich in die Küche. Sie solle ihm selbst erzählen, wer sie sei und was es auf sich habe, sagte Josi zu Paula. Sie war schlecht gelaunt und voller Widerwillen. Ihre Kinder überrumpelten sie. Karla mit ihrer brecheisernen Tüchtigkeit, Bruno mit seinem weichen Herzen und seiner ängstlichen Höflichkeit. Die Geburtstagsfeier hatte sie weggedrängt. Es war eine Zumutung, sie einzuladen. Sie hatte kein Geschenk für Edgar. Sie hätte sich lächerlich gemacht. Es war kein Geschenk denkbar, das nicht entweder ein Zeichen von Selbstaufgabe oder ein Zeichen von Zynismus gewesen wäre. Und was sollte sie anziehen? Was wäre das, wenn sie als Mann käme, als zarter Herr? Mehr Selbstaufgabe wäre kaum vorstellbar. Und im Biederkleid? Ein Spottbild. Sie wählte Jeans, T-Shirt und eine Art Militärjacke, das war globaler Durchschnitt und charakterlos. Wenig Schminke. Gerade so viel, dass man ihr nicht Mutwilligkeit vorwerfen konnte.

Sie hörte Bruno und Paula lachen. Das stimmte sie milder. Sie wünschte ihrem Sohn eine Frau, wie Paula eine werden würde. Soll er halt acht bis zehn Jahre warten. Und sie wünschte Paula einen Mann, wie Bruno einer war. Er hatte eine Freundin mit Namen Michaela, die zog ihm in regelmäßigen Abständen die Haut ab. Behandelte ihn dann wie einen Verbrecher oder einen Idioten, je nachdem, wie die Laune war. Dann kam er zu seiner Mutter und weinte. Oder rief nachts um drei an und weinte. Weinte, weil er sich gedemütigt vorkam – Idiot – oder weil er ein schlechtes Gewissen hatte – Verbrecher. Es gelang Michaela, die zugegebenermaßen eine hübsche Larve und ein hübsches Figürchen hatte, in Bruno ein so schlechtes Gewissen aufzurufen, dass er glaubte, mit irgendeiner Schuld nicht weiterleben zu können. Obwohl er gar nichts getan hatte! Da hatte sich Josi schon große, große Sorgen um ihren Sohn gemacht. Hatte ihrerseits nachts um drei bei Karla angerufen. Karlas Antwort: »Er ist einfach zu wenig ein Arschloch. Er müsste lernen, ein wenig wenigstens ein Arschloch zu sein.« Brunos Antwort: »Ich will aber kein Arschloch sein.« Josis Antwort: »Ich wollte nie ein Arschloch als Mann.« Was prompt vorwurfsvolle Blicke zur Folge gehabt hatte, bei Karla ebenso wie bei Bruno. Als ob die Fortsetzung des Satzes lauten würde: Und hab doch eines gekriegt. Was sie nie gesagt hatte, nicht einmal gedacht hatte. Dabei hatte sie sich schon mehrfach angetragen, mit Michaela zu sprechen. »Der Trick«, hatte sie Bruno erklärt, »besteht darin, sich als Opfer darzustellen. Alle haben ihr etwas angetan, der Vater, die Mutter, die Männer, die sie bisher hatte, die Freundinnen, die Lehrer, alle. Und wenn sie etwas von dir will, was du nicht willst, dann setzt sie diesen Blick auf, der heißen soll: Aha, du bist also auch einer von denen, und ich habe so gehofft, du bist anders, du warst meine letzte Hoffnung, meine allerletzte Hoffnung.«

»Und wenn es so ist?« hatte Bruno gesagt. »Wenn es wirklich so ist? Kannst du dir nicht vorstellen, dass du alle Hoffnung in den Menschen setzt, den du liebst?« Und wider besseres Wissen hatte sie geantwortet: »Nein, das kann ich mir nicht vorstellen.« Und Bruno hatte gesagt: »Dann tust du mir leid.«

Bruno machte einen Spaß mit Paula, das konnte er gut. Er brauchte dringend jemanden, der seinen Humor verstand. Der war vielleicht ein bisschen albern und kindlich, aber wenn man sich darauf einließ, konnte man sich kugeln. Paula ließ sich darauf ein. Sie schlang ihre Arme um den Bauch und lachte, wie nur jemand lachen kann, der für den Augenblick alles um sich herum vergisst. So glücklich konnte Bruno einen Menschen machen. Er erzählte keine Witze, er setzte keine scharfen Pointen. Er spielte einen Kehrbesen oder einen Fahrradsattel oder zwei Semmeln, die ihren Urlaub planten, oder ähnlichen Unsinn. Charly Chaplin hätte versucht, ihn zu adoptieren. Aber ich hätte ihn nicht hergegeben, dachte Josi.

»Wo findet die Fete statt?«, fragte sie.

»Ich führ euch«, sagte Bruno.

Paula griff nach Brunos Hand, als sie über die Stiegen nach unten gingen. Sie wirkten fast, als wären sie gleich alt.

Sie spazierten durchs Museumsquartier, wo immer noch die jungen Leute auf diesen merkwürdig gewinkelten Kunststoffliegen fläzten. In diesem Jahr waren sie lila gestrichen. Es war schon frisch um diese Tageszeit, mache hatten Wolldecken mitgebracht. Es roch nach Marihuana.

Bruno nahm Paula bei den Händen und drehte sich, schneller, schneller, bis sich ihre Füße vom Boden lösten. Sie sahen beide so glücklich aus!

»Wenn du groß bist, darf ich dir dann einen Heiratsantrag machen?« sagte Bruno. »Du wärst nämlich meine Wunschfrau.«

Paula wurde über und über rosig im Gesicht, sie hob die Schultern und lächelte.

»Schreiben wir uns?«, fragte er.

»Ich habe eine eigene Mailadresse«, sagte sie und war auf einmal sehr ernst. Dann lief sie davon, wirkte jünger als sie war, noch jünger, und hätte doch lieber älter gewirkt, aber laufen musste sie wohl.

»Karla hat mir von ihr erzählt«, sagte Bruno.

»Wart auf sie«, sagte Josi.

»Vielleicht schaffe ich es ja«, sagte er. Er meinte es so. Das wusste sie.

2

Vor dem Café *Savoy* auf der Linken Wienzeile wartete Karla auf sie. Sie war nervös.

»Was soll das heißen?«, fragte Josi. »Hier findet die Geburtstagsfeier statt?«

Bruno war nun ebenfalls nervös. Paula ging ein paar Schritte weiter, drehte ihnen den Rücken zu. Auch sie war nervös.

»Wenn ich es dir gleich gesagt hätte, wärst du nicht mitgekommen«, sagte Bruno.

»Das ist ein Schwulenlokal, hab ich Recht?«

»Ja, du hast Recht«, sagte Bruno.

»Mama, das ist doch egal«, sagte Karla.

»Dir vielleicht, klar. Aber mir ist es nicht egal. Ich soll in ein Schwulenlokal gehen und dort den Geburtstag des schwulen Freundes meines schwulen Mannes feiern? Wie weit kann man gehen, was denkt ihr? Wie weit darf man gehen?«

Karla drehte sich um, nahm Paula bei der Hand und zog sie ins Lokal.

»Das erlaube ich nicht«, rief ihr Josi nach. »Bruno, hol das Kind da heraus! Seid ihr übergeschnappt? Ich bin für dieses Kind verantwortlich.«

Bruno trat nahe an Josi heran. Sie sah sein Herz unter dem T-Shirt schlagen. Aber seine Stimme war ruhig. »Denkst du wirklich, jemand tut ihr etwas? Das denkst du doch nicht, oder?«

»Ich will gehen«, sagte Josi, ebenfalls ruhig, ruhig und kalt. »Ich will auf der Stelle gehen, und ich gehe nicht ohne Paula. Ich habe ihrer Mutter versprochen, auf sie aufzupassen, und wie ich auf sie aufpasse, das musst du schon mir überlassen.«

Sie sah in Brunos Augen, dass er ratlos war. Das hatte ihm Karla eingebrockt, daran zweifelte sie nicht. Die beiden haben den Abend durchgespielt. Sie haben damit gerechnet, das genau das passieren würde, was jetzt passierte. Alles Berechnung. Auch dass sie Paula zu dieser Party eingeladen hatten. Sie hatten das Kind benutzt. Sie hatten Paula als Geisel einberechnet. Sie wussten, wenn ich allein gekommen wäre, hätte ich sofort kehrtgemacht.

»Wofür gibst du dich her, Bruno?«, sagte sie.

»Gehen wir ein Stück in die Seitengasse hinein«, sagte er. Seine Hände zitterten und sein Kopf auch.

»Willst du mir dort eine runterhauen?«

»Das ist das Gemeinste, was jemals jemand zu mir gesagt hat«, sagte er. Auch das sagte er mit ruhiger Stimme.

Und ging.

Josi wusste nicht, ob er noch wollte, dass sie ihm folge.

»Verzeih mir das«, sagte sie.

Er blieb stehen und stand eine Weile still, dann redete er und schaute dabei die Hauswand an: »Der Papa hat mich gestern gefragt, ob ich Tomas zu ihm sagen will. Ich habe gesagt, dass ich das nicht will. Wenn du mich das Gleiche fragen würdest, ich würde sagen, ja, das will ich gern, wenn du es wünschst. Wenn Karla mit mir über dich spricht, dann spricht sie von dir nur als Josi. Aber von Papa spricht sie nur als Papa. Ich will das alles nicht sagen, was ich jetzt sage. Der Papa kann sich vor dir nicht verteidigen, und er muss das auch nicht, und darum muss ihn jemand anderer verteidigen, und Karla hat gesagt, das kann ich besser als sie. Ich kann verstehen, dass du da nicht hineingehen willst in dieses Lokal. Ich habe mit Papa gesprochen und habe ihm gesagt, das kannst du der Mama nicht antun. Und mit Edgar habe ich auch gesprochen. Weißt du, es ist so: Es kommen ungefähr dreißig Leute. Es sind die engsten Freunde von Edgar. Und es sind bis auf ein Ehepaar alles Schwule, es sind nette Leute, ein paar habe ich kennengelernt. Papa hat sich überlegt, wen er aus *seinem* Freundeskreis einladen soll. Seine Freunde sind eure gemeinsamen Freunde. Und die kommen nicht. Weil sie zu dir helfen. Weil sie ihn für das Letzte halten. Ich habe mir immer gedacht, ihr habt keine wirklichen Freunde. Karla sagt, ihr habt nicht einen einzigen. Ich bin wirklich froh, Mama, dass du mich vorhin so sehr beleidigt hast …« – er lachte – »… weil du mir jetzt nämlich zuhören musst, weißt du, jetzt kannst du gar nicht anders. Ich will dir sagen, wie das gewesen ist, als ich dein Mail gelesen habe, dass du und Papa euch scheiden lassen wollt, weil Papa schwul ist. Du hast das so brutal geschrieben. Karla sagt, sie hätte es genauso geschrieben. Man kann das nur so schreiben, sagt sie. Sie wirft Papa vor, dass er nicht gewartet hat, er hätte wenigstens ein Jahr warten müssen, sagt sie, weil ja auch dieses Unglück mit dem Krebs bei dir war. Aber, und das ist sicher ungerecht, ich habe zu Papa geholfen, ich meine, in der ersten Sekunde, von der ersten Sekunde an. Er hat mir einmal gesagt, dass er noch nie vor dir geweint hat …«

»Das stimmt nicht«, sagte Josi.

»Das ist ja egal.«

»Nein, das ist nicht egal.«

»Doch, das ist egal. Weil, wenn er vor dir geweint hat, dann hat er nicht wegen etwas geweint, was wirklich für ihn zum Weinen war. Vor mir hat er aber so geweint. Als ich dein Mail bekommen habe, bin ich zu ihm hinausgefahren. Und er hat so sehr geweint. Er ist so ein starker Mann, ich meine, seine Muskeln. Er konnte nicht stehen. Stell dir das vor. Als wir uns umarmt haben, ist er eingeknickt, und sein Gesicht ist an mir hinuntergerutscht. Ich bin so erschrocken. Wir sind ein Stück an der Wien entlang auswärts spaziert in der Nacht, er hat eine hohe Stimme gekriegt, ganz komisch, das hat mir Angst gemacht, wirklich Angst, weil ich dachte, es ist etwas kaputt in ihm. Er war so verzweifelt, und er hat mir Sachen erzählt, die ich gar nicht wissen wollte, aber er wollte, dass ich es weiß. Wie das in seinem Kopf ist, wenn er an Männer denkt. Darum wollte er, dass ich Tomas zu ihm sage. Weil er Sachen erzählt hat, die ein Vater seinem Sohn nicht erzählt. Er macht sich Vorwürfe, dass er so mit mir geredet hat, und er denkt sich, es ist besser, wenn er mit mir als Freund geredet hat und nicht als Vater. Aber er braucht sich vor mir nicht zu entschuldigen. Wenn ich Trouble mit Michaela habe, dann komme ich zu dir. Ich komme zu dir, weil ich weiß, dass dich das gar nicht so sehr berührt, und das ist gut, du hast einfach eine Wut auf sie, und sonst ist nichts, und das tut mir gut. Wenn ich zu Papa gehe, dann macht es ihn fertig. Er denkt, ich bin ein unglücklicher Mensch, wie er ein unglücklicher Mensch ist. Ihn macht alles fertig. Ich habe mir das schon als Kind gedacht. Wenn ich krank war, dann habe ich mir gedacht, dir ist es eigentlich egal, du warst immer geistesabwesend und immer weg und die, mit denen du es zu tun hast, denen geht es auf alle Fälle viel, viel schlechter als mir oder Karla oder Papa, und das hat ja auch gestimmt, zum Glück für uns. Er hat sich immer um uns Sorgen gemacht, und jetzt machen wir uns Sorgen um ihn. Er war immer ein unglücklicher Mensch. Er ist der unglücklichste Mensch, den ich kenne, Mama. Karla sagt, du hast keine Ahnung von Papa. Ich glaube, sie hat Recht. Du hast keine Ahnung von ihm. Aber Edgar hat eine Ahnung von ihm. Vor dir war er wie ein Fremder. Ich meine, er war sich selber ein Fremder vor dir. Aber es gibt niemanden, der ihm näher ist als du. Außer Karla und ich. Aber das zählt nicht. In diesem Zusammenhang zählt es nicht. Du bist ihm am nächsten. Du bist ihm am nächsten, und er war immer ein Fremder bei dir. So hat er es gesagt. Und ich denke nicht, dass er gelogen hat. Ein größeres Unglück kann ich mir nicht denken, Mama.«

»Ich glaube, es ist ein ziemlicher Unsinn, was du da redest«, sagte Josi.

»Ja«, sagte Bruno, »das ist es wohl, und ich habe auch nicht damit gerechnet, dass du gnädig mit mir bist oder mit sonst irgendjemandem. Dann warte hier, ich geh hinein und bring Paula heraus. Ich sag zu Karla, ich hab's verpfuscht.«

Aber sie ging hinter ihm her. »Ich weiß, warum ihr so leicht Josi zu mir sagen könntet, du und Karla. Weil an der

Mama zu wenig hängt, stimmt's? Lässt sich bei mir leicht umlernen, von Mama auf Josi.«

»Genau. Wart hier einfach, ich komm gleich.«

Aber sie ging weiter hinter ihm her. »Ich komm mit hinein«, sagte sie. »Aber es darf mich niemand auslachen.«

3

Paula war in der Mitte, als wäre *sie* das Geburtstagskind. Edgar kam auf Josi zu. Er trug einen weißen Anzug.

»Danke«, sagte er. »Das ist groß von dir. Das ist wirklich groß von dir. Gratuliere mir nicht. Du brauchst das nicht. Wir alle sind süchtig nach ihrer Stimme. Ist es nicht ein Wunder! Wie die junge Romy Schneider.«

Josi hörte Paula sagen: »Das Leben ist so schön, ich habe vom Himmel geträumt.« Und gleich noch einmal: »Das Leben ist so schön, ich habe vom Himmel geträumt.«

Paula saß auf einem der Hocker mit dem Rücken zur Bar. Als sie Josi sah, legte sie schnell ihre Hand an den Mund. Die Männer traten beiseite. Sie hat Angst vor mir, dachte Josi, und ihr Herz sank noch tiefer. Bruno flüsterte in einer Ecke mit Karla. Dann spürte Josi eine Hand auf ihrer Schulter.

»Na, wir beide«, sagte Tomas.

»Das ist wenig«, sagte sie.

Edgar sorgte dafür, dass ein Tisch ganz hinten frei gemacht wurde, und auch dafür, dass niemand in ihre Nähe kam. So saß Josi ihrem Feind gegenüber, denn ein Feind ist, wer das Unglück bringt. Und ich bin die, die ihm das Unglück gebracht hat, dachte sie. Tomas war zu seiner dunklen Garderobe zurückgekehrt. Aber die Brille hatte er immer noch.

»Seit wann hast du eine Brille?«, sagte sie.

»Ich hätte immer eine gebraucht«, sagte er. »Ich war nur zu eitel.«

»Und jetzt bist du nicht mehr eitel?«

Er zuckte mit der Achsel. Er hatte abgenommen. Er sah sehr gut aus. Die Wangen schmal, die Haut braun, bei den Augen helle Krähenfüße. Die Zähne hatte er sich bleachen lassen. Dass dieser Mann vor seinem Sohn geweint hatte, so sehr geweint hatte, das konnte sie sich nicht vorstellen. Wie ein Kunststück, das sie auch gern gesehen hätte. Dass sie selbst weinte, merkte sie erst, als sie die Tränentropfen vor sich auf der Tischplatte sah.

»Das hat nichts mit uns beiden zu tun«, sagte sie, »und hat auch gar nichts zu bedeuten.«

»Ich kann dich gut verstehen«, sagte Tomas.

»Ich dich auch seit neuestem«, sagte sie. »Bitte, sag deinen Freunden, sie sollen aufhören, dieses Kind vorzuführen wie einen Tanzaff.«

»Sie weiß, was sie tut«, sagte Tomas. »Einer hat zu ihr gesagt, du hast eine Stimme wie Romy Schneider, und sie hat sich gefreut, weil sie die Filme mit Romy Schneider mag, *Mädchen in Uniform* ist ihr Lieblingsfilm, dann hat sie aus dem Film zitiert, das ist alles. Da ist doch nichts dabei. Warum sagst du, sie führen sie vor?«

Es wollte nicht aufhören, aus ihren Augen zu rinnen. Aus seinen Augen rann es ja auch.

»Schauen wir beide einfach weg«, sagte sie.

Er lehnte sich gegen ihre Schulter, so dass sein Ohr nahe bei ihrem war. So blieben sie. So fiel es leicht, einander nicht anzusehen.

»War alles Scheiße?«, fragte sie irgendwann.

»*War* alles Scheiße?«, fragte er zurück.

»Für mich war's das Beste. Das Allerbeste«, sagte sie. »Ohne dich ist alles aufwändig, anstrengend, kompliziert. Nicht die Tage außen, die sind ganz leicht, viel leichter als vorher, bin auch so froh, dass ich nicht mehr bin, was ich war, beruflich, meine ich. Ich bin privat. Die Leute auf der Straße hören auf, potentielle Patienten zu sein. Sie schauen herum, wie Leute eben herumschauen, und ihre Augen schreien nicht, Hilfe, Hilfe, Hilfe. Aber in mir ist alles aufwändig und anstrengend und kompliziert. Weil es ohne dich ist. Darum, weil ich mir nie die Mühe gemacht habe, mir etwas anderes vorzustellen. Ich hätte mir zwischendurch etwas anderes wenigstens vorstellen sollen. Das sollte man allen sagen, die verheiratet sind oder so zusammen leben, dass sie sich immer wieder etwas anderes vorstellen sollen. Was meinst du?«

»Ich will eigentlich nicht reden«, sagte er.

»Ich auch nicht«, sagte sie. »Habe ich immer zu viel geredet?«

»Nein, wir haben nie zu viel geredet.«

»Habe ich zu wenig geredet?«

»Es war genau richtig.«

Sie legte unter dem Tisch ihre Hände auf seine Schenkel. Nichts war ihr mehr vertraut. Aber auch nichts fremd. Er legte seine Hände auf die ihren und drückte sie. Ob ich ihm auch gleichzeitig nicht vertraut und nicht fremd bin? Sie spürte, wie sich seine Brust hob und senkte und manchmal stockte und zitterte. Sie wusste, er spielte nicht. Nur Feinde kennen den Schmerz eines anderen. Sein Geruch war ihr nicht mehr vertraut. So hatte er nie gerochen. Er hatte tatsächlich ein neues Leben begonnen. Sie roch ja auch nicht mehr, wie sie gerochen hatte. Allein schon sein neues weißes Lachen ließ Charakterzüge erahnen, die sie nie vorher erahnt hatte. Chemische Reinigung und neues Parfüm machen doch keinen neuen Menschen! Oder doch? Und ein Herrenanzug und Rasierwasser? Vielleicht ja auch. Welch gigantisch unnützer Aufwand so ein Psychiaterleben, wenn dann doch alles so einfach ist!

An seinem Hinterkopf vorbei konnte sie Bruno sehen, der nun beim Eingang stand, eine Bierflasche in der Hand, und sich mit einem Mann unterhielt, der gelb gefärbte Haare hatte. Es sah aus, als ob sie einander kannten. Die Musik war angenehm in ihrer Lautstärke. Etwas Mexikanisches oder Kubanisches. Niemand musste brüllen. Es roch nach Kokos und Fisch und Schrimps und warmem Brot. Hoffentlich fängt er nicht an, etwas von früher zu erzählen, dachte sie. Weil ihr selbst nämlich so viel einfiel. Die Nacht im Haus ihres Vaters zum Beispiel, als sie es sich zu viert in einem der Bücherzimmer auf dem Boden bequem gemacht hatten, weil sich keiner in das Bett des Verstorbenen legen wollte. In Umarmung waren sie gelegen. Sie fürchteten, die Kinder könnten aufwachen oder noch gar nicht schlafen, deshalb wagten sie es nicht, sich übereinander zu legen. Aber sie hatten so viel Lust gehabt.

Der Stich im Herz der vergangenen Tage und Wochen war nicht mehr da. Durchaus interessant. Sie dachte an Max Lorber und dachte, ich bin gut ausgestiegen. Dachte an Frau Beck und dachte, ich bin gut ausgestiegen. Und wenn sie an Paula dachte, dachte sie, ich habe nichts Gravierendes falsch gemacht. Seit diese beiden Unglücke über sie gekommen waren, die sie am ersten Tag in ihrer neuen Wohnung im Angesicht der Deckenlampe so klar analysiert hatte, hatte sie ohne grobe Fehler gelebt. Anstatt Brüste hatte sie Kreuze, es war ihr noch kein Nachteil daraus erwachsen. Mit dem Mann, der ihr Mann gewesen war,

war sie in diesem Augenblick enger verbunden als jemals zuvor. Die Freude des anderen erkennt jeder, aber den Schmerz nicht, den erkennt nur, wer ihn geschlagen hat. Er ist mein Schläger, ich bin seiner. Auch das war kein Nachteil. Warum also weiterhin von Unglücken sprechen. Die Tränen liefen über ihre Wangen und Tomas in den Nacken.

Und aus ihrer Nase tropfte Rotz. Paula stand vor ihnen. Schnell griff sie in ihr Handtäschchen und gab Josi ein Tempo.

»Ich würde' gern gehen«, sagte sie.

»Nur noch ein bisschen«, sagte Josi, »bitte nur noch ein bisschen.«

Was war noch zu denken? Zum Beispiel: Als er einmal Lungenentzündung gehabt hatte. Wenn ich ihn jetzt bitte, erzähl eine Sache mit uns, dann wird er die Sache mit der Lungenentzündung erzählen. Aber was war gewesen? So besonders war das doch nur gewesen, weil er sonst nie krank war. Ein Mann, der so viel im Freien ist, ein Sportler, der sich immer gesund ernährt hat, immer bei offenem Fenster geschlafen hat, nicht trinkt, nicht raucht. Engel werden nicht krank. Und wenn doch, dann sagt man, es ist etwas Besonderes. Einmal hatte sie ihn mit kleinen Häppchen Lexotanil gefüttert, weil er Schlafstörungen hatte. Die vergingen aber bald wieder. Und wenn er AIDS hat? Und mich angesteckt hat? Ob er mit allen, die hier herumstehen und Biere in ihrer Hand halten und auf Edgars Fischgericht warten, ob er mit allen etwas gehabt hat? Auf jeden Fall hat Edgar mit ihnen etwas gehabt, sonst wären sie ja nicht hier.

Paula trat wieder an ihren Tisch. »Ich würd' bitte gern gehen«, sagte sie.

»Nur einen ganz kleinen Augenblick noch, bitte«, sagte Josi. »Eine Minute, zwei Minuten.«

Denn so konnte sie nicht gehen. Mit diesen Gedanken konnte sie nicht gehen. Warum rührte er sich nicht? Er atmete ruhig. Es gibt nichts zu sagen, nichts zu erinnern. Er weiß es, darum wartet er einfach ab, bis ich eingesehen habe, dass es tatsächlich nichts zu erinnern gibt. Schnell etwas Schönes! Als sie mit den Fahrrädern durch die Wachau gefahren waren. Das war schön gewesen. In einem Gasthof hatten sie übernachtet, in einem Bett mit dicken Decken und spät am Abend noch Speckbrote und Marillenschnaps. Aber das ist eine Allerweltserinnerung. Man fährt mit dem Fahrrad durch die Wachau. Viele tun das. Oder: Als sie in Istanbul gewesen waren. Ja, das war wirklich eine schöne Erinnerung. Sie hatten sich in der Altstadt verlaufen und erst wieder zurechtgefunden, als sie einem heruntergekommenen Hund begegneten, demselben nämlich, dem sie am Morgen begegnet waren. Das war also ein schönes Abenteuer. Verfilmen würde es niemand. Aber es war ein schönes Abenteuer gewesen.

»Danke«, sagte sie, »danke, Tomas.«

Und er sagte: »Wofür denn, Josi?«

»So halt«, sagte sie.

Sie fand Paula bei der Tür stehen, die Arme hoch verschränkt, nahm sie bei der Hand, und sie gingen, ohne dass sie von Edgars Fischgericht gekostet und ohne dass sich Josi von Bruno und Karla verabschiedet hatte.

»Du warst sehr tapfer«, sagte sie.

»Das geht schon«, sagte Paula.

Sie hakte sich bei Josi ein, und das war das Beste an diesem Abend. Dann setzten sie sich in den MacDonalds an der Mariahilferstraße, und aßen Big Mac mit Pommes und tranken Coca-Cola dazu, und das war das Zweitbeste. Zu Hause zog sich Paula schüchtern bis auf Hemd und Unterhose aus. Zuerst lagen sie auf dem Rücken und starrten zur Decke, dann krümmte sich Josi in Paulas Rücken, und das war das Allerbeste an diesem Abend.

Elftes Kapitel

1

Sie wachte auf, und Paula war nicht mehr da. Die zweite Decke lag unten bei den Füßen. Sie war nicht im Bad und war nicht in der Küche und in dem Zimmer ohne Namen war sie auch nicht. Sie wird Brot für uns holen, dachte Josi. Sie setzte Kaffee auf und deckte den Tisch in der Küche. Nach einer halben Stunde wurde sie unruhig. Sie wird den Bäcker nicht gefunden haben. Oder etwas Schönes gesehen haben. Oder jemanden aus ihrer Theatergruppe getroffen haben.

Nach einer Stunde geriet sie in Panik.

Sie rief bei Karla an, erreichte sie nicht. Rief bei Bruno an, erreichte ihn nicht. Rief in Hütteldorf an. Erreichte niemanden. Sie lief hinunter ins Café Eiles. Lief gleich wieder zurück. Es war ein dummer Gedanke gewesen. Was sollte Paula im Café Eiles? Vielleicht hatte sie ihr einen Zettel geschrieben. Und wenn sie inzwischen angerufen hatte? Hatte sie überhaupt ihre Nummer? In der Wohnung fand sie ihr Handy nicht. Sie fand auch keine Nachricht. Paulas Sachen waren noch da. Das beruhigte sie ein wenig. Warum hatte sie nicht gleich daran gedacht, nach ihren Sachen zu sehen? Sie öffnete den Rucksack. Ein monströses Ding, sie konnte sich nicht vorstellen, wie die zarte Paula dieses Ding schleppte. Unter der Wäsche fand sie *Der Fänger im Roggen* von J. D. Salinger.

Sie schlug den Band auf, mit Bleistift waren Stellen angestrichen. Zum Beispiel: »Aber wenn man gerade genug an ihn dachte und nicht *zu* viel, konnte man sich vorstellen, dass es ihm gar nicht so schlecht ging.« Oder: »Ich sage ziemlich oft ›Mann‹! Teils, weil ich ein mieses Vokabular habe, und teils, weil ich mich manchmal ziemlich jung für mein Alter benehme. Ich war da sechzehn, jetzt bin ich siebzehn, und manchmal benehme ich mich wie dreizehn.« Oder diese Stelle (allmählich kam ihr die Erinnerung an den Inhalt des Romans zurück): »Als ich die Tür geschlossen hatte und zum Wohnzimmer ging, schrie er mir etwas hinterher, aber ich konnte ihn nicht genau verstehen. Ich bin mir ziemlich sicher, dass er mir ›Viel Glück!‹ hinterher schrie. Hoffentlich nicht. Bloß das nicht. Ich würde keinem ›Viel Glück!‹ hinterher schreien. Es klingt furchtbar, wenn man's recht überlegt.«

Und wenn Paula ihre Sachen »geopfert« hatte? Diese Lektüre, die ja offensichtlich eine Lieblingslektüre war, konnte einen jungen Menschen zu Verrücktheiten animieren.

War der vergangene Abend für Paula so kränkend gewesen, dass sie ohne ein Wort und ohne ihre Sachen einfach gegangen war? Aber *was* war kränkend gewesen? Dass sie sich zu wenig um sie gekümmert hatte? Und dann in der Nacht hatte sie an Holden Cauldfield gedacht und sich ausgemalt, was er in ihrer Situation tun würde, und am Morgen war sie aufgewacht und schnurstracks zum Westbahnhof gegangen und in den nächsten Zug nach Vorarlberg eingestiegen oder hoffentlich nicht irgendwo anders hin. Und hatte darauf vertraut, dass ihr die Sachen nachgeschickt werden. Oder auch nicht. Aber warum? Weil das alles hier ein Fluch für sie war. Und sie, Josi, die Aufsichtsperson, hatte nichts gemerkt, geschlafen, geschlafen und geschlafen. Ein Fluch war das Seroquel. Warum verpasse ich mir chemischen Schlaf, wenn mir ein Kind anvertraut wird! Das Handy lag im Bad. Kein Anruf in Abwesenheit. Sie erinnerte sich nicht, dass sie Karla und Bruno und die Hütteldorfer vom Bad aus angerufen hatte. Aber offenkundig war es so gewesen. Wo ist mein Kopf! Was ist mit dir los, alte Frau? Sie rief noch einmal bei Karla, Bruno und in Hütteldorf an. Wieder nichts.

Bis Mittag rief sie im Minutentakt abwechselnd bei Karla und Bruno an. Bei Tomas und Edgar nicht mehr. Sie konnte nicht sitzen, marschierte durch die Wohnung, von einem Zimmer ins nächste, über den Flur, öffnete die Wohnungstür, lauschte in den Gang hinaus, lief über die Treppe hinunter. Sie legte sich ein Szenario zurecht. Bruno und Karla waren eingeweiht. Paula hatte die beiden gebeten, so lange dicht zu halten, bis sie zu Hause war. Aber warum? Es ergab doch keinen Sinn. Habe ich mich wirklich so furchtbar benommen, dass man sich gegen mich verbünden muss?

Dann überlegte sie, ob sie bei Paulas Eltern anrufen sollte. Ob sich Paula vielleicht bei ihnen gemeldet habe. Das wagte sie nicht. Paulas Mutter hatte misstrauisch geklungen. Oder doch nicht? Freundlich war sie nicht gewesen. Oder doch? Sie war in Hydra sehr zurückhaltend gewesen. Aber sie hatte am Telefon sich mit keinem Wort nach ihr, Josi, erkundigt. Habe ich mich nach ihr oder ihrem Mann erkundigt? Vielleicht war ja ich unfreundlich. Josi gestand sich ein, dass sie über keinen auch nur halbwegs verlässlichen Instinkt, die Wirklichkeit einzuschätzen, mehr verfügte. Ich kenne mich nicht mehr aus.

Oder hatte ihr Paula am Abend gesagt, sie werde am Morgen gehen und sich Wien anschauen und vielleicht erst am Abend oder am Nachmittag zurück sein, und sie, sie hatte ihr nicht zugehört? Das hielt Josi für das Wahrscheinlichste. Paula würde nicht einfach gehen, ohne sich bei ihr abzumelden. Ich habe ihr nicht zugehört. So wie ich nie jemandem zuhöre. Sie war beruhigt und erschüttert in einem.

Am Nachmittag zitterte sie vor Hunger und Erschöpfung, weil sie nun schon seit sechs Stunden wie ein Zootier durch ihr Revier rannte. Sie rief bei der Polizei an. Sie wurde mit einer Beamtin verbunden, deren Desinteresse so eklatant aus ihrer Stimme sprach, dass Josi den roten Knopf auf ihrem Handy drückte.

Sie rief bei Bruno an, und diesmal erreichte sie ihn. Aber er wusste nichts.

»Sag mir, dass nichts passiert ist«, sagte Josi.

»Was könnte passiert sein?«, fragte Bruno.

Sie hörte seine Sorge. Die wollte sie nicht. Die brauchte sie nicht. Sie sagte »Schon gut« und drückte ab.

2

Um 19 Uhr klingelte es an der Tür. Draußen stand Max Lorber mit einem Strauß Rosen im Arm.

»Wo ist Paula?«, sagte Josi.

Paula trat in die Tür. Schaute Josi so tief in die Augen, dass ihr Blick hinten wieder heraus kam. Es war Kampfgeist in dem Blick. Und keine Verlegenheit.

»Darf ich reinkommen?«, fragte Max. Aber er war schon in der Wohnung.

Josi wusste nicht, was sie sagen sollte. Alles sah aus, als hätte der große Mann in dem Staubmantel mit der Baskenmütze auf dem Kopf, der noch größer schien als in Hydra, das Kind gerettet, aus einer Katastrophe gerettet.

»Würden Sie einen Augenblick hier drin warten«, sagte sie und wies ihm das Zimmer ohne Namen, »ich muss kurz mit Paula sprechen. Bitte.«

»Aber wir haben doch Josi und Max gesagt.«

Wie klang das? Spöttisch? Was geht hier vor? Haben sich die beiden etwas ausgedacht? Etwas gegen mich?

»Also gut«, sagte sie. »Dann Max.«

»Dann Josi«, sagte er. Das war nicht originell. Er beugte sich zu ihr nieder und küsste sie links und rechts und wieder links auf die Wange. Das war auch nicht originell. Aber es zeigte, dass nichts passiert war. Paula hatte sich zurückgezogen, sie stand bei der Badezimmertür und hatte ihre Oberlippe zwischen die Zähne geklemmt und den Kopf leicht gesenkt, als erwarte sie, dass gleich etwas geschehen würde. Was? Dass ich einen Wutanfall bekomme? Das geht nicht mehr. Wenn mir das noch gelingen würde, dann wäre es mir in der Hütteldorfer Küche mit der Fischpfanne gelungen. Aber das war nur Show gewesen. Nach Show war ihr nicht, wirklich nicht. Irgendwo klingelte ihr Handy.

»Es ist doch ganz einfach, Josi«, sagte Max. »Ich habe versagt. Ich habe dich nicht gefunden. Ich habe alles versucht. Ich habe dich einfach nicht gefunden. Ich habe bei allen Bartoks von Wien angerufen. Ich habe dich nicht gefunden. Und dann kam Paula in meine Apotheke. Ich wollte gerade zusperren, da stand sie da und sagte, sie führt mich zu dir. Es sei ganz dringend, sagte sie. Da hatte sie Recht. Ich habe abgesperrt und wir sind gleich los.«

»Ich möchte nur ein Wort mit ihr reden, bitte«, sagte Josi, nahm Paula bei der Hand und zog sie ins Bad. Wieder klingelte das Handy.

»Warum hast du mir das angetan?«, flüsterte sie. »Habe ich etwas falsch gemacht? Habe ich dich gekränkt? Hast du eine Wut auf mich? Aber warum denn?«

Paula schüttelte den Kopf. Sie hatte wieder die Arme hoch verschränkt, wie es manchmal ihre Art war und was sie wie ein kleines Kind wirken ließ. Sie schüttelte den Kopf.

»Und dann noch etwas«, sagte Josi, »wenn du erst am Abend zu ihm gegangen bist ...«

»Gefahren«, unterbrach sie Paula. »Ich bin mit dem Taxi gefahren, weil ich nicht wusste, wo die Kettenbrückengasse ist.«

»Was hast du den ganzen Tag gemacht? Und warum hast du mir nicht Bescheid gesagt? Warum hast du mich nicht geweckt, als du am Morgen gegangen bist? Oder mich von irgendwo aus angerufen? Was hast du den ganzen Tag über gemacht?«

»Nichts Besonderes. Möchtest du nicht ans Telefon?«

»Ich war verrückt vor Angst. Kannst du dir das nicht vorstellen?«

»Wenn ich dich nicht besucht hätte, hätte ich das Gleiche gemacht. Dann wüsstest du von nichts. Ich glaube, du musst zu ihm gehen. Ich setz mich in die Küche. Keine Angst, ich geh nicht wieder weg. Ich kann etwas kochen. Ich kann kochen. Ich koche etwas Gutes für uns. Das kommt sicher gut bei ihm an.«

Sie verließ das Bad, und Josi hörte, wie sie die Küchentür hinter sich schloss. Eine Weile blieb sie noch auf der Badewanne sitzen. Wieder klingelte das Handy, und nun schellte es auch an der Wohnungstür.

Es war Karla.

»Was ist passiert um Himmelswillen?« Sie schob eine riesige Pappschachtel in die Wohnung. »Hat dein Handy einen Defekt? Ich war den ganzen Tag im Fundus, dort gibt es keinen Empfang, und dann komm ich raus und seh, dass du dreißig Mal angerufen hast.«

Josi antwortete nicht, bat sie nur, Bruno anzurufen und ihm zu sagen, dass alles in Ordnung sei. »Wieso schleppst du Sachen zu mir? Ich brauch nichts, ich hab eh viel zu viel. Will nicht mehr alles mit Sachen vollstellen.«

»Ich versteh dich nicht«, sagte Karla. »Wir haben doch ausgemacht, dass ich Sachen für Paula aus dem Fundus bringe. Sie freut sich so sehr darauf. Warum vergisst du so etwas, Mama?«

»Sie ist in der Küche und kocht.«

»Sie kann nicht kochen, Mama. Warum lässt du sie kochen, wenn sie nicht kochen kann. Sie hat mir gesagt, sie hasst Kochen und Mithelfen beim Kochen hasst sie noch mehr.«

»Zu mir hat sie gesagt, sie kann kochen und tut es gern.«

»Du hast ihr nicht zugehört, Mama«, sagte Karla. »Ich mach mir Sorgen um dich, Mama. Ich koch was für uns. Sie hat zu mir gesagt, sie will nie kochen lernen. Weil sie immer jemanden hat, der für sie kocht. Sie hat andere Fähigkeiten, hat sie gesagt.«

»Das glaub ich nicht«, sagte Josi. »Ich kann mir nicht vorstellen, dass sie so etwas sagt.«

»Ach, Mama, es ist doch egal, was wir uns vorstellen können und was nicht. Die Sachen können wir uns ja hinterher anschauen.«

»Was für Sachen denn?«

»Mama! Ich hab Hosenanzüge für Paula mitgebracht und sonst noch ein paar schöne Stücke, für dich auch ein paar.«

»Ich will keine Hosenanzüge mehr.«

»Einfach schöne Sachen, Mama. Wir haben doch ausgemacht, dass wir uns einen schönen Abend machen, bevor Paula morgen abfährt.«

»Morgen?«

»Mama!«

»Hör zu«, sagte Josi. »Ich bin nicht beschränkt und nicht verrückt. Und sag nicht so oft Mama zu mir in diesem Ton. Ich kenn dich, Karla, das macht dir Freude, andere Leute hinzustellen, als wären sie nicht ganz durchgebacken ...«

Die Tür zum namenlosen Zimmer öffnete sich und Max sagte: »Sollte ich das Gefühl haben, dass ich störe?«

»Nein«, sagte Josi, »bitte, nicht. Das ist Max«, sagte sie zu Karla. »Wir haben uns auf Hydra kennengelernt. Und du störst auch nicht, Karla.«

3

Nach dem Essen war Paula sehr aufgeregt. Ihre hellen Hände zitterten. Karla hatte sie gebeten, die Schachtel zu öffnen. Josi saß am Boden, mit dem Rücken gegen den Heizkörper, sie saß so, weil sie sich dem Blick von Max entziehen wollte. Max fühlte sich sichtlich unwohl. Es wird nicht nötig sein, dass du noch einmal kommst, dachte sie, der Versuch, ich als schillernde Eidechse, ist fehlgeschlagen, traurig stimmte sie, dass sie darüber nicht einmal traurig war.

»Paula, du suchst für jeden eine Verkleidung, aber nur mit den Händen, nicht mit den Augen«, sagte Karla, »und wir müssen es widerstandslos akzeptieren.«

Als erstes wühlte Paula eine Eselsmaske aus der Schachtel. Sie war verlegen. »Ich dachte, es ist ein Löwenkopf. Die kann ich niemandem geben«, sagte sie. »Aber selber will ich sie auch nicht aufsetzen.«

»Die ist aus dem *Sommernachtstraum*«, sagte Karla. »War eine traumhafte Vorstellung, die Schauspieler waren alle nicht älter als zwölf. Kann sich das Burgtheater anstrengen, das sag ich euch. Einen Zettel haben die gebracht, der könnte es mit jedem aufnehmen. Und was will der kleine Schauspieler im Leben werden? Computerfachmann.«

»Lass mich den Esel spielen«, sagte Max. »Es ist die beste Rolle im ganzen Stück.«

Paula reichte ihm die Maske. Was er wohl zu seiner Frau gesagt hat, dachte Josi. Ich besuche einen Freund. Oder: Ich muss heute Abend ein paar Stunden allein sein. Oder ob sie es halten, wie Tomas und ich es gehalten hatten: Jeder kommt und geht, wann er will, ohne zu sagen, woher und wohin?

Max zog die Maske über. Er sah gar nicht komisch aus. Der Kopf war zu schmal auf seinem großen breiten Körper. Es sah aus, als wäre ein Esel in einen Mann und nicht ein Mann in einen Esel verwandelt worden.

Nun holte Paula ein Chiffonkleid hervor, orange und rot mit grünen Tupfen.

»*Der kleine Prinz*, die Rose«, kommentierte Karla.

Paula reichte das Kleid Josi. Es passte, als wär's für sie geschneidert worden.

»Die Schauspielerin war dreizehn«, fuhr Karla in ihren Erläuterungen fort. »Ihr Vater hat sie bei den Proben mit einer Handkamera gefilmt, ununterbrochen, und sie hat dauernd posiert, er hat sich aufgeführt, als wär er Fellini. Das ist so wichtig für sie, das ist so wichtig für sie, hat er dauernd gesagt. Der Regisseur hat ihn schließlich rausgeschmissen.«

»Gibt es keine Gesichtsmaske dazu?«, fragte Josi.

Paula reichte ihr eine Perücke aus – wie Karla erklärte – »echtem Chinesinnenhaar«. Ein Schleier war daran befestigt.

»Turandot, glaube ich. War vor meiner Zeit. Wurde

dann später noch bei einem Vampirstück eingesetzt. Entschuldige, Mama.«

Karla bekam ein Schlangenkostüm, ein knöchellanges, enges Kleid in den Farben Schwarz, Weiß und Rot mit einer schmalen, am Ende spitz zulaufenden Schleppe und einer kapuzenähnlichen Maske, die grauenhaft aussah. Josi wusste, was in ihr vorging. Sie wollte gar nicht nach der Geschichte des Kostüms fragen. Hätte sein können, dass Karla zu heulen anfinge. Das Kostüm machte sie unglücklich, weil es eng war und sie mit ihrer Figur unzufrieden war. Und sie wollte es sich nicht vor den anderen überziehen. Sie ging ins Bad. Max hinter seiner Larve saß starr. War er eingeschlafen?

Als Karla zurückkam, war sie ernst, sehr ernst. »Hättest mir nicht etwas anderes geben können?«, sagte sie zu Paula.

»Für wen war die Schlange denn gedacht?«, fragte Josi. Vorsicht, war schon zu viel.

»Ich mach dafür die Hexe aus mir«, sagte Paula.

»Nein«, sagte Karla, »für dich habe ich doch extra zwei Hosenanzüge mitgebracht.«

Sie nahm die Stücke aus der Schachtel und ging mit Paula hinaus.

Esel und Rose waren nun allein in dem Zimmer, das keinen Namen hatte. Hinter dem Schleier fiel es Josi leicht, nichts zu sagen, und Max in seinem Eselskopf schwieg ebenfalls. Er denkt schnell, dachte sie. Das hatte sie sich bereits in Hydra gedacht. Und er ist ein rücksichtsvoller Opportunist. Wenn ich nur einmal huste, wird er sprechen. Aber vorher nicht. Wenn ich eine Minute lang nichts sage, denkt er, ich will überhaupt nicht reden. Und redet ebenfalls nicht. Will dann später von mir gesagt kriegen: Du bist ein einfühlender Mann. Wenn es ein Später gibt. Oder es ist ihm einfach alles egal. Ein höflicher Gleichgültiger. Und wenn er tatsächlich eingeschlafen war? Ob er mich beobachtet aus seinen Eselsaugen? Ob er merkt, dass ich ihn beobachte durch meinen Schleier hindurch? Sie wartete auf erotische Spannung. Mann und Frau mit Masken allein in einem Raum, beide stumm – wenn das keine erotische Spannung mehr aufbauen kann, was dann? Wenigstens erotische Neugier. Und gerade als sie die Perücke mit dem Schleier abnehmen und etwas sagen wollte, irgendetwas, fiel ihr ein, was nun seit einem Dreivierteljahr in ihrem Hinterkopf gelauert hatte, nämlich ihr erster und wohl auch einziger Verdacht. Sie waren zu einem Ball eingeladen gewesen, einem Medizinerball, einem Maskenball, bei dem, wie es hieß, Prototypen dargestellt werden sollten. Sie hatte sich als Peter Pan verkleidet, das Kostüm war leicht, darum, ein T-Shirt in Übergröße, olivgrün, in das sie an den Ärmeln und unten herum Zacken geschnitten hatte, um die Taille geschnürt mit einem roten Gürtel, dazu eine tannengrüne Strumpfhose und einen Hut in ähnlicher Farbe mit einer knallroten Feder und ihre roten sündteuren italienischen Sämischstiefel mit den netten schlaffen Stulpen. Tomas hatte sich als Matrose verkleidet, das Kostüm hatte er sich selbst besorgt. Er war es auch gewesen, der gedrängt hatte, den Ball zu besuchen. Was sie sehr gewundert hatte. Weil sie nie einen Ball besucht hatten. Und weil sie ja wusste, dass er sich in Gesellschaft ihrer Leute nicht wohl fühlte. Aber an diesem Abend hatte er sich wohl gefühlt. Er war ein schöner Matrose. Und nicht der einzige Matrose. Es war noch einer da. Ein junger Gefäßchirurg. Die beiden Matrosen unterhielten sich miteinander. Und Josi dachte: Die kennen sich. Aber sie vergaß, Tomas danach zu fragen. Es bestand auch kein Grund, ihn zu fragen.

Tomas tanzte nicht. Was ihr recht war. Sie sah ihn mit dem anderen Matrosen an der Bar stehen. In einer Haltung, die sie nicht kannte. Die Kleidung macht die Haltung. Hätte sie wahrscheinlich gedacht, wenn sie etwas gedacht hätte. Und doch – und daran erinnerte sie sich nun – diese Haltung hatte sie eifersüchtig gemacht. Etwas in sich verdreht, die Brust vorgestreckt. In seinem Gesicht eine Aufmerksamkeit, die ihr fremd war. War es tatsächlich so gewesen oder interpretierte sie jetzt? Sie war seit neuestem geneigt, in allen Männern Homosexuelle zu sehen. Die einen wussten davon, die anderen nicht. Oder noch nicht. Der Mann mit dem Eselskopf war die einsame Ausnahme. Er saß mit dem Rücken gegen die Wand, im rechten Winkel zu ihr, sie beide hatten die gleiche Haltung, die Beine leicht gespreizt, die Hände flach am Boden. Sie empfand nichts für ihn. Nichts an ihm erinnerte an den Mann im Heizungskeller vom Hotel Hera. Und gar nichts erinnerte an den Mann, auf den sie gewartet hatte. Nichts an Ernest Hemingway. Aber er war ein stattlicher Mann. Und wenn er sie fragte, ob sie mit ihm ins Bett gehen wolle, würde sie ohne zu zögern ja sagen. Ihr Vorgänger in dieser Wohnung, der ihr seine Teesammlung und einen Kamelhaarmantel vererbt hatte, dieser traurige Mann mit dem traurigen weichen Händedruck, hatte sie vor osteuropäischen Einbrechern gewarnt. »Schlafen Sie nur bei geschlossenen Fenstern. Die kommen über das Dach und steigen ein.« Einer steht Schmiere, der andere steigt ein. Ich gebe ihm Geld. Ich frage ihn um Rat. Sag mir, wo lerne ich einen Mann kennen, den ich lieben kann. Ich meine nicht dich. Ich frage dich nur. Für mich gibt es keinen Balzplatz mehr. Nein, auch deinen Freund will ich nicht. Verstehst du meine Sprache nicht? Ich will nicht deinen Vater und nicht deinen Sohn, nicht deinen Onkel und nicht deinen Chef. Ich frage dich nur. Wo gibt es für eine wie mich einen Mann, den ich lieben kann? Mir genügt es, wenn er mich mag. Ich lass ihn in der Nacht auch wieder gehen, wenn er will. Männer in seinem Alter wollen allein schlafen. Sag ihm, ich verstehe das. Ich werde ihn nicht anstrengen. Sag ihm das. Max Lorber, überleg es dir. *Du* musst überlegen. Vielleicht, wenn du mich willst, fängt es auch bei mir wieder an, dich zu wollen.

Es tat ihr so unendlich leid, dass sie nicht wollte. Wenn er mich fragt, will ich wollen.

Karla hatte die Schlange abgelegt. Und Paula sah aus wie ein zarter Herr. Sie trug einen Mafiaanzug, stahlgrau mit kräftigen hellen Streifen, ein Hemd mit langem spitzem Kragen und eine rote Krawatte.

So also, dachte Josi, habe ich ungefähr ausgesehen, als ich an der Felsküste entlang gegangen bin, als ich im Restaurant meine Hydra-Fischplatten gegessen habe, als ich mit meinem Helden in den Heizungskeller hinab gestiegen bin, als ich mein Gesicht an seine Brust gelegt und ihm aufgetragen habe, mich in Wien zu finden.

»Du siehst wunderbar aus, Paula«, sagte sie, stand auf und nahm sie in den Arm. »Ich habe so viel Angst um dich gehabt, bist mein Liebling«, sagte sie leise. »Wir dürfen uns nie aus den Augen verlieren, versprich mir das.«

»Ich möchte heim«, sagte Paula.

»Morgen ist ja dein Abreisetag, das halten wir noch durch«, sagte Josi. »Ich verspreche dir, dass ich dir nicht ›Viel Glück!‹ hinterherschreie.« Und in Paulas Ohr flüsterte sie: »Des Waldes Dunkel zieht mich an, doch muss zu meinem Wort ich stehn und Meilen gehn, bevor ich schlafen kann, und Meilen gehen, bevor ich schlafen kann.«

»Und was soll *ich* jetzt sagen?«, flüsterte Paula zurück.

Zu spät merkte Josi, dass sie den ganzen Zauberspruch für sich allein genommen hatte. »Ach«, sagte sie, »das gilt schon. Lass es gelten, Paula, dann gilt es auch.«

Dann drehten sie den Fernseher auf, und es lief ein Film, in dem ein reicher Mann die Hauptrolle spielte, der eine Afroamerikanerin zur Haushälterin hatte. Sie verliebten sich ineinander, aßen Radieschen mit Butter, küssten sich und vollführen die wildesten Liebesverrenkungen im Bett.

So saßen sie bis fast Mitternacht: ein Esel, eine Rose, Karla und ein zarter Herr. Dann verabschiedeten sich Karla und Max. Josi rechnete nicht damit, ihn wiederzusehen.

VIERTER TEIL

Zwölftes Kapitel

1

Am nächsten Morgen brachte Josi Paula zum Bahnhof. Die Freunde von der Theatergruppe warteten bereits am Bahnsteig. Es war Paula lieber, dass Josi nicht gesehen wurde. Weil sie beide nicht gern telefonierten, verabredeten sie, einander Mails zu schreiben. Wenigstens eines pro Woche werde sie schreiben, sagte Paula.

Josi ging zu Fuß vom Westbahnhof nach Hause. Sie nahm den Weg über den Gürtel. Die Nachtclubs und Peepshows und Bars im unbarmherzigen Licht eines frühen Septembertages – das gefiel ihr. Warum sollte der Mensch ehrlich sein, wenn ihm das die Sonne so blendend abnimmt? Noch nie war sie vom Gürtel her über die Josefstädterstraße gekommen. Das war aufregend. Ich bin in meinem Revier und kenn mich nicht aus. Plötzlich stand sie vor der Löwenapotheke, über deren Eingang ein Löwe lag, und sie wusste: Jetzt bin ich zu Hause. Und tatsächlich zum ersten Mal, seit sie in der Piaristengasse wohnte, hatte sie das Gefühl, hier zu Hause zu sein. Wenn Sie so weitermachen, Frau Bartok, können Sie bald als geheilt entlassen werden, zwei Jahre Therapie und Trittico, und die Sache ist erledigt – falls Sie's überleben. Der dunkelblaue Morgenhimmel zwischen den Häusern, der eher in den Oktober passte als in den September, erhob sie zu einer fast heiligen Heiterkeit, und sie freute sich über die Wortkombination, die ihr eingefallen war: Was sollte das sein – »fast heilig«?

Sie dachte: Ich bin frei.

Sie hätte schon lange zur Nachuntersuchung gehen müssen, schon als sie im Hotel *Ananas* gehaust hatte, dann, bevor sie nach Griechenland gefahren war, auf alle Fälle aber gleich nach Griechenland. Sie hatte es immer vor sich her geschoben. Es sei nicht wahrscheinlich, »dass noch etwas ist«, aber es sei möglich. »Ich bin selber Ärztin«, hatte sie zu ihrem Operateur gesagt, »vor mir können Sie die Worte Tumor, Karzinom, Metastase, ja sogar Krebs ruhig aussprechen.« Nun beschloss sie, sich nicht mehr um das Noch-Etwas zu kümmern. Es soll kommen, was kommen soll. Mehr als die Brust lasse ich mir nicht ab- oder herausschneiden. Der Gedanke, dass sie jederzeit sehr gut in der Lage sein würde, sich auf unauffällige Art das Leben zu nehmen, erfüllte sie abermals mit einer fast heiligen Heiterkeit.

Sie dachte: Ich bin frei.

Zu Hause setzte sie sich an den Computer und rief alle möglichen Seiten über Brustkrebs auf. Sie betrachtete ihre Narben im Spiegel und war zufrieden. Dann nahm sie den Zettel heraus, auf den Paula ihre Mailadresse geschrieben hatte. Und schrieb einen Satz.

»Liebe Paula,

so geht das: Kaum bist Du zur Tür hinaus, fehlst Du mir schon.«

Weiter schrieb sie nicht. Sie legte das Dokument bei den Entwürfen ab und freute sich darauf, am Abend weiterzuschreiben.

Ihr Leben bestand aus Nichtstun. Sie hatte nicht das Gefühl, sich daran erst gewöhnen zu müssen. Sie spazierte in die Innenstadt, aß in einem italienischen Restaurant die übliche Frauenkleinigkeit, stöberte in einem Buchladen, schlüpfte irgendwo in zwei Blusen. Dann ging sie wieder nach Hause, legte sich hin und schlief eine Stunde. So tief schlief sie, dass sie beim Aufwachen nicht gleich wusste, wo sie war und was für ein Tag und ob Abend oder Morgen. Sie kaufte im Supermarkt ums Eck ein paar gute Sachen ein und dazu eine Schachtel Zigaretten, weil ihr einfiel, wie interessant das Rauchen im Hafen von Hydra gewesen war.

Punkt 19 Uhr klingelte es. Max stand draußen. Ohne Blumen.

»Schönes Licht bei dir«, sagte er und küsste sie auf die Schläfen. Hätten wohl die Wangen sein sollen. Aber er war halt so groß. Er roch gemütlich nach Rasierwasser und noch nach irgendetwas, etwas Süßem, Fremdem, einer exotischen Süßspeise vielleicht.

»Ich habe dich nicht erwartet«, sagte sie.

»Freust dich aber, dass ich gekommen bin«, setzte er den Satz fort. Das war entweder frech oder charmant. Er nahm sie in seine Arme und hob sie hoch.

»Bei dir riecht es nach Orient«, sagte er.

»Ich habe gerade gedacht, du riechst nach Orient«, sagte sie.

»Und schöne Musik hast du«, sagte er.

Keine Viertelstunde später lagen sie im Bett. Er sagte, er sei überwältigt von ihr, ihr Hunger sei wie sein Hunger. Das machte sie misstrauisch, denn sie war so gehemmt gewesen, dass sie befürchtet hatte, er erlebe sie als leidenschaftslose Frau. Aber er hatte recht, sie war hungrig, sehr und jetzt noch mehr, und er war auch hungrig, und beim zweiten Mal war sie nicht mehr gehemmt. Er hatte große Mühe ein zweites Mal zu kommen, geriet außer Atem. Sie sagte: »Du brauchst dich doch nicht so anzustrengen. Leg dich einfach hin. Ich sorge mich um dich.«

»So sagt es nur ein Mensch auf der Welt«, sagte er.

Ihr fiel Karlas Definition von gutem Sex ein.

Dann lag sie in seinen Armen, die groß waren, an seinem Körper, der groß war.

Er sagte: »Ich muss dir eine Geschichte erzählen. Aber denk dir nichts Falsches dabei. Es war vor zwei oder drei Wochen. Ich hatte Nachtdienst. Unsere Apotheke – das heißt, es ist eigentlich die Apotheke meiner Frau, ich bin sozusagen ihr Angestellter, kleiner Scherz, aber doch wahr – unsere Apotheke ist eine besondere Apotheke insofern, weil sie in einer Gegend liegt, in der viele Süchtige sind, das heißt, früher war es noch viel schlimmer, inzwischen ist es nur schlimm, und wenn man Nachtdienst hat, muss man auf der Hut sein, das will ich sagen. Ich hatte also Nachtdienst. Die wenigsten sind wirklich krank, die kommen und wollen reden oder Methadon, manchmal eine Mutter, die für ihre Kinder Fieberzäpfchen braucht. Es war wenig los in dieser Nacht. Wir haben da das kleine Fenster, von dem aus nehmen wir Kontakt mit den Kunden auf. Eine Frau klingelte. Sie klagte über Magenschmerzen. Sie jammerte. Sie krümmte sich. Und sie sagte, sie sei eine Zigeunerin, und ich würde ihr sicher nichts geben, weil sie eine Zigeunerin ist. Ich sagte, wenn Sie Geld haben, gebe ich Ihnen etwas, das ist mir egal, ob Sie Zigeunerin sind. Sie sagte, sie hat kein Geld. Ich gab ihr Ulcogant, eines für sofort und eines zum Mitnehmen. Ich wollte das Fenster wieder schließen, sie hatte aber schon die Hand dazwischen. Du bist ein guter Mann, ich sehe, du bist ein guter Mann, sagte sie und schlug sich auf die Brust. Sie deutete auf mich, sie wollte, dass ich sie reinlasse. Ich will mich nur setzen, sagte sie. Dass sie Angst habe, ohnmächtig zu werden, dass sie keinen Arzt kenne. Ich schüttelte den Kopf und schob ihre Hand weg und schloß das Fenster. Ich hörte sie draußen schreien, sah aber ihren Kopf nicht, sie musste sich gebückt halten. Ich schaute durch das Fenster, sah aber nichts. Sie schrie wie verrückt. Und da öffnete ich die Tür. Sie lag auf dem Gehsteig, sie lag vor meinen Füßen und hielt mich an den Schuhen fest. Natürlich habe ich sie mit in die Apotheke genommen, ich setzte sie auf einen Stuhl und holte ein Glas lauwarmes Wasser. Ich hatte Angst, gleich würden ihre Komplizen dastehen und mir die Apotheke leer räumen. Aber es hätte ja auch sein können, dass sie wirklich etwas hatte, eine Vergiftung, ich wollte gleich einen Arzt anrufen, ich wollte kein Unmensch sein, weil ich kein Unmensch bin. Sie hatte die Augen geschlossen, ich dachte, sie ist tatsächlich ohnmächtig. Da sah ich ihren Slip am Boden liegen. Sie sprang auf, leerte das Glas in einem Zug, warf es hinter sich und riss mir meinen weißen Kittel auf. Ich wehrte mich. Sie war wie eine Wilde. Ich stieß sie von mir weg. Sie biss mir in die Hand. Ich schaffte es, die Tür zu öffnen und sie auf die Straße zu zerren. Ich sprang gleich wieder hinein und sperrte ab. Sie schrie weiter, lauter als zuvor, wie kann ein Mensch so entsetzlich schreien. Ich rief die Rettung an. Die kam mit Blaulicht. Sie zogen und schoben die Frau ins Auto. Ich hatte ein schlechtes Gewissen, weil ich keinen Kommentar abgegeben hatte. Bald darauf kam die Polizei. Das sei ein Trick, sagten sie. Aber ich will dir das erzählen, weil mich in der Nacht eine Liebessehnsucht überfiel, wie noch nie in meinem Leben. Was aber nichts mit dieser Frau zu tun hatte. Aber sie war der Auslöser gewesen. Dass so eine Szene Auslöser für eine Liebessehnsucht ist! Dass erst so etwas geschehen muss! Ich bin mir so einsam vorgekommen. Und viel zu spät dran, viel zu spät dran, viel zu spät dran.«

Max fragte, ob er über Nacht bleiben dürfe. Da war er Josi bereits so vertraut, dass sie die Frage wunderte. In der Nacht blieben sie in einem Bett, und selten verließ sie seine Arme.

2

Beim Frühstück schlug er vor, zwei Tage in die Wachau zu fahren, zum Beispiel nach Spitz an der Donau, ob sie nicht Lust dazu hätte, ob sie ein spontaner Mensch sei, ob sie es fertig bringe, jetzt auf der Stelle einfach nur Ja zu sagen.

»Ja«, sagte Josi.

Max war nicht ganz so spontan. Er hatte geplant. Seinen Koffer hatte er bereits gestern gepackt und im Auto deponiert – das gleich ums Eck bereit stehe. Nein, nein, sagte er, er sei sich absolut nicht sicher gewesen, ob sie wolle, er sei sich auch nicht sicher gewesen, ob sie mit ihm ins Bett gehe, nicht einmal sicher gewesen, ob sie ihn überhaupt in ihre Wohnung lasse, nachdem es ihm in einem Monat nicht gelungen sei, sie in Wien zu finden. »Aber«, sagte er, »falls doch das Unwahrscheinliche einträfe, dachte ich mir, sollte keine Zeit verschwendet werden.«

Er spielt den Filou, dachte Josi, aber er spielt ihn gut. Spiel etwas Schönes! Was würde die Wahrheit nützen, wenn eine kleine Lüge alles doch so viel schöner machte? Und was könnte die Wahrheit sein? Dass er ohne die Kupplerin Paula vielleicht gar nicht mehr an mich gedacht hätte? Und wenn schon. Beim zweiten Mal ist er von sich aus zu mir gekommen. Das zählte. Sein gestutzter Bart glitzerte silbern in der Sonne, als sie zur Piaristenkirche gingen, wo er seinen Wagen – einen ebenfalls silbernen Audi – abgestellt hatte. Seine Hand lag auf ihrer Schulter. Er hatte schöne

Hände, das war ihr schon in Hydra aufgefallen, mit ihnen mörsert er heilende Salben zurecht, mischt Tees, füllt Einbildungstropfen in dunkle Fläschchen – und streichelt über den Rücken seiner Geliebten. Sie schlang ihre Arme um seinen mächtigen Körper.

»Wie groß bist du?«, fragte sie.

»Eins neunzig und ein bisschen noch.«

»Ich hatte noch nie einen so großen Mann.«

»Und ich noch nie eine so zarte Frau.«

»Mischt sich das gut?«, fragte sie. Es fiel ihr schwer, ihn loszulassen, als sie auf der Beifahrerseite einstieg.

Während der Fahrt legte er manchmal seine Hand auf ihren Schenkel. Das war aufregend. Sie hatte doch wieder einen Hosenanzug angezogen. Den braunen. Und zwei hatte sie mitgenommen. Den schillernden schwarzen und dann eben den altbekannten Dr. Schweitzer – der würde bei einer Wanderung geopfert werden, falls eine geplant war. Max hatte alles organisiert. Hatte im besten Hotel von Spitz das schönste Zimmer reservieren lassen und im besten Restaurant einen Tisch für zwei Personen. So sicher bin ich ihm, dachte sie. Aber sie mochte es gern. Und sie mochte die Musik, die in seinem Auto spielte. Wir werden zuerst ins Bett gehen und dann essen, es kann gar nicht anders sein. Wenn sie ihn von der Seite betrachtete, war er ihr doch fremd, und sie meinte, es werde länger als zwei Tage dauern, bis er ihr nicht mehr fremd sein würde. Der Herbst ist lang, und dann kommt der Winter. Er mag es, wie meine Wohnung riecht. Wir werden Bratäpfel essen und Rotwein trinken. Max lächelte. Er sah zufrieden aus. Das war ganz in Ordnung so. Das musste sein. Ich sehe sicher auch zufrieden aus. Verliebt ist man vielleicht noch nicht. Oder doch? Etwas Ähnliches wird es schon sein. Was, das wird sich erst bei einer Trennung zu erkennen geben. Sie lehnte ihren Kopf an seine Schulter, fuhr mit der Hand unter sein Hemd, streichelte seinen Bauch. Sie hörten Schubert und fuhren über die Autobahn, und sie spürte seinen Atem auf ihrem Kopf.

Das Hotel stand am Rand des Ortes mit Blick auf die Donau und die Weinberge, ein altes Haus, leer. Und still. Josis erstes Gedanke: Wir müssen hier still sein. Josi tut wie Max. Wenn er laut wird, werde ich auch, wenn nicht, nicht. Und wenn man uns rausschmeißt – zwei ältere Herrschaften, honorig, immerhin Ärztin und Apotheker, am Land, bitte! –, wem könnte ich das dann erzählen? Ich werde es Karla erzählen. Tomas hat Bruno erzählt, wie es mit seinem Liebhaber ist, ich erzähle Karla, wie es mit meinem ist.

Sie blieben zwei Nächte.

Alles war gut. Der Sex war gut, und ihre Gespräche waren es auch. Das letzte Mal hatte sie mit ihrem Vater über Kunst und Literatur und über Theater gesprochen. Seither mit niemandem. Ins Theater war ihr Vater zwar nie gegangen, das Theater hatte er sogar verachtet – »Wie kann ein Schauspieler, der so jung ist, wie Hamlet sein soll, den Hamlet so spielen, dass ich den Eindruck habe, er versteht, was er sagt?« –, aber Theaterstücke zu lesen, hatte er geliebt, vielleicht sogar mehr noch, als Romane zu lesen. Max sagte, er halte es wie ihr Papa. (Er sagte »Papa«, weil sie »Papa« sagte.) Um den Hamlet zu lesen, brauche er mindestens einen Monat. Wie kann man den in drei Stunden spielen? Das Wiener Publikum denke nur an die Schauspieler, ein bisschen noch an den Regisseur, der Dichter sei wurscht. Josi erzählte von ihrem Vater, wie sie beide nach dem Tod ihrer Mutter den Haushalt geführt hatten, wie sie, gerade zehn Jahre alt, die Rechnungen einbezahlt und seine Unterschrift gefälscht und wie er ihre Hausaufgaben geschrieben hatte. Und Max hörte ihr zu, hörte ihr wirklich zu, und ihr war, als wäre der Schmerz über den Tod ihres Vaters erst jetzt bei ihr angekommen. Weil ich so schnell gelebt habe? Aber das habe ich doch gar nicht. Weil ich niemanden hatte, der mir zuhört? Sie spazierten an der Donau entlang, wählten einen gemessenen Schritt, das heißt Max tat das und zwar genau so: Er wählte einen gemessenen Schritt. Man hält uns für ein bewährtes Paar. Max hatte eine so animierende Art zuzuhören. Manche ihrer Worte wiederholte er. Das hatte noch nie jemand bei ihr getan. Es war ja auch nicht notwendig, aber es zeigte doch etwas. An Max war vieles grau, der Großteil seines Gesichts, seines Kopfes, die mächtige Leinenjacke, und er trug graue Schuhe, was man nur noch sehr selten sah. Manchmal blieben sie stehen, weil Josi einen Knoten im Hals hatte, dann fasste Max zusammen. »Als du nach dem Gespräch mit dem Mädchen dein Handy wieder eingeschaltet hast, waren da fünfzehn Anrufe in Abwesenheit und alle vom Bürgermeister.« Fragen stellte er keine. Nur ein schlechter Zuhörer stellt Fragen. Sie hatte selten Fragen an ihre Patienten gestellt, Seelenfragen. Die meisten ihrer Kollegen meinten, eine Frage zeige Interesse. Das Gegenteil! Wer fragt, will korrigieren. Max fragte nicht, er fasste zusammen, was Josi erzählt hatte, holte zu geräumigen Gesten aus, und Josi folgte seinen Armen. Es war alles in allem nicht besonders großartig, was sie redeten, aber sie redeten. Ich habe, dachte sie, seit zwanzig Jahren nicht mehr geredet. Ich habe gesprochen, vor allem besprochen. Und dann habe ich manchmal meine Predigten gehalten. Das jetzt war keine Predigt.

Der Stoff für Predigten ist mir endgültig ausgegangen, Glück, Glück, Glück.

Sie sagte, sie friere, und sie drehten um und stiegen zu ihrem Hotel hinauf. Sie fror gar nicht, sie wollte ins Bett, sie hatte eine solche Lust auf einen Männerkörper, das war ihr selbst unheimlich. Sie dachte: Ich habe noch nie in meinem Leben richtig guten Sex gehabt. Mit Gier machte sie sich über diesen großen Mann her.

Im Restaurant stellte Max ein Menü zusammen und suchte auch den Wein aus und auch gleich schon den Nachtisch. Sie taten, als wären ein gutes Essen und ein guter Wein die Krönung ihrer Exkursion. Aber sie hatten beide keinen großen Appetit. Die Kellnerin war die Tochter des Hauses und verlegen. Sie sieht es uns an, dachte Josi, und sie findet uns unanständig.

Kein Wort über Josis Kreuze, kein Wort über Hydra, über Paula oder vielleicht über die reizvolle Frau Beck. Als hätten sie sich tatsächlich erst hier kennengelernt. Als würden sie sich schon seit vielen Jahren kennen.

Im Auto zurück nach Wien freute sich Josi darauf, allein zu sein. Dann würden die vergangenen zwei Tage erst ihr Aroma entwickeln. Ich werde heute Abend meine Zigeunermusik hören und meine Sachen bügeln, vielleicht werde ich morgen im Eiles frühstücken, aber wahrscheinlich nicht, lieber zu Hause und im Morgenmantel, dann muss ich mir aber heute noch Brot besorgen und sonst noch ein paar Sachen, Kaffee brauch ich zum Beispiel dringend, Avocados und Schnittlauch, Tomaten habe ich noch, dann könnte ich mir eine Guacamole zum Frühstück machen, und eine Mango.

Wenn er ist, wie ich bin – und das hatte er so oft zu ihr

gesagt –, dann wird er uns ein, zwei oder drei Tage Zeit lassen. Es war Donnerstag. Bis zum Sonntag will ich allein sein, dachte sie.

Sie sah ihn von der Seite an. Er weiß es.

3

Er ließ ihr viel mehr Zeit.

Als er sich nach einer Woche noch nicht gemeldet hatte, sank ihr Herz. Sie fand sich nicht mehr schön. Der Hals war zu sehnig. Das Gesicht war hohl. Die Augen hart und bohrend. Und diese großen Füße. Den zarten Herrn hasste sie, hätte ihn am liebsten abgeknallt. Unscheinbar war sie, und was sie scheinbar machte, war hässlich. Sie hielt es zu Hause nicht aus und hielt es draußen nicht aus. Sie rief bei Karla an, weil sie Sehnsucht nach ihrer Tochter hatte, und nach zwei Minuten bereits ging ihr das Gespräch auf die Nerven. Sie traf sich mit Bruno im Volksgarten, und sie umarmten einander lange, viel zu lange, er hatte nicht weniger Liebeskummer als sie, nur vor ihm konnte sie über ihren nicht sprechen, weil sie die Mama war, und die Mama hat keinen Liebeskummer. Tomas war es gelungen, sich von den Kindern zu emanzipieren. Er war nun ihr Freund. Karla nannte ihn beim Vornamen, wenn sie über ihn sprach, sie hatte sein Angebot angenommen. Und was tu ich? Ich kritisier meinen Sohn, zeige auf die Farbflecken auf seiner Hose und würde ihm am liebsten die Zigarette aus dem Mund nehmen, weil er zu viel raucht. Er ist froh, wenn er mich nicht sieht.

Einmal rief Edgar an. Er redete herum. Rückte nicht heraus. Mein Ton erschreckt ihn, dachte sie.

»Du klingst nicht glücklich«, sagte sie.

»Bin ich auch nicht«, sagte er. Aber ob sie glücklich sei, fragte er nicht.

Als sie sich den großen grauen Hemingway kaum mehr vorstellen und sich an die Spaziergänge an der Donau entlang kaum mehr erinnern konnte, bildete sie sich ein, ihr Liebeskummer gelte in tiefenpsychologischer Wahrheit gar nicht dem Mann mit dem Drei-Buchstaben-Namen, sondern Tomas, Tomas und Josi, dem verlorenen Paar. Und wenn ich von heute an nur in der Vergangenheit lebe? Solche Fälle gab es massenhaft. Harmlose, glückliche Menschen, die von ihren weniger harmlosen, unglücklichen Verwandten in die Psychiatrie gesteckt wurden, denn normal ist, wer jetzt lebt, und am normalsten, wer in der Zukunft lebt.

Sie rief in Hütteldorf an, aber niemand nahm ab. Sie suchte ihr Hab und Gut nach Spuren der großen Liebe ab. Aber sie selbst hatte so gut wie alle Spuren getilgt. Keine Briefe (es hatte ohnehin nur drei gegeben, alle von ihr an Tomas, keiner zurück), Fotos aus glücklicher Zeit – sie hatte sie zerrissen oder im Haus zurückgelassen –, auch Geschenke gab es keine. Aber bitte, das ist normal! Geschenke sind kleine Dinge, die gehen verloren oder werden von den Kindern in Grund und Boden gestampft, dann erinnern die Scherben an die Kinder, und bald wirft man sie weg.

Wie Josi und Tomas gewesen waren, zum Beispiel kurz bevor sie geheiratet hatten – da waren sie mit dem Auto nach Vorarlberg gefahren, Josi wollte Tomas ihrem Vater vorstellen. Das war nett gewesen, ja. Die beiden hatten sich von Anfang an gemocht. Ihr Vater hatte zu Josi gesagt: »Er ist ein bisschen verrückt, aber das mag ich.« Und Tomas hatte gesagt: »Er ist ein bisschen verrückt, aber das mag ich.« Dann fragte er: »Wo kann man hier spazieren gehen? Aber ich möchte am Wasser gehen, und mach dich auf vier Stunden gefasst, wenn ich mich nicht auslaufe, werde ich verrückt.« »Du bist verrückt«, sagte sie, »du! Papa sagt auch, du bist es.« Sie fuhren nach Lustenau zum Rhein, spazierten hinunter bis zum Bodensee. »Das könnte irgendwo in Amerika sein«, sagte Tomas, »traumhaft!« Und Josi sagte: »Ist es nur darum schön?« Sticheleien, als wären sie vierzehn, fünfzehn, sechzehn – herrlich! Die Füße hatten ihr weh getan. »Komm, zieh deine Schuhe aus und streck deine Füße ins Wasser«, sagte Tomas. Und dann sagte er: »Meine Güte, du tatsächlich große Füße, das sind Männerfüße!« Weil er nie vorher ihre Füße richtig angeschaut hatte! Jemand hatte seinen Abfall über den Damm hinuntergeworfen. »Da liegen Schuhe«, sagte Josi, »Tomas, hol sie mir, jemand hat Schuhe entsorgt, wenn die mir passen, kann ich wieder weiter.« Herrenschuhe in passablem Zustand, na! »Das ist doch ekelhaft«, sagte Tomas. Sie aber hatte die Schuhe angezogen. Wie glücklich waren sie gewesen! Eine Zimmerlinde war auf dem Müll gelegen, die hatten sie ebenfalls mitgenommen. »Du bist die Verrückte von uns beiden, du, du, du«, hatte Tomas gesagt. So glücklich waren sie gewesen. Sie brauchte keine Unterhaltungen über Literatur und Kunst. Pfeif drauf!

Der Versuchung, in der Heiland-Apotheke in der Kettenbrückengasse anzurufen, widerstand sie – nicht ganz, nein. Einmal rief sie an. Es war ein spontaner Entschluss. Sie ging bei der Freyung an einer Telefonzelle vorbei, suchte die Nummer aus dem Telefonbuch. Als abgenommen wurde, legte sie auf, ohne die Stimme abzuwarten. Zu Hause krümmte sie sich in den Sessel.

Und dann waren es drei Wochen.

An einem Samstag Anfang Oktober sah sie auf dem Naschmarkt eine graue Baskenmütze hoch über den anderen Köpfen. Sie schlich sich an den Gemüsestand, versteckte sich zwischen einem deutschen Ehepaar. Hinter einem Stapel Kisten voll Auberginen stand sie. Max Lorber verlangte nach »Babykartoffeln« und »Eissalat«. An seiner Seite lehnte eine Frau – die nicht seine Frau war. Sie lehnte an ihm. Die Arme verschränkt. Gähnte. Eine große Frau, sie trug einen Mantel, Wesentliches konnte man nicht erkennen. Sie lehnte an ihm und hatte ein hübsches junges Gesicht, verdächtig viel Lippen vielleicht. Wenn er einen Schritt macht, fällt sie. Er sprach nicht mit ihr. Nein, das tat er nicht. Er griff in die Kiste mit den winzigen Kartoffeln und füllte sie in einen Plastiksack und reichte ihn dem Verkäufer. Warum kochen *wir beide* nicht, dachte Josi. Die braucht man nicht zu schälen, einfach ins Rohr, etwas Salz darüber, Steaks dazu, das kann sogar ich, Mangopulpe. Sie spazierten weiter zwischen den Ständen hindurch. Nicht eingehängt. Aber was hatte das schon zu bedeuten.

Traurig fuhr Josi mit der U 2 bis zum Rathaus und schlich durch die Gassen nach Hause. So lange dauerte das. Sah ihr Gesicht in einem Schaufenster: ein Clown nach der Vorstellung. Auch den Clown hätte sie am liebsten abgeknallt. Und so schwer war es, in den dritten Stock zu steigen.

Schwarzbrot war auf dem Tisch, das Brotmesser, Butter und eine Kanne Kaffee vom Frühstück her. Zwei Anrufe in Abwesenheit, Karla und Hütteldorf. Dann war auch schon Abend. In der Nacht sah sie sich Bahn-TV an. Sie flog mit der Lokomotive, auf der die Kamera montiert war, bis der Zug als Spielzeug durch ihren Traum raste. Sie schreckte auf, die Lokomotive fuhr in einen Tunnel, schwarzer Bildschirm mit einem Punkt in der Mitte, der allmählich heller wurde, dann wieder die freie Welt des Schienenstrangs, im Fernsehen war Winter, die Tannen waren verschneit.

Sie sah aus dem Fenster hinunter auf die Gasse. Ein Betrunkener sang ein Lied und stolperte über den Gehsteig.

Dreizehntes Kapitel

1

Drei Tage später küsste Max die Innenflächen ihrer Hände. Und zog bei ihr ein.

»Das ist in einem Satz erklärt«, sagte er, seine Stimme war ohne Aufregung, »und es ist kein Scherz, und es bedarf keiner Vorbereitung und bitte eigentlich auch keiner Erklärung.«

Er hatte seinen Lederkoffer mitgebracht. Stellte ihn in den Flur. Hängte seinen Mantel an die Garderobe. Band sich die Schuhe auf, schob sie tadellos parallel nebeneinander unter seinen Mantel. Auch den Pullover zog er aus. Sie heizte bereits. Er trug ein gemütliches Flanellhemd, kariert, wie man es trägt, wenn man sich auf lange Abende zu Hause einrichtet. Josi drückte sich in eine Ecke des Flurs, so dass ihm alle Türen frei waren.

»Ja«, sagte er. Und noch einmal sagte er: »Ja.« Dann ging er voraus in die Küche, nahm zwei Kaffeekapseln aus dem Kasten und zwei Tassen, zwei Untertassen.

»Hast du Schokolade?« Er wusste, wo die Schokolade und die anderen Süßigkeiten waren.

Offiziell sei er in Berlin. Für eine Woche. Er könne sich tagsüber also kaum auf der Straße blicken lassen, leider kenne ihn halb Wien, Ausgehen also nur bei Dunkelheit. Aber eigentlich wolle gar nicht ausgehen. Sieben Tage in Josis Schoß. Das hätten sie sich doch ausgemacht für den tiefen Herbst, und der sei jetzt da, Bratäpfel und Rotwein, zwei Flaschen Barolo habe er in seinem Koffer.

»Nur ein Satz vielleicht«, sagte er, weil sie noch gar

nichts gesagt hatte. »Wenn du mich wegschickst, kann ich es verstehen. Nick mit dem Kopf, und ich schalte den Rückwärtsgang ein. Dann fahre ich tatsächlich nach Berlin.«

Sie schüttelte den Kopf und holte tief Luft. »Gehen wir ins Bett«, sagte sie, »und hinterher schicke ich dich fort und meinetwegen kannst fahren, wohin du willst.«

Sie fragte nicht. Er fragte nicht. Es war so schön, den großen Körper wieder zu haben.

Er nahm die Hauswirtschaft unter seine Kontrolle, schrieb Einkaufszettel für Josi, achtete darauf, dass sie sich gesund ernährte, kochte und kochte nur Gesundes, konnte mit wahnwitziger Geschwindigkeit Paprika, Tomaten, Karotten, Zwiebeln und Petersilie schneiden und hacken. Wusste Namen von Fischen, die sie noch nie gehört hatte. Verstand es, die Speisen so zauberhaft auf Platten und Teller zu arrangieren, dass sie davor hockte, als wäre Weihnachten und sie erst sieben Jahre alt. Sie tranken Wein, gerade so viel, dass er Laune machte, aber Lust und Witz nicht nahm. Obendrein wurden Vitamintabletten geschluckt und am Morgen hundert Gramm Aspirin. Sie habe nach- und aufzuholen. Er überprüfte und notierte ihr Gewicht, wenn sie auf der Waage stand, und hatte sie nur fünf Deka zugenommen, durfte sie sich etwas wünschen.

»Ich wünsche mir immer das Gleiche«, sagte sie.

Am Morgen brachte er süßen Kakao ans Bett und sang: »Das ist die Berliner Luft, Luft, Luft …« Und dass er nicht die ganze Wahrheit gesagt habe: nicht sieben Tage, sondern zehn. Er habe nicht mit der Tür ins Haus fallen wollen. Über diesen Witz lachten sie sich heiser.

Spätestens am dritten Tag war alles wieder gut. Als hätten sie sich eben erst kennengelernt, und es gäbe nichts zu erinnern, oder als würden sie sich schon seit vielen Jahren kennen und hätten nicht weniger Schönes als Hässliches erlebt. Gut war alles in einem pragmatischen Stil. Das heißt, man lebte schön und gut von Stunde zu Stunde. Obwohl Josi manchmal den Verdacht hatte, Max spiele ein wohlbekanntes Programm durch. Wie kann er sich mit dieser Selbstverständlichkeit durch meine Wohnung bewegen? Wie er die Türklinken niederdrückte – als wär's für die Hand eine jahrelange Routine. Wie er das Waschbecken in der Küche reinigte – als wäre ihm kein Stahlbogen, keine Stahlrille fremd, und mit welcher Geschwindigkeit er es tat. Er gab ihre und seine Wäsche in die Waschmaschine, und wenn sie fertig war, verteilte er sie über die Heizkörper der Wohnung, und wenn sie trocken war, legte er die Handtücher zusammen und ordnete sie ein, und er hatte auch schon gesagt: »Soll ich bügeln oder du, heut wär mir lieber du, oder gib her, ich mach's schnell.« Ein wenig war ihr das alles unheimlich und das von Stunde zu Stunde, aber es war so schön, den großen Körper wieder zu haben.

Und keine Fragen.

Max schnarchte nicht. Was für Männer seines Alters ungewöhnlich war.

»Schnarche ich?«, fragte sie.

»Ich hör jedenfalls nichts«, sagte er.

Sicher schluckte er irgendein Antischnarchpräparat aus seiner Apotheke. Oder er hat sich den Gaumen operieren lassen. Raus mit den Mandeln und dem Zäpfchen! Sie streichelte sein schlafendes Gesicht, seine Bartstoppeln und küsste ihn so lange auf den Mund, bis er aufwachte. Er roch gut, was auch eine Seltenheit war nach einer Nacht ohne Flüssigkeit. Josi hatte sich bereits die Zähne geputzt. Sobald ich bei ihm liege, muss ich nicht mehr nur an ihn denken. Seine Art, sie zu überreden, ihr Nacht-T-Shirt auszuziehen und sich von ihm die Kreuze streicheln zu lassen. Er sah sich die Narben ganz genau an, leckte darüber, kühlte sie, indem er darauf blies, und sagte nicht ein Wort dazu. Als ob er längst alles wüsste. Als wäre ihr Krebs in seiner Zeit geschehen.

»Und wir zwei, Josi und Max, das alte Liebespaar, wir werden ein Exempel statuieren, wie es noch keines auf der Welt gegeben hat.«

Was auch immer das bedeuten sollte.

»Außerdem«, sagte er, »bist du so sensationell im Bett, dass ich glatt dafür bezahlen würde.«

Was auch immer das bedeuten sollte.

Oft war sie in Versuchung, ihn nach der Frau vom Naschmarkt zu fragen. Er hat mich gesehen, dachte sie, er muss mich gesehen haben. Tatsächlich hatte sein Blick sie gestreift. Aber weil gar nichts in seiner Haltung und in seinen Bewegungen verriet, dass er sie erkannt haben könnte, hatte sie nicht weiter darüber nachgedacht. Inzwischen traute sie ihm genügend Geistesgegenwart und Körperbeherrschung zu, auch der größten Überraschung ohne Reaktion zu begegnen. Er hat mich gesehen. Sie zweifelte nicht mehr daran. Und dann bin ich ihm wieder eingefallen. Und er hat mich im Kopf mit der verglichen, die an ihm lehnte. Und ich bin besser ausgestiegen. Aber hätte er das nicht schon nach unserem Ausflug in die Wachau wissen müssen? Oder hatte er sie erst danach kennengelernt? Er will viele Frauen haben.

»Und bessere als ich?«, fragte sie.

»Was meinst du?«

»Wie die sind, die besser sind als ich.«

Es war eine Falle. Aber sie hatte ihm ja gar keine Falle

stellen wollen. Er sah ihr in die Augen und lächelte. Was sollte er auf so eine Frage antworten? Natürlich weiß er, dass ich es weiß. Ruft er sie an, wenn ich die Wohnung verlasse, um einzukaufen? Erzählt ihr von Berlin? Oder hat er zu ihr gesagt, er ist in Rom? Ruft er seine Frau an? Was hat ein Apotheker zehn Tage in Berlin verloren? Er wird seiner Frau eine ordentliche Lüge aufgetischt haben. Wie kommt ein Mann zehn Tage von seiner Frau los, ohne dass sie Verdacht schöpft? Und *wenn* sie Verdacht schöpft? Oder überhaupt: wenn sie alles weiß. Sie kennt ihren Mann, kennt seine Gier nach Frauen, weiß, dass er sie nie verlassen wird, und hat sich damit abgefunden. Wenn Josi von ihren Einkäufen zurückkam, fand sie ihn jedes Mal mit irgendetwas beschäftigt. Sie hatte sich auch schon in die Wohnung geschlichen, war sich sicher gewesen, dass er sie nicht gehört hatte. Ertappt hatte sie ihn nie. Aber wobei hätte sie ihn ertappen sollen? Warum wirkte er auf sie wie einer, der ertappt werden könnte. Um es auszusprechen: wie ein Lügner. Was würde er sagen, wenn ich ihn direkt fragte: Wer war diese Frau, die sich an dich gelehnt hat, als du »Babykartoffeln« in einen Plastiksack gefüllt hast? Nein, sie glaubte nicht, dass er sie anlügen würde. Er würde einfach dasitzen und lächeln und nichts sagen.

2

Am sechsten Tag hielt sie es nicht mehr aus. Sie hielt es nicht aus, zu Hause zu sein und nur wegen einiger Besorgungen kurz die Wohnung zu verlassen. Max war noch nicht ein einziges Mal draußen gewesen. Er schlief sehr lange. Brauchte viel Zeit im Bad. Frühstückte lange, las den *Standard* von hinten bis vorne. Auf den Einkaufszettel für den Tag schrieb er nun noch: »FAZ, Neue Züricher und sonst noch eine, die dir gefällt.« Die Ausgaben teilten sie sich. Josi war die Einkäuferin, Max war zuständig für alles Innere: Kochen, Kehren, Putzen, Waschen, Bügeln. Sie hatte keinen Grund, etwas auszusetzen. Aber sie hielt es nicht mehr aus. Bis in den frühen Nachmittag las er Zeitungen. Er wollte Josi Schach beibringen.

Sie sagte: »Ich werde einen Spaziergang machen. Ist das in Ordnung für dich?«

»Völlig in Ordnung«, sagte er.

»Willst du nicht doch mitkommen? Es wird dich niemand erkennen. Er regnet. Setz deine Mütze auf, und wir nehmen einen Schirm und fahren zur Alten Donau, dort ist jetzt kein Mensch.«

»Meine Mütze ist mein Wahrzeichen«, sagte er. »Geh allein. Ich bin gern hier.«

»Fällt dir nicht die Decke auf den Kopf?«

»Mach dir keine Sorgen. Geh, solange du willst. Ich nehme mir deine Bibliothek vor.«

Sie versuchte es mit einem Spaß: »Du könntest deine berühmten Grimassen schneiden, wenn uns jemand entgegenkommt. Dann kennt dich niemand.«

Er schnitt ein Gesicht und noch eines, keines brachte sie zum Lachen.

Erst als sie draußen war in der feuchten Luft, der klammen, merkte sie, dass sie eine Wut hatte. Es gab nichts zu beanstanden. Sie hatten nicht weniger oft Sex als am Anfang. Was hieß Anfang? Das war doch erst sechs Tage her! Sie hatte einen Lagerkoller. Der Sex war nicht weniger gut. Aber schon wenige Minuten danach war sie unruhig. Nichts passte. Die Schulter juckte. Krampf in der Wade. Drang, das Haar zu waschen. Drang, die Ohren zu putzen. Die

Fußnägel zu lackieren. Dass er nur dalag, irritierte sie. Auch seine Schamhaare waren grau. Sie fragte Unsinn. Aber wenn sie ihn länger ansah, bekam sie wieder Lust.

Sie war einsam, als würde nirgends auf der Welt jemand auf sie warten.

Sie spazierte durch die Innenstadt, am Stephansdom vorbei und hinunter zum Donaukanal. Sie hielt den Schirm so tief, dass sie mit dem Kopf an das Gestänge stieß. Eine Böe fuhr unter ihren Mantel, es sah aus, als stürze sie gleich. Ein Mann fasste sie am Arm und gestikulierte. Er sagte etwas, das sie nicht verstand. Sie vermutete Türkisch. Nun wurden sie beide von einem noch heftigeren Windstoß erfasst. Der Schirm stülpte sich nach außen, der Regen hackte in ihr Gesicht. Sie lief zum Eingang einer Bäckerei, der Mann blieb an ihrer Seite. Sie bedankte sich bei ihm. Wofür eigentlich? Er küsste ihre Hand. Die war nass vom Regen. Er sah gut aus, trug einen schwarzen Anzug und ein schwarzes Hemd und einen schwarzen Mantel, den er nicht zugeknöpft hatte. Er war sicher nicht älter als dreißig. Es wäre doch eine schöne Sitte, sich bei seinen Mitmenschen für ihr gutes Aussehen und ihre Jugend zu bedanken. Er bemühte sich, deutsch zu sprechen. Sie verstand, er wolle sie beschützen. Oder benützen. Unwahrscheinlich war beides. Oder stützen. Wieso stützen? Weder fiel sie, noch war sie nicht fünfundachtzig. Er nahm ihre Hand und zog sie in die Bäckerei hinein. Hier gab es ein paar Stehtische. Mit beiden Händen zeigte er ihr an, dass sie an einem warten solle. Er kam mit zwei Teebechern und zwei rosaroten Punschtörtchen zurück. Sie tranken und aßen, und Josi überlegte, wie sie dem Prinzen verständlich machen könnte, dass sie ein plötzliches Bedürfnis verspürte, von ihm zusammengeschlagen zu werden, so dass sie auf dem Boden läge mit kaputtem Gesicht, und dann sollte er noch Max Lorber einen Schwinger verpassen, was allerdings schwierig wäre, weil der erstens so groß, zweitens nicht anwesend war. Sie wandte sich ab, sonst hätte sie dem jungen Mann ins Gesicht gelacht, es schüttelte sie am ganzen Körper. Als sie sich umdrehte, war er weg. Die Bedienung hinter der Kuchentheke sagte, er habe nicht bezahlt. Verständlich, warum hätte er auch sollen, sie würde das übernehmen. Und kleinlich bin ich auch noch, dachte Josi, wie erbärmlich, ich will mich ändern.

3

In der U-Bahn fühlte sie sich elend. Sie fröstelte, und im Kopf hämmerte es. Die Augen taten ihr weh. Ich werde mich in die Badewanne legen und dann ins Bett. Der Gedanke war ganz ohne Max gewesen.

Noch bevor sie aufsperrte, hörte sie Männerlachen. In der Küche saßen Max, Tomas und Edgar. Es roch nach Marihuana. Max rauchte, Tomas rauchte. Edgar nicht. Er saß dicht bei Tomas, die Hände über dessen rechter Schulter gefaltet. Sehr, sehr unglücklich sah er aus. Blickte sie flehend an. Sogar im Herbst zu hell gekleidet.

»Platze ich gerade in eine Maturaklasse?«, sagte Josi.

Keiner wunderte sich, dass sie plötzlich dastand. *Sie* wunderte sich, dass sie plötzlich dastand. Die Luft schien ihr unerträglich heiß.

»Ich leg mich ins Bad und dann ins Bett. Ich nehme nicht an, dass ich hier gebraucht werde.«

»Du wirst gebraucht, mein Liebling«, sagte Max, die Hand mit dem Joint weit von sich gestreckt. »Dein Mann hat einen guten Witz erzählt. Erzähl ihn bitte noch einmal, Tomas!«

Tomas blickte zu Max und zu Edgar und wieder zu Max. Nicht zu Josi. Sie sah nur seinen Hinterkopf.

»Ich habe keinen Mann«, sagte sie.

»Eine Schweizer Lehrerin fragt die Kinder nach dem Beruf des Vaters. Ein Mädchen steht auf und sagt: Min Papi ischt Täbledäncer in am Schwulenlokal. Das stimmt doch gar nicht, sagt die Lehrerin, ich weiß genau, was dein Papa für einen Beruf hat. Ja, sagt das Mädchen und weint, wenn ich aber säg, min Papi isch Direktor vo dr UBS, lachen mi alli us oder schimpfend mi, will des alles Lumpa sind.«

Sie drehte sich um, schloss die Küchentür hinter sich, leise, ging leise ins Schlafzimmer und legte sich in Bluse und Hose ins Bett.

Als sie erwachte, kniete Max neben ihr.

»Ich habe dir Wasser einlaufen lassen«, sagte er.

Sie streckte ihre Arme nach ihm aus. Er zog sie zu sich hoch.

»Ich habe geträumt«, sagte sie.

»Du hustest«, sagte er. »Du hast unruhig geschlafen und gehustet.«

»Wie lange habe ich geschlafen?«

»Vier Stunden, fünf Stunden? Ich habe auch ein wenig geschlafen. Neben dir. Hast es gar nicht gemerkt.«

»Wie spät ist es?«

»Ein Uhr?«

»Ich habe geträumt von diesem Mädchen, ich habe dir doch erzählt, von dieser Claudia, einer Anorexiepatientin, die damals im Pavillon 24 war, als ich erfahren habe, dass Papa gestorben ist. Das hat mir lange Zeit großen Kummer gemacht, weißt du. Ich hatte dafür plädiert, dass sie als geheilt entlassen wird. Weil sie mich so sehr darum gebeten hat. Weil sie mit ihrem Freund ins Bett gehen wollte. Und dann ist sie entlassen worden und ist völlig abgestürzt. Ihr Freund ist dann auch zu uns gekommen, nicht in unsere Abteilung, aber ins OWS, er war schwer auf Drogen. Und sie war dann auch auf Drogen. Hat nichts gegessen und war auf Drogen. Ich weiß gar nicht, was aus ihr geworden ist. Wird am Karlsplatz gelandet sein mit blauen Lippen, bei den Rohypnol-Lutschern. Ich weiß gar nicht, ob sie noch lebt.«

»Und von ihr hast du geträumt?«

»Nicht eigentlich, nein. Ich habe irgendetwas geträumt, aber als ich aufgewacht bin, ist sie mir eingefallen.«

Max zog sie aus und trug sie ins Bad. Er kniete sich neben die Wanne und wusch ihr die Haare, gab von der PH-neutralen Seife auf seine Hände. Er ließ heißes Wasser nachlaufen und brachte ihr eine Tasse Lindenblütentee. Es roch nach Zimt. Er hatte Apfelmus gekocht und wärmte es auf. Josi hörte ihre Zigeunermusik aus dem Zimmer ohne Namen. Max hob sie aus der Wanne und rubbelte sie mit dem Handtuch ab. Zum Apfelmus gab es Biskotten. Sie wusste nicht, woher er die hatte.

Er sagte: »Josi, ich liebe dich.«

Dann sagte er: »Hast du gehört, Josi, was ich eben gesagt habe?«

»Du bist meine Überraschung«, sagte sie.

Am nächsten Tag ging Max. Josi wollte es so.

»In Liebe und Freundschaft«, sagte er. Den Koffer lasse er hier, wenn sie nichts dagegen habe.

»Habe ich doch nicht«, sagte sie.

4

Sie war ein bisschen fiebrig. Max war dann doch noch einmal gekommen, hatte bei dem Kollegen in der Löwenapotheke Paracetamol und Aspirin und Aeromuc besorgt. Sie hörte das Handy klingeln. Wusste nicht, wo sie es hatte liegenlassen. Bis zum Abend blieb sie im Bett. Dann ging es ihr besser. Sie wärmte sich ein Stück Schweinsbraten auf mit Biersoße und eine Scheibe Serviettenknödel dazu – im Kühlschrank standen noch zwei weitere Töpfe mit leckeren Speisen, die Max gekocht hatte. Wieder klingelte das Handy. Diesmal nahm sie ab.

Es war Hütteldorf. Edgar war dran. Er entschuldigte sich wegen des letzten Abends. Er habe bemerkt, dass es ihr nicht gut gehe.

»Bist du mir böse, Josi?«

»Dir doch nicht. Ich bin niemandem böse.«

»Tomas spricht nicht mehr mit mir. Was habe ich falsch gemacht? Gab es Zeiten, Josi, als er mit dir auch nicht gesprochen hat? Ich weiß, ich bin nicht du.«

»Trinkst du, Edgar?«

»Zu viel, ja, tut mir leid. Entschuldige. Er spricht nicht mehr mit mir. Ich bin so fett geworden! Was soll ich tun?«

»Hast du zugenommen?«

»Ich trau mich gar nicht, das Hemd in die Hose zu stecken. Und das sieht so schlampig aus. Ich habe in der Schule immer einen Anzug angehabt, und jetzt habe ich das Hemd draußen.«

»Du solltest dir nicht helle Sachen anziehen. Das wollte ich dir schon lange sagen. Ich kenne dich nur mit hellen Sachen. Und sei ein bisschen ein Arschloch.«

»Was meinst du damit, Josi?«

»Sag ihm zum Beispiel, dass er dumm ist. Dass du dich für ihn genierst.«

»Aber er ist nicht dumm, und ich geniere mich doch nicht für ihn, im Gegenteil.«

»Aber es gibt nichts, was ihn mehr kränkt. Er hat immer einen Komplex gehabt, dass er dumm sein könnte.«

»Das wäre sehr niederträchtig, Josi.«

»Ich habe ja gesagt, du sollst ein bisschen ein Arschloch sein. Arschlöcher sind niederträchtig.«

»Er redet nicht mehr mit mir. Und er geht weg und sagt mir nicht, wohin er geht.«

»Du denkst, er hat einen anderen, stimmt's?«

»Um Gotteswillen, Josi! Das will ich nicht denken.«

»Denk es ruhig! Entweder er hat einen anderen, dann bist du darauf vorbereitet, oder er hat keinen und es ist etwas anderes, warum er nicht mehr mit dir redet, dann bist du glücklich, dass es nicht das ist. Du siehst, nur Vorteile.«

»Du bist auf einmal so brutal, Josi.«

»Auf einmal? Was soll das heißen, Edgar? Du tust, als würdest du mich seit zwanzig Jahren kennen. Du kennst mich gar nicht. Überhaupt nicht. Hast du eigentlich einen Vogel? Rufst mich an und jammerst mir deinen beschissenen Liebeskummer vor! Mir! Habe ich dir meinen beschissenen Liebeskummer vorgejammert? Ich will dir etwas sagen, Edgar …«

Aber da hatte er bereits aufgelegt.

Sie drückte die Antworttaste. Er nahm gleich ab.

»Entschuldige«, sagte sie.

»Brauchst dich nicht zu entschuldigen, Josi. Hast ja recht.«

»Ich glaube nicht, dass Tomas einen anderen hat, Edgar. Ich glaube, er hat Depressionen.«

»Glaubst du wirklich?«

»Ja. Bist du jetzt erleichtert?«

»Klingt brutal, wenn ich sage, ja.«

»Du bist brutal, ich bin brutal. Und er hat Depressionen. Ich kenne ihn nicht mehr, glaub mir. Ich habe keine Ahnung mehr von ihm. Aber ich sehe, wenn ein Mensch Depressionen hat. Ich kann dir etwas besorgen, misch es ihm unter sein Müsli. Oder was isst er am Abend? Er wird es freiwillig nicht nehmen. Es macht nicht süchtig. Vielleicht hat er am nächsten Tag ein bisschen einen Hangover, auf alle Fälle wird er gut schlafen. Und für den Sex ist es auch nicht schlecht, es beeinträchtigt in keiner Weise.«

»Das kann ich nicht, Josi, das wäre ein schrecklicher Vertrauensbruch.«

»Zuzusehen, wie einer unter Depressionen leidet, und nichts dagegen tun, obwohl man etwas dagegen tun könnte – wie nennst du das?«

»Und du bist dir sicher, dass er keinen anderen hat, Josi? Sag es noch einmal!«

»Wenn du jemanden zum Weinen brauchst, Edgar, bitte denk nicht an mich, ja.«

Sie fühlte sich besser. Viel besser. Sie setzte sich an den Computer und schrieb:

Liebe Paula,
wir sind schon solche Sprüchemacher, wir zwei, nehmen uns vor, regelmäßig Mails zu schreiben, und dabei bleibt es. Ich probier jetzt eines: Weißt Du, dass ich ganz oft an Dich denken muss, mir vorstelle, wie Du mit Deinem Hosenanzug als kleiner zarter Herr an der Tafel stehst und Linien ziehst zum Beispiel. Du bist sicher die Schönste in der

Klasse, was sag ich, in der ganzen Schule. Ich kann mir vorstellen, dass die Buben verrückt nach Dir sind. Ich hab mit Max eine Abmachung getroffen. Wir sehen uns einmal in der Woche. Wir gehen schön essen, diskutieren gescheit und dann legen wir uns ins Bett. Wir werden lernen, miteinander gemütlich umzugehen. Wir reden oft von Dir. Karla und Bruno auch. Du gehörst zu unserem Leben. Ich hab Dich lieb.

Deine Josi.